繞遠路的雛偶

遠まわりする雛

米澤穂信

阿夜 譯

目錄

出版緣起

駭High，在推理的迷宮中

編輯部

推理小說到底有什麼魅惑之力，能夠讓世界上無數的熱愛者為之痴狂？是鬥智、解謎的樂趣？是抽絲剝繭，終於揭露眞相時豁然開朗的暢快？是驚歎於陽光之外人性潛伏的深沉危機與社會百態的詭譎複雜？還是感佩於作家布局的巧思或高超的說故事功力？

好的小說只有一個評斷標準——好不好看（用文言一點的說法是「引人入勝」）。有的小說好看得讓人不忍釋卷、廢寢忘食，非一口氣讀完不可；有的則是讓人捨不得立刻讀完，寧可一個字一個字細細地咀嚼品味。

好的推理小說更是如此。

在台灣，歐美推理和日本推理各擅勝場，各有忠實的讀者群。推理小說是日本大眾文學的兩大顯學之一，也可說是日本大眾文學極致發展最具代表性的成熟類型閱讀，不但各大出版社都闢有「Mystery」系列，培養出眾多匠心獨運、各領風騷，甚或年年高踞納稅排行榜前茅的大師級作者，如松本清張、橫溝正史、赤川次郎、西村京太郎、宮部美幸、東野圭吾、小野不由美等，創作出各種雄奇偉壯、趣味橫生、令人戰慄驚歎、拍案叫絕、甚或影響深遠的傑作；同時也一代又一代地開發出無數緊緊追隨、不離不棄的忠實讀者。而台灣，在日本知名動漫畫、電視劇及電影的推波助瀾下，也有愈來愈多人愛上日本推理小說的明快節奏與豐富的情報功能，閱讀日本小說的熱潮儼然成形。

二〇〇四年伊始，商周出版（獨步文化前身）推出「日本推理名家傑作選」系列以饗讀者，不但引介的作家、選入的作品均為一時精粹，更堅持以超強的譯者及顧問群陣容，給您最精確流暢、最完整的中文譯本與名家導讀，眞正享受閱讀推理小說的無上樂趣。

如果，您是個不折不扣的推理迷，歡迎進入更豐富多元的日本推理迷宮；如果，您還是推理世界的新手讀者，正好奇地窺伺門內的廣袤世界，就讓「日本推理名家傑作選」引領您推開推理迷宮的大門，一探究竟。從一根毛髮、一個手上的繭、一張紙片，去掀開一個角，去探尋、挖掘、對照、破解，進到一個挑逗您神經與腎上腺素的玄奇瑰麗世界！

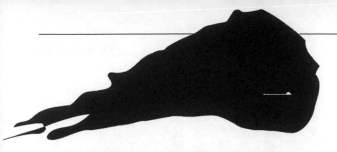

一

該做的事盡快做

1

我很清楚自己的喜好為何，卻說不出自己想要什麼。

回想我的成長背景，並無特殊之處。父親雖然不常在家，倒是確保我們一家子過著衣食無缺的日子；姊姊供惠是個離經叛道、目中無人、一上大學便立刻存錢出國長期旅行去的怪人，卻不是什麼長著六條手臂或三顆頭的怪物；然後是我，折木奉太郎，活到現在從不曾經歷過驚天動地的大事。

真要說起來，我在中學時確實曾被牽連進一起「可能誰都不曾體驗過」的麻煩裡，因而莫名其妙地結識了福部里志，兩人成了交往至今的好友。當時姊姊的反應只是一句：「常有的事啊，沒什麼大不了的。」我還為此忿忿不已，這麼大條的事哪裡常有了？但在我蹙著眉嫌這麻煩嫌那難搞之間，迎向了畢業。後來回想才發覺，嗯，的確都不是什麼大不了的事。

我在校的成績不算差，雖然不是傑出的天才兒童，念書對我而言並不痛苦。一如神山市這一帶所有「成績不算差」的中學生，我同樣沒想太多就選擇了報考神山高中。準備入學考很辛苦，但這應該只是一般程度的辛苦。

擁有完整中學直升制度的神山高中是本地最熱門的升學高中，但招生錄取率仍高達百分之九十，扣掉同時報考私立學校的錄取生，錄取率幾乎百分之百，我也就順勢地考上。

搞不好。開學典禮時坐在座位上，我暗自思索著。搞不好，我在這間神山高中的日子，也將遇上許多事情；三年的時間，肯定會遇上暈頭轉向的事件。

但說不定也是此刻在場所有人，不，是和我同世代的所有人都將體驗的「暈頭轉向的事件」，因此不會是讓我驚豔地感歎「噢，這難得一遇」的特殊體驗。想當年在鏑矢中學度過了荒唐歲月，離開時也只是仰望校舍嘀咕：「到頭來也沒遇上什麼值得一提的大事啊。」三年後離開神山高中，或許依舊會兀自嘀咕這句話。

原因出在，我個人有個堅定不移的信條。

我怎麼都想不起來何時開始懷抱這個信條，既不是有誰教我，也不是從哪本書上看來的，可以確定的是，一路走來始終奉行著這一信條。

那就是——

沒必要的事不做。

必要的事盡快做。

2

我打從心底喜歡自己的信條。

但這害我落到現在的下場——放學後仍留在教室，面對桌上兩張稿紙。第一張上頭寫了標題「入學一個月的感想與抱負」，另一張則是一片空白。學生畢業出路輔導處的老師一定好心認為：「要新生寫下將來的抱負，兩張稿紙應該夠寫吧。」真是太感謝了。

這原本是回家作業，昨天也在家寫完了，雖然現在完全想不起來究竟寫了些什麼，但確實寫好了。那為什麼我還得在放學後留下來，面對這不知如何下筆的作文題目呢？這稱得上是個令人萬分驚愕的謎團，簡言之就是——「老師，我把作業忘在家裡了。」

別說是區區兩張草稿紙了，看到只寫了三行就怎麼都繼續不下去的我，里志笑著說：

「這就是『沒必要的事不做』的奉太郎啊。要你寫下日後的抱負，你一定很傷腦筋吧，不過這種東西隨便寫一寫交差就好了嘛。」

講得好像很了解我，其實他根本不明白。我以兩指拎起自動鉛筆晃呀晃，一邊反駁：

「我已經隨便寫一寫了。昨晚就是這樣做的。」

「那為什麼再寫一次會擠不出來？」

「正是再寫一次反而難啊。」

里志一臉狐疑地皺起眉頭。

我開始轉筆，不，是打算開始轉筆，卻沒控制好，手上的自動鉛筆猛地邊轉邊飛出去，擦過里志的臉龐，落到教室的角落。我冷靜地站起，走過去撿起來，一副什麼事都沒發生的神情回到座位，里志也擺出一臉沒事的表情。

「再寫一次是難在哪裡？」

「第一次只要隨便寫寫就生得出來，可是一旦要再寫一次，總忍不住想照著第一次的內容寫，反而沒辦法隨便寫了。」

昨晚是隨便寫寫，但編出來的「抱負」還頗像回事，要我完全拋掉之前的構思從零開始，反而困難。里志似乎很樂，嘻嘻一笑說：

「原來如此，我大概明白那種感覺，所以只要你想得起來昨天寫了什麼就搞定嘍。」

「可是畢竟是隨便寫寫的東西，我想不起來了。」

我把自動鉛筆反過來戳著桌面，於是這話題到此完美畫下句點，里志聳聳肩，沒再多說什麼。

四月就快結束。雖說已是放學後，時間並不晚，教室裡除了我還有幾人留著，正聚在一塊開心地聊著可有可無的事。外頭下著小雨，這兩、三天一直下個不停，天氣預報說今天傍晚雨勢會轉大，因此我很想趕快回家。

里志坐到桌角上，探向我手邊的稿紙，總是拎著的束口袋一甩掛上了肩頭。

「看來你還有得磨的，這樣今天能去社辦嗎？」

一聽到「社辦」兩字，我不由得垮下了臉。

基於信條不難得出一個結論：想也知道我一點也不想玩社團，追求悠哉高中生活的我，怎麼可能自找麻煩去追求青春活力？

然而計畫卻被一封信完全打亂。那是從印度的貝拿勒斯寄來的信，上頭寫著：「加入古籍研究社吧。」然後基於些許倒楣與誤解，我最終還是依照信上的指示，成了古籍研究社的一員。

眼前的福部里志也是古籍研究社的社員，但同時是手工藝社社員與學生會的總務委員，興趣是騎腳踏車。這小子，到底有多閒啊。

里志說了：「千反田同學問起你哦，說你怎麼都不來社團。」

我沒吭聲，埋頭裝出忙著寫稿子的模樣。

千反田也是古籍研究社的社員，全名叫千反田愛瑠。

根據重要的事一概不知的雜學王里志所言，千反田家是富農家族，在我們神山市的東北邊擁有廣大農地，但從她的外表卻感覺不到家世背景的光環，留著一頭長髮的她五官細緻，氣質清新，和我們一樣是一年級生。千反田。我不由得想裝作沒聽見這名字，里志可能也察覺了，我對那位大小姐沒轍。

本來想不會有任何人加入古籍研究社才申請入社，都怪千反田也入了社，古籍研究社開始有了社團活動。這就算了，讓我疲於應付的是另一方面。

千反田不是我討厭的類型，節能主義者是沒有強烈好惡的，只不過千反田在我們初次見面的那一天便抓著我說：「為什麼我會被反鎖呢？我很好奇。」

那天，千反田待在上了鎖的教室，她一直都沒發現自己被反鎖在裡頭，門鎖雖然是我打開的，但當然不是我把她鎖在教室裡。我能明白她為什麼覺得奇怪，但不明白的是她為什麼拜託我解謎，還非常強勢地拜託，我只好被趕鴨子上架地絞盡腦汁。

還好那天運氣好，解開謎團了，但事情真相大白後的放學路上，一股奇妙的預感襲來。我奉行的節能主義並未動搖，畢竟，一般來講，沒人會吃飽沒事幹地跑去撼動陌生人微不足道的信條，千反田應該是同樣心態。可是，千反田一雙大眼睛伴隨著「我很好奇」

一起湊上前，如此景象深深烙印在記憶深處，化為奇妙預感。

「千反田同學現在正在社辦填寫申請許可的申請單。要麻煩她處理那些書面資料，我也很過意不去，但沒辦法，這是身為總務委員的職責所在。」

「是喔，辛苦你們了。嗳，『勤學不ㄔㄨㄛˋ』的『ㄔㄨㄛˋ』要怎麼寫？」

「如果忘了怎麼寫又另當別論，幹麼特地挑不會寫的字咧？你寫『我會用功念書』不就好了？」里志這人基本上有話想說、心情又對時就會直言不諱，但絕不是遲鈍。他輕嘆口氣繼續：「……嗯，不過社團活動這種東西，不想參加的時候也沒道理勉強自己去就是了。」

我不至於不想去，只不過這放學後的時間，比起泡在古籍研究社，當務之急顯然是「入學一個月的感想與抱負」，我將不負神山高中之名，加倍努力精進學業，所以里志，還是要用「勤學不ㄔㄨㄛˋ」表達才傳神啊。

里志俯視桌上那兩張仍有大片空白的稿紙，強忍下呵欠，接著瞥向窗外，我以為他在看下個不停的春雨，卻突然笑嘻嘻地轉向我說：

「對了，我聽到一個很有意思的謠言，雖然很老哏，你也聽說了嗎？」

「老哏？」我抬頭看他。這麼輕易就讓我轉移注意力，可見我不想再思考「抱負」了。里志一臉得意地點點頭，突地豎起一根食指。

「老哏歸老哏，卻很有趣。你想想，神山高中既是神山市最熱門的升學高中，更是一堆奇奇怪怪社團的大本營，究竟是什麼樣的祕境哇？每次我走進校門時都不由得心跳加速。但如此獨樹一格的神山高中，居然也有這麼老哏的謠言傳出來哦。」

「你那根指頭是什麼意思？」

「啊，抱歉，這個沒意思啦。」

里志很乾脆地縮回食指，但臉上依舊笑咪咪。

「奇談，怪談，校園的詭異傳說。我真的很想說給你聽啊。」他說到這，突然裝神弄鬼地壓低聲音：「傳聞，在夜深人靜的放學後，音樂教室裡的鋼琴竟然兀自傳出樂曲演奏……」

「不用說下去，我大概知道了。」

一點也不有趣，我揮了揮手不讓里志繼續講下去。

確實是老哏。小學就聽過類似的，中學當然也有，全都是乍聽前所未聞、其實架構大同小異的「校園傳說」，我不至於聽膩，只是沒興趣，我比較訝異的是向來以趣味至上的里志竟會講起這麼無聊的事。

然而里志一臉遺憾，大大地搖搖頭說：

「你不懂，奉太郎。你覺得本大爺會覺得這種到處都有的『校園怪談』有趣嗎？」

很難講，因為之前他才在說簡易壽險的機制很有趣。

「你誤會啦，想也知道我覺得有趣的是『居然有這類傳說開始流傳』這件事本身呀。」

「是哦。」

「身處教人分不清左右的新環境裡，我們這些宛如迷途小羔羊的一年級生總共三百二十人，剛入學不到三星期，就開始傳出：『其實這間學校裡啊……』的謠言，這是多麼優秀的成長啊！」里志展開雙臂表現他的喜悅。

原來如此，我明白他的重點了。我將右肘抵著桌面，以右拳撐著下巴，「你這麼說也是。忙著摸索新環境時，的確沒心思散播謠言，換句話說，奇怪的傳說冒出來的時候，就代表已經一定程度熟悉環境了。」

「沒錯，就是這麼回事。你一點就通，太好了。」

「這讓我想到血型占卜啊。」

我想到什麼就隨口說出，開心點著頭的里志一聽，倏地停下動作。

「……怎麼說？」

「不就是初次見面時會出現的話題嗎？雙方對彼此稍微有一點認識之後，一開始的話題差不多就是這一類，通常也的確能夠炒熱場子氣氛，讓大家聊開來；但其實很多人心裡一點也不相信這種東西。」

里志猛地倒抽一口氣，雙眼睜得大大。看到他誇張的反應，反而我有些嚇到。

「幹麼啦？」

「哇，真是嚇壞我了！」里志一邊碰碰地拍我的背，「奉太郎竟然會評論起人際關係的方法論！我一直以為你總是閉起眼，不去正視『人類乃是社會性動物』這一點呢。」

真沒禮貌。

「我又沒有討厭人類。而且要我睜開眼睛好好看著對方說話，我也是辦得到的。」我故意死命盯著里志的雙眼說這段話，當然里志不喜歡這樣，當場別開臉。

「好啦，我知道，你只是單純地奉行節能主義罷了。」到底怎樣？這小子真怪。

「那，如何？想不想聽聽這個象徵我們一年級新生成長的音樂教室奇談？」

我不會由於里志的大力鼓吹而對這事感興趣，可是堅持要拒絕，很可能又會被他調侃：「看吧，你根本就不願意去面對社會性的狀況嘛。奉太郎，要擁有良好的人際關係，第一步就是不管無聊還是有趣的話題都要聽聽看哦。」好吧，反正不至於干擾我寫抱負。我重新握好自動鉛筆，一邊把注意力拉回稿紙上，說道：「總之你很想講吧？那我姑且聽之。」

「很好。」里志刻意清清喉嚨，「事情發生在昨天。一名一年級的女同學前往專科大樓四樓。」

「那位女同學，不是千反田吧？」

我沒打算認真聽，但里志才開始講，我的耳朵就不由得豎了起來。

專科大樓四樓有音樂教室和地科教室，後者正是古籍研究社的社辦。

我們一年級學生的教室位在普通大樓四樓，要前往專科大樓四樓，必須先下到三樓，穿過兩棟大樓連接通道的天臺進入專科大樓，再走上四樓。像今天這種下雨日子，由於無法走天臺，就得下到二樓直接走過連接通道再爬上四樓，這是遠到我不願意耗費能量的距離了。

專科大樓四樓等於是神山高中的邊陲地帶，跑那麼遠的好事女生，我只想得到千反田。

才開始講就被打斷的里志一瞬間露出掃興的表情，「不是啊。」

「那就好。」

「好好聽人家講話嘛。」

被罵了。我閉嘴。

「放學後，女同學前往專科大樓四樓，時間已經過傍晚六點。因為校門六點關，學校裡幾乎不見人影。

她來到三樓，正朝四樓走上樓梯時，聽到鋼琴旋律流瀉。不知幸還是不幸，這位女同學對音樂頗有研究，她聽出這琴聲的絕妙之處，無論運指技巧、渾厚的表現力，都是無以倫比地精湛，這首曲子是大家耳熟能詳的〈月光奏鳴曲〉。女同學是為了拿回忘在教室的東西才特地跑這一趟，然而美妙的琴聲讓她不由得佇立原地傾耳聆聽好一會兒。

從走廊到樓梯，連同這名女同學，全被夕陽染上豔紅，世界彷彿開始燃燒，不斷綿延，秀麗的琴聲宛如獻給末日的鎮魂曲，令人感動到幾乎要顫抖的激動情緒逐漸湧上胸口，這名女同學——」

我有意見。「昨天也是下雨天，沒有夕陽。」

「是的，雨滴淅淅瀝瀝地落下，迎來了薄暮，雨聲彷彿隨著溼氣黏上肌膚，還稍稍混入樂音擾亂了旋律，聽著雨聲，一絲無以名狀的不安逐漸滲入這名女同學的心頭。」

破。

而且你說，除了音樂教室，校園哪還找得到鋼琴呢？」體育館裡就擺了一架典禮用的鋼琴啊，不過怕里志覺得我在潑他冷水，我決定別戳破。

這樣也能掰……

里志的能言善道威力絲毫不減。

「神山高中的學生藝文活動本來就遠近馳名，校內有這麼優秀的鋼琴天才不奇怪。女同學想當面稱讚一下彈奏鋼琴的人，於是來到音樂教室門前，琴聲確實從裡頭傳出來的，而且你說，除了音樂教室，校園哪還找得到鋼琴呢？」

「然而，在她打算打開教室門的那一瞬間，琴聲唐突地消失了。這怎麼回事呢？女同學滿腹狐疑，緩緩地打開了門。」

里志刻意壓低聲音，一邊模擬開門的動作，看他這副模樣就曉得快講到故事高潮了。

「門一開，她發現音樂教室裡氣氛相當詭異。

所有的窗簾都拉上，教室內一片陰暗。女同學猛地朝鋼琴看去，那兒空無一人。鋼琴琴蓋打開，卻不見彈琴者，為什麼呢？女同學開始覺得不對勁，動彈不得的她移動視線掃視教室，然後，她看到了……一身高中水手服的女學生正幽幽地待在教室角落，一副有氣無力的模樣，披散的長髮遮住了面容，一雙充血的雙眼，正緊緊盯著女同學！」里志雙手握拳，表現出激動而微微顫抖的模樣，「啊啊……怎麼會讓我遇到這種事？」

真的很愛演。

「女學生嚇得全身寒毛直豎，一個轉身頭也不回拔腿就跑。後來她才聽說，昨天是鋼琴社的人申請放學後使用音樂教室，而鋼琴社只有一名社員，是三年級的前輩，可是那位前輩遇上意外手指受了傷，根本無法彈琴！

哎呀呀，可是奉太郎呀，那架鋼琴竟然會自動演奏，其實說怪也不怪喲，因為這間神山高中呢，從前在全國鋼琴大賽前，曾經有一名鋼琴社社員不幸出意外而——」

「死了嗎？」

里志直到這時才恢復一臉正經。這次的戲演得還真久。

「天曉得，可能死了吧，這我就不知道了。」

不可思議的是，一邊聽著里志閒扯淡一邊寫稿子，竟然順得不得了，或許決定「隨便聽聽」的心態引出了「隨便寫寫」的效果吧。我抬起眼對里志說：「昨天那個時段申請使用音樂教室的是鋼琴社，而且鋼琴社只有一名社員，這兩點都是你加進去的，是吧？」

我知道里志露出苦笑。

「不愧是明眼人，奉太郎。沒錯，鋼琴社社長多丸潤子，指關節受傷治療中。」

我不曉得那位目擊事件的女同學是誰，不過一般學生不太可能得知這麼詳細的社團消息，里志卻有辦法知道，因為他是學生會的總務委員，神高所有社團的動靜他都瞭若指掌。

里志一改裝模作樣的演戲語氣，興致盎然地對我說：「可是那個披頭散髮跟鬼一樣的水手服女學生真的出現了哦。目擊的一年級女同學不知道是太害怕還是嚇到了，今天午休的時候，A班裡傳得沸沸揚揚的呢。」

「不用特地強調水手服吧。」

神山高中的服裝規定男生是立領制服，女生是水手服，要是學校裡冒出穿著學院西裝外套或小學長罩衫的女學生，我才會訝異。

「接下來就等著看這個奇談會不會傳出去了，又會傳得多快呢？要是把謠言的傳播路徑記錄下來，說不定可以成為民俗學研究的資料，名稱就叫做『神山高中也有的七大不可思議——第二怪談』。照現在這個狀況，謠言傳到我們D班不知道需要幾天哦？」

里志雖然是半開玩笑的語氣，看得出來他相當感興趣。謠言的傳播路徑的確很像這小子會埋頭鑽研的話題。

但我沒心思照顧里志的研究，因為他這番話有我無法充耳不聞的關鍵。

「等一下。你剛說什麼？」

「咦？我說『民俗學』啊，不過可能稱做『都會傳說』比較接近吧，講『民俗學』聽起來總覺得好像是有關民間傳說的……」

「不是，那部分無所謂。」

見我臉色突然一變，里志也不由得訝異。

「怎麼啦？『自動演奏〈月光奏鳴曲〉的鋼琴』那麼有趣嗎？真沒想到，奉太郎會這麼捧場。」

怪談本身根本不重要，麻煩的是，如果里志所言不假……

那就棘手了，必須想好對策才行。

「再跟我多講一些吧。不過，我得先把這搞定才行。」

我專心寫起眼前「入學一個月的感想與抱負」，先搞定這個就沒有問題了。

然而愈急著想完成，愈無法下筆，腦中想不出半點內容。必要的事盡快做，確實有時候一切事情都能盡快完成，可是也有想快也快不了的時候。

3

雨下個不停。

我一邊聽著里志述說詳情，一邊埋首於稿紙。

好不容易編完我第二次的抱負，正鬆了口氣想說終於可以回家了，有個人甩著一頭飄逸黑髮走進教室。

「啊，你還在呀！折木同學。」

嘴角與眼角帶著若有似無的笑意，這位正是古籍研究社的社長，千反田愛瑠。雖然她的外表不招搖，但突然有個漂亮女生筆直朝我走來，也難怪還留在教室裡的其他同學頻頻射來意味深長的視線。

我指著黑板的方向說：「妳的教室在隔壁。」

我是一年B班，千反田則是A班。但她只是面露微笑回我：「是呀，我曉得。」原本就已經靠得太近了，她又踏進大約半公尺才站定，接著從手上的檔案夾抽出一張影印紙。

「福部同學，我寫好了。」

「噢，辛苦妳了。還要填這種東西，真的很多此一舉哦。」

我這才想起，剛才里志提過千反田在社辦填資料，因為他說是什麼「申請許可的申請單」，我以為他肯定在瞎扯，但看樣子千反田真的填了一份資料。我瞄了一眼，只看得到標題寫著「社費申請確認單」。

里志從他的束口袋拿出一個皮質封套的筆記本，把那張影印紙對摺之後夾了進去。千反田確認里志收好東西，頭一轉便看向我。她五官當中，唯一與一身清純可人氣質不符的就是一雙大眼睛。當千反田露出熱切眼神，甚至讓人覺得她的瞳孔放得更大了。

我對那雙眼睛、那雙瞳孔的印象相當深。能夠逼得奉行節能主義的本人——折木奉太郎四處奔走解謎的，正是那道直勾勾的視線。放學後在古籍研究社社辦與千反田初次見面是不久前的事，後來也沒什麼機會深談，但直覺告訴我——她又要發作了。

於是搶在她雙脣微張就要開口的前一刻，硬蓋過她要說的話。

「妳來得正好。」

「咦？」千反田想說的話沒能說出口，驚訝得連連眨眼。終於搞定麻煩作業的我鬆了一大口氣，打從心底快活地笑了。

「剛剛里志跟我說了件怪事，是關於一則詭異的謠言。」

「喔，我正想講那件事。」

……被我料中了。

「妳也曉得嗎？『祕密俱樂部的招生紙條』，里志說這是什麼『神山高中也有的七大不可思議——第一怪談』。」

千反田再度眨著那雙大眼睛。

她很訝異，還抿起脣，但旋即十指交扣於胸前，臉上恢復了先前的微笑。「咦？那是什麼呀？真的有所謂的祕密俱樂部存在嗎？」

「我剛聽到的時候也不相信。唔，不如……」我回頭看向里志，「里志，你來講吧。」

「呃，喔……好。」

或許一時沒進入狀況，里志有些困惑，瞟了我一眼，但我依舊堆著笑臉，揮手催他快講。

然後，不愧是福部里志，被我催促也絲毫沒有不耐，一直坐在課桌上的他端正姿勢，語調開朗地開口了。

「那麼，這回開講的是『祕密俱樂部』，客官且聽我道來……由於總務委員也負責管理校內各社團招募新社員的事宜，我是透過這管道聽來的。」

開場白之後，里志繼續說：

「畢竟神山高中有太多社團了，而社團愈多，招募新社員的宣傳海報當然也愈多，估計一學期下來就能夠把全校的公布欄全掩蓋了吧。當然，要貼到校內公布欄上頭，必須得到總務委員會的許可，蓋過章之後才能貼上。

話雖如此，貼海報不過是一張紙加一個圖釘就搞定，因此常冒出未經許可的海報，我們總務委員只得不時去巡視公告欄，一旦發現便立刻撤掉，這也是總務委員的職責之一哦，而且如果校內的正式社團擅自貼上未經許可的海報，是有罰則的，最嚴重甚至會被砍掉社團經費。」

「……沒想到管理起來也很辛苦呢。」

「客官說的沒錯！沒想到管理起來這麼辛苦啊！」

里志的滔滔不絕很快釣到了千反田，她專注地邊聽邊點頭。

「但是呢，據說每年都會有一張出處不明的招募海報闖關。嗯，與其說是海報，應該算是紙條吧。去年發現的那一張，聽說真的只是從記事本撕下一角，上頭寫了集合時間與地點，如此而已。這招募紙條不僅未經許可，社團也是私設的。據總務委員長田名邊學長說，我們神山高中裡，存在一個連總務委員會也掌控不到的祕密俱樂部，而那個私設社團的人始終都在暗中招募新社員。

那個社團真的存在，只是社團活動目的不明，也不知道他們招募什麼樣的社員，知道的只有社團名稱。」

里志說到這，故意吊人胃口地停了下來；千反田則徹底上鉤，立刻追問：「名稱是什麼？」

里志戲謔一笑回：「『女郎蜘蛛會』。」

「女郎蜘蛛……」千反田細細咀嚼似反覆嘀咕數次，突然冒出一句：「我家的院子裡，常看到牠們的蜘蛛網。」

妳光看蜘蛛網就能夠看出蜘蛛的種類？

「田名邊學長去年嘗試透過沒收的招募紙條揪出『女郎蜘蛛會』，但撲了空，紙條上寫的集合地點是一間空教室，而且上了鎖。千反田同學妳也知道，沒有正當理由，校方不會借出教室鑰匙的。所以學長得出的結論是，『女郎蜘蛛會』是有名無實的空殼社團，至於有人把招募紙條貼到公布欄上頭，不過是某個幼稚傢伙的惡作劇。然而……」

里志為了強調故事重點在此，刻意加重了語氣：

「畢業典禮當天，一名畢業生對學長說了。

——我是『女郎蜘蛛會』的前任會長，我們家的下任會長也請多多關照了。當然，前提是你們要找得出那傢伙才行嘍……

田名邊學長身為總務委員長，絕對不允許未經校方許可的海報貼上公布欄，所以特地叮嚀我們，今年肯定會再出現『女郎蜘蛛會』的招募紙條，要多加注意，但截至目前，還沒任何人找到。」

里志說完，一個聳肩，結束了說書。

剛才他在講音樂教室怪談也是如此，誇張的抑揚頓挫，聽起來卻不會不自然。我認識里志很久了，今天才曉得他這麼會說書，看來這小子可以考慮將來當辯士（註）。

註：無聲電影的說書人。

千反田輕吁一口氣。「也是呢，學校的社團活動多采多姿到有點不可思議的地步，說不定真的存在謎一般的社團。」

的確，神山高中在一般全天制的普通高中裡頭，社團藝文活動實在多采多姿得過頭，甚至包括人聲音樂社、魔術社等共五十多個社團，秋初還固定舉辦長達三天的文化祭，如此活躍的校園，要是沒有一、兩個祕密俱樂部就太寂寞了。我開口了：

「『女郎蜘蛛會』啊。社團活動目的不明這一點，倒和古籍研究社一樣呢。」

「怎麼會？古籍研究社——」千反田說到這，突然默默思索數秒，然後不得不承認：「嗯，可能可以這麼說。」

我想起千反田說過她加入古籍研究社是有目的，但她也表示這是「個人因素」，因此我沒繼續追問。

「多如繁星的招募海報當中，藏著唯一的招募紙條，是嗎……」千反田的手貼上臉頰，陷入沉思好一會，接著動也不動地一逕瞇細著眼，像是氣質高雅的深閨大小姐。

然後她終於大大地點頭，神情瞬間亮起來，合掌於胸前，說道：

「嗯，我很好奇。」

等到了。

我拿起完工的稿紙，站起身。

「我就知道妳會這麼說，所以我才會說妳來得正好。」

「咦？你的意思是？」千反田不解地偏起頭。

「當然是要去找出那張紙條呀。」

首先得問問里志，本校上上下下歸總務委員會管理的公布欄共有幾處。

但即使是雜學士福部里志，之前也沒數過這部分。

「等等哦。」里志開始扳指頭，「普通大樓從二樓到四樓，每層樓各有兩處；一樓包括保健室和教職員室的前面也有，所以共四處。位於二樓的連接通道裡頭也有設置，靠普通大樓這側有一處，靠專科大樓那側也有一處。然後是專科大樓，每層樓各設置一處，這樣總共是十六處了。

再來，校內所有樓梯的平臺都設有公布欄，這麼算來，一棟樓有兩道樓梯，又都是四層樓，兩棟加起來就有十六處了。」

我只在意結論，里志在計數時都左耳進右耳處，但千反田不是，她看著十根指頭都扳完了、愣愣地望著雙拳不知自己數到哪裡的里志，穩重開口了：「不對哦，福部同學，兩棟四層樓大樓各有兩道樓梯的話，平臺只有十二處。因為四層樓的樓梯只會有三處平臺。」

「咦？呃，是喔？」

里志又扳起手指，數到後來手比成一副怪樣，看上去簡直像詭異的饒舌歌手。

「所以總共是？」我問。

「二十八處耶？」里志也被數量之多嚇了一跳，「每處公布欄貼了各種尺寸至少十張的海報，這麼算來，這所小小的高中裡頭就貼著三百張的海報了啊。」

「我記得體育館裡好像也有公布欄？」

「對耶，那裡有一處，還有武術道場裡也有，這樣總共就是三十處了。真是太偉大了！總務委員會！我們怎麼這麼奮力工作啊！」里志仰望天花板兀自深深感歎著。

令人驚訝的是，千反田居然無視一旁感慨到無以復加的里志，既沒述說感想也沒潑冷水，自顧自地望著他處。沒想到我們還沒聚過幾次，她就抓到對待里志的訣竅了，而且是正確不過的方式。

但千反田視線的彼端，卻是在下。

「總共有三十個公布欄啊，要全部找過一遍嗎？」

怎麼可能。要是那麼做，我會基於違反個人信條遭報應而死。

「應該先思考可能性比較高的公布欄，鎖定幾個可疑的點再去調查。」

「之前摩耶花也說過。」回過神的里志語帶調侃地說：「奉太郎都先動腦才動身體。」

「那不是很好嗎？」

「摩耶花說，結果就是幾乎都沒動到身體啦。」

我無法反駁。

摩耶花指的是伊原摩耶花，不知什麼孽緣，我和她從小學一直同班到中學畢業。這時我才驚覺原來我們直到上了高中才第一次被分到不同的班級。伊原和我交情沒特別深，和里志卻情誼匪淺，有句話說「蘿蔔青菜，各有所愛」，伊原對里志始終一往情深。

「摩耶花同學是誰呢？」

「唔，嗯，妳們應該遲早會認識吧。」

伊原向里志告白過好幾次，里志卻一味閃躲，原因不明，我也沒興趣知道，總之現在該做的事就如伊原的毒舌評語——先動腦再說。

「要鎖定可疑的點呀。也就是說，要推敲出祕密俱樂部的社員覺得最適合貼招募紙條的公布欄是哪幾個，對吧？」

「嗯，就大方向來看，妳覺得怎樣的地點比較適合？」我問。

千反田想了一下，抬眼瞅著我說：「要是被總務委員看到，當場就會被撕掉了。如果是我……嗯，我還是會希望盡可能貼在比較不顯眼、位於校園角落的公布欄裡。比方地科教室旁邊那一帶就沒什麼人過去。」

「也對，還有武術道場那邊也很有可能，那個公布欄除了會用到道場的社團和總務委員以外，應該沒人會注意到。」里志也應和。

我可不想去那麼偏遠的地方調查，於是我盡可能自信滿滿地斷言：「我覺得不是哦。」

果然不該隨便做不習慣的事。可能我演得太假，眼角餘光瞥見里志的嘴撇成了ㄟ字形，只不過，里志怎麼想不重要，重點是千反田，還好她不覺有異。

「不是嗎？」

「我可以肯定的是，」我頓了一頓才繼續，「如果『女郎蜘蛛會』的招募紙條已經貼出來，要不就是貼在這棟樓一樓正面出入口前方的公布欄，要不就是靠我們教室這邊三、四樓之間的樓梯平臺上方。」

千反田微微偏起頭，「你的意思是，只可能貼在從一樓正面出入口到一年級教室，也就是我們一年級生最常經過的路線上頭，是嗎？可是這麼一來……」她嘟囔著，又陷入沉思。

這時要是有辦法說服千反田，事情就好解決了，可惜我沒有里志的舌粲蓮花，遲遲想不出該怎麼接口，於是里志插嘴了：

「哎呀，不用想太多啦，奉太郎會這麼說一定有他的道理。千反田同學認為是在校園的偏僻處，奉太郎認為會出現在一年級生的動線上頭，總之雙方下好離手，直接去確認最快嘍。」

「嗯，說的也是喔。」里志才剛提議，千反田便旋即一個轉身說：「好，那我們走吧！」

我點點頭，背起學校規定的側背包。

順便偷瞥了里志一眼，只見他望著他處，尖著嘴彷彿就要吹起口哨。

4

「噯，妳中學是念哪一間？」

入學至今我被問了無數次這個問題，但主動問人還是頭一遭。千反田想必也被一再問過，卻毫無不悅的臉色，她回道：

「我是印地中學的。福部同學和折木同學你們中學是同校，對吧？」

「對對對。」身後傳來里志的聲音，「說到福部里志與折木奉太郎，可是鏑矢中學有名的『Earth, Wind & Fire』（註）呀！」

說誰？在哪裡？現在是在講哪椿？

想也知道，中學時代的我在校一樣沒沒無聞，里志卻不同，他當時是學生會的會計。

我和千反田並肩走下樓梯，里志則跟在後頭。放學後，天剛開始暗的這段時間，使用這道樓梯的人數大增，我們邊走邊留意不要擋到他人通行。

來到三、四樓之間的平臺，此處的公布欄貼著各式五彩繽紛的海報，爭奇鬥豔，每個

註：地球風與火樂團，流行樂男子組合，一九六九年結成於芝加哥，團員人數維持七至九人的編制，曾獲六次葛萊美獎及二十次提名，擁有超過五十張金唱片及白金唱片，唱片全球銷量超過九千萬張，被視為七〇年代流行節奏藍調的首席代表樂團。

社團各有其主打重點，反而使得整面公布欄乍看顯得雜亂無章。千反田指向當中一張海報說：「我喜歡這個。」

那是張圓形的海報，換句話說，他們毫不客氣地占去了一大塊空間，海報上寫著簡單的宣傳文案：「要不要加入手工藝社呀？」下方貼了一隻正在編織東西的貓熊，卻非手繪圖樣，而是刺繡而成，繡好的布貼到厚紙板上，就成了一張招募海報。我光是想像那要花費多少心力就快暈了過去，究竟有什麼必要如此拚命……

見我一直怔在公布欄前，里志把手放上我的肩頭。

「如何呀？奉太郎，看到與節能主義完全背道而馳的精緻手工藝，深深感到作者驚人的毅力與對作品完成度的堅持，此刻你難道沒有一丁點感想？」

「接觸異文化總能讓我得到巨大的刺激。」

「非常誠實的感想，很好。」里志用力點了頭，接著轉向千反田，得意地說：「我也很喜歡這張海報哦，所以入社了。手工藝社。」

「咦？」千反田驚愕地說不出話，看樣子她不曉得里志也是手工藝社。

千反田要是多和里志相處一些時日，可能將不斷對這小子廣泛的興趣與過人的行動力感到訝異，慢慢她就會覺得：「莫非福部里志只是單純沒節操吧？」

繼續檢視公布欄，只見其中一張海報掀了角，整張都歪了。

「哎呀，圖釘掉了嗎？」千反田立刻蹲下查看地面，卻沒找到圖釘。

「……好了，看樣子沒貼在這個公布欄，我們去看別的吧。」

接下來我們接連檢查了二、三樓與一、二樓之間的平臺公布欄。

花俏的字體、動人的文案、細膩的製作、從寫實到漫畫風格的各類插畫，各式各樣為吸引新生而花招盡出的招募海報展示在眼前，社團的種類之多也不遑多讓，水墨畫社貼出水墨畫、漫畫研究社畫的是四格漫畫、將棋社與圍棋社貼出詰棋（註）題目、樂旗隊社貼出精采演出的紀錄照片，此外還有運動類社團，在藝文類當道的神山高中裡雖屬弱勢，種類卻一點也不少，籃球社、田徑社和棒球社，多到甚至讓人有錯覺，彷彿這所學校包下了所有適合高中生傾注活力的社團活動。

「哎呀呀，這樣看一遍下來還是不得不承認，神山高中真的很驚人。」

「真的呢，海報多到公布欄的背板都看不見了。」

「啊，這張海報好棒哦。」、「這張做得很用心呢。」冷眼看著興奮不已的兩人，我不知為何有種挫敗感。

每天必經這道樓梯，海報也明明見過幾十次，但一旦正面迎向公布欄，自己始終敬而遠之的活力就這麼迎面襲來，總覺得頭開始有點昏。

折騰好一會，我們一行人總算是下到一樓。

註：出於實戰或刻意安排的棋局，含有一些巧妙的獲勝手法，可用以訓練計算力及測試棋力，饒富趣味。

來到一樓的正面出入口前，這是我們調查至目前的公布欄當中，貼得最滿、最混亂的。

里志笑著說了：

「這是新生會看到的第一個公布欄，正是所謂的一級戰區哦。」

我的天，總務委員會真的認真在管理這裡嗎？整個公布欄沒有一張海報的規格是正統的，明信片尺寸的招募小卡貼滿到公布欄邊上。因為是一級戰區，很多社團都跑來想分一杯羹吧。我每天上下學經過這應該都瞄過，但這板子本來就這麼熱鬧嗎？

面對眼前的混亂，千反田似乎得出了什麼結論。

「噢，原來如此，是這個意思呀。」

我回頭看她，她回我一個微笑：

「我本來不明白折木同學為什麼覺得愈多人看得到的公布欄愈可疑。這裡貼了這麼多海報，沒經過委員會許可的招募紙條也就不那麼顯眼了吧。」

她是想說「藏木於林」嗎？

有那麼一瞬間，我很想光明正大驕傲地說：「沒錯，就是這個原因。」但要是真說了，那不是光明正大，而是打腫臉充胖子，所以我決定說實話。

「……不是耶，抱歉，我沒想到那去，我根本忘了這塊公布欄會熱鬧成這樣。」

「咦？那你的判斷點是什麼？」

「如果東西真的在這裡再告訴妳吧，沒找到就糗了。」

千反田將手指抵上嘴唇下方，一臉含笑站到公布欄正前方。

「那就非得找出來不可嘍。因為剛才折木同學你不知怎的，對自己的推論異常地有自信，我無論如何都想聽聽你的說法呢。」

又沒有那麼誇張……不過，看樣子千反田已經認識到，自信滿滿的態度一點也不適合我。真怪，明明我和她根本沒講過幾次話。

千反田原本就大的眼睛睜得更大，直盯著公布欄。看到她那宛如想穿透紙背的視線，我不禁坐立不安了起來。這傢伙的直覺應該不算敏銳，但她的觀察力和記憶力卻是超人一等。猶記得初次面對面時，我完全對她沒印象，她卻清楚記得我和我的全名，正是那驚人觀察力加上記憶力得出的結果。要是她把這整塊公布欄上貼的海報全記下來的話……該怎麼說呢？對我而言，不太妙。

「連全球行動社、辯論社、百人一首（註）社都有呢。啊，占卜研究社！我的朋友就是加入這個社團。」

面對宛如社團名冊的公布欄，千反田的視線從右上往左移動，稍微下移後又往右審視過去。

註：「百人一首」原指日本鎌倉時代歌人藤原定家的私撰和歌集，匯集日本王朝文化七百年的一百首名歌，代代傳頌，家喻戶曉。今日多指印有百人一首和歌的紙牌，或是用這種紙牌來玩耍的「歌留多（カルタ）」遊戲。

「如何？真的會有嗎？」里志問千反田，但千反田專注在眼前一張張海報，沒察覺里志話中的挖苦意味。

「古箏社、桌球社、美術社……嗯嗯。」彎腰湊上前的千反田兀自嘀咕，接著終於直起身子，一臉遺憾地面帶苦笑說：「看來沒有『女郎蜘蛛會』的招募紙條啊。」

看她那表情，我第一次感受到類似罪惡感的情緒。

「不過仔細想想，其實我們一開始也不確定那個祕密俱樂部的招募紙條是不是到現在還貼出來，不見得是折木同學你推測錯了哦。」

看，她甚至出言安慰我。

突然一股情緒襲來，我很想當場向千反田道歉。她個性不鄉愿，卻一根腸子通到底；相對地，我還有里志，即使非出於本心，看待事物的角度總不自覺有些偏頗。千反田應該和這種扭曲個性完全沾不上邊吧，我很想對她說：「妳能不能再多懷疑這世界一點！」事情是不是有內幕呢？別人是不是在騙我呢？她應該從沒想過這些事。不，她怎麼可能沒懷疑過，我相信她不笨，那為什麼她絲毫不顯露對我的懷疑？這樣反而顯得我跟小丑沒兩樣。

但計畫已順利進行至此，既然無法收手，只能做到底了，幸好此時站在千反田身後的里志及時出聲：

「很難講吧，我覺得應該有啦，只不過是不是貼在一眼就看得到的地方就不確定了。」

「怎麼說呢？」千反田回頭問里志。

「我想，他們要逃過總務委員的眼睛，應該會做點手腳吧。不過都好，反正真的有貼出來，遲早會找到的。」里志說著微微聳聳肩，「我比較好奇的是，奉太郎，為什麼你覺得如果真的貼出來，就會出現在一年級生的動線上頭？」

「……喔，你問那個呀。」雖然在我的計畫之中，我的聲音卻有氣無力。嗯，或許聽起來像因為推論落空而失望吧。我搖搖手，開口了：「對了，里志，如果你要藏東西在這間學校，會藏在哪裡？」

可能問題來得太唐突，里志想了好一會才回答：

「藏東西？嗯，要看東西多大吧，不能一概而論……不過普通大樓的一樓教職員專用廁所再過去那一帶應該不賴，那裡是整排空教室，根本沒人會過去。」

「還有其他地方嗎？」

「……和室教室……吧，那裡只有茶道社的人會去。」

「ＯＫ。那麼，如果要把東西藏在鏑矢中學裡呢？」

里志這回想得更久了，「那當然就藏在……」他才說到這，突然衝著我一笑，

「哦——我懂了。」

「就是這麼回事嘍。」

我們一副共犯的語氣說著。

「我知道你想說什麼了，奉太郎，你的考慮確實有理。」

「咦？你們在說什麼？鏑矢中學裡有那麼適合藏東西的地點嗎？」完全被當成局外人的千反田開口了，語氣夾雜著巨大的好奇與些許的不滿。

「也不算適合啦，不過我第一個想到的是配膳室。那裡每天有大量學生出入，反而誰都不會注意到。」

千反田似乎還沒弄懂和室教室與配膳室的差別在哪，於是我明說了：

「要藏在神山高中裡，就會想藏在人煙稀少的地方；但如果要藏在鏑矢中學裡，反而會想藏在人進人出的地點。妳呢？如果是妳會怎麼做？假使要藏東西在印地中學裡的話，難道妳不會想藏到『眾人視野的盲點』嗎？」

「啊……」千反田倒抽一口氣，手掌掩上嘴邊，「的確如你所說。為什麼哦？不會想把東西藏到隱密的角落耶。」

「簡單講就是習慣的問題。」我說得很肯定，「神山高中對我們而言都是還沒習慣的新環境，因為不習慣，不想被察覺的事就會傾向偷偷做；相對地，中學我們都待了三年，校園每個角落都摸透了，既然如此，與其遮遮掩掩避人耳目，反而會想嘗試大膽突破盲點。

要是把東西藏在平常沒什麼人去的和室教室或空教室，萬一哪天有人闖進去，那個人一定會仔細觀察四下。老鳥正因為曉得很少人去的地點終究還是有人去，東西被看到風險更大，自然不會想把東西藏在那。」

「原來如此呀。」里志說，「所以你才會覺得一樓正面出入口可能性最高。的確，學生的蹤跡遍布校園每個角落，不可能有完全沒人進出的地點。而且貼在這處公布欄，也能發揮剛才千反田同學說『藏屍於戰場』的效果嘍，對吧？」

什麼屍體不屍體的？不過，總結就是這麼回事。

「愈是新手愈想要出奇招。『女郎蜘蛛會』裡沒有一年級生，正因為是老鳥群集的祕密俱樂部，我猜他們反而會傾向大剌剌地直接闖關。」

千反田似乎大為感動，神情認真地做了深呼吸，接著像在反芻剛才的話語似緩緩點著頭。

「確實，奉太郎同學說的有理，我太天真了，只想到要藏在校園角落。聽了這番解釋，我現在反而覺得，要是這處公布欄找不到『女郎蜘蛛會』的招募紙條才奇怪呢。」

「嗯，不過沒有的東西就是沒有。看來奉太郎的自信也不太可靠啊。」里志邊虧我兩句，邊湊近公布欄一看，突然間停下動作，「……唔？」

只見他倏地斂起笑容，手伸向欄上的某張明信片，在一片尺寸大同小異的宣傳明信片當中，唯獨那張像想強調自我主張似地，硬比其他的大上一倍。

「那是棒球社的吧。」

「嗯，是啊，不過這裡怎麼好像有點翹起來？」里志心不在焉地應道，一邊掀起明信片。

下一秒，千反田「啊！」了一聲。

明信片的後方貼著一張從稿紙撕下的小紙條，上頭寫著一行字，一筆一畫全是以黑色簽字筆貼著尺描下：

「女郎蜘蛛會　招募會員兩名　０５０２１７２２ＬＬ」

「找到了耶……真是不可思議，剛才聽了二位的說明，我只覺得一定找得到，所以現在一點也不訝異呢。」千反田的反應與其說訝異，更像傻住了。

另一方面里志則沒什麼反應，自顧自盯著紙條上的文字。

接著刻意語氣鄭重地緩緩說：

「嗯，沒蓋總務委員會的許可印章。那我就善盡職責嘍。」

當下撕去了那張紙條。

我們在公布欄前攪和的這段時間，出入口仍不斷有一年級生穿過，大家都到鞋櫃前換上鞋子，踏上雨中的歸途。

我開口了：

「嗯，這下了結一樁心事。那我去一下教職員室交報告，然後直接回家嘍。」

「ＯＫ，我也該回去了。」

千反田似乎有些意外，但旋即露出微笑。

「好的，那我們就此告別嘍。『新手才會想要出奇招』，我記下了。」

她向我和里志道別後，手在胸前輕揮了揮。

5

和天氣預報唱反調，雨勢正逐漸減小。我和里志撐傘走在回家路上。經過拱頂商店街時，里志收起傘，這時才終於打破沉默。

「一開始我還以為出了什麼事。」他的語氣帶有苦笑、諷刺與半開玩笑的輕佻，以及幾分責備。「聽我講了『自動演奏〈月光奏鳴曲〉的鋼琴』，你居然主動問我七大不可思議的第一怪談是什麼，我還在想節能主義者奉太郎怎麼突然性情大變呢。」

「多謝幫忙。」

我只簡短回了這句，其實這次要不是里志在每個重要關頭及時察覺我的意圖、跳出來掩護，計畫可能不會如此順利。

里志握著傘把轉著傘，那是一把有時髦格子花紋的灰色雨傘，我的塑膠傘完全不能比。附著傘上的雨滴紛飛至前方人行道路面上。

「這招『以不可思議制不可思議』，太精采了。」

沒錯。

我之所以主動聊起「女郎蜘蛛會」的怪談，原因只有一個，那就是——**不要讓千反田提起「自動演奏〈月光奏鳴曲〉的鋼琴」的怪談。**

據里志所說，昨天一年A班的女同學聽到音樂教室傳出鋼琴聲，而在A班傳得沸沸揚揚是今天午休時間，也就是說，傳聞還沒到里志所屬的D班裡。

在里志的述說中，有一句我不能充耳不聞的關鍵。他說：「謠言傳到我們D班不知道需要幾天？」他會在意D班何時才聽到謠言，表示他的消息來源不是來自班上。

那里志是什麼時候、在哪裡、聽了誰說起這件事呢？

答案很簡單。里志來教室找我之前，人在古籍研究社的社辦，也就是地科教室；地科教室有在填寫申請許可申請單的千反田，而千反田是一年A班的。

想也知道，里志的消息其實來自千反田。

另一方面，又聽里志說千反田希望我偶爾去社辦露臉，至此我有了預感，姑且不論是好是壞，我想到的是——

千反田會不會因為我之前解開「不知不覺被反鎖在密室的千反田」之謎，因而期待我也幫忙解開「自動演奏〈月光奏鳴曲〉的鋼琴」的謎團呢？

但也可能是我想太多，畢竟我和千反田沒見過幾次面，她不大可能只因為那次的事件就覺得我是可靠的人，再說她怎麼會為了解決這個謎題而特地來找我？

即使如此，我還是忍不住做好萬全準備以防千反田突然跑來。最好的方法就是趕在千反田出現之前滾回家，偏偏我又必須留在教室重寫一遍作業，短時間離不開，於是我開始思考對策。

然後千反田真的來了。

雖然她的主要目的是把申請許可申請單交給里志，總之她真的出現了。

我一點也不想牽扯進音樂教室的怪談，於是得找另一件怪談來轉移千反田的好奇心，我想到的是「七大不可思議的第一怪談」，也就是里志說的「以不可思議制不可思議」，我的計謀見效了，千反田明顯想找我談音樂教室的事，卻被祕密俱樂部的怪談吸引住。

里志說：「只不過，我雖然知道你想幹麼，卻不明白你為什麼想那麼做。不想談到『自動演奏〈月光奏鳴曲〉的鋼琴』，卻抓了『女郎蜘蛛會』的怪談出來講，你到底在想什麼？不要跟我說你是因為鋼琴的謎團解不開才想溜掉哦。」

當然不是。

而且我的動機不是出於「想做」某件事，反而出於「不想做」。

「鋼琴那個謎團，我一聽完就有答案了，只要跑一趟音樂教室就能證實我的推理。」

「那你的癥結是？」

真的需要講個理由的話，就以一句話解決。

「音樂教室太遠了。」

小雨打在拱頂商店街的塑膠屋頂，發出淅淅颯颯的聲響。小貨車小心翼翼地駛過狹窄的通路，濺起的水花飛向我的鞋子。

里志深深地嘆了口氣。

「……原來如此，我懂了。不愧是奉太郎。」

音樂教室位在專科大樓四樓，下雨天從我的教室過去，必須下到二樓，穿過連接通道再爬上四樓，相當遠。

天氣預報說傍晚雨勢會變大，加上我的作業一直寫不順，我真的很想趕快回家，一點也不想跑去音樂教室那麼遠的地方。

之所以主動提起祕密俱樂部的怪談，只是出於這個原因。

為了轉移千反田的好奇心，我向里志問起的「神山高中也有的七大不可思議——第一怪談」是絕佳的話題。我很快計畫好整個計謀，只要對千反田提議「我們去找出那張招募紙條吧」，一起來到一樓正面出入口，之後就可以直接回家。

至於音樂教室那架鋼琴之謎怎麼回事，本來就不關我的事，沒必要的事我不做。但萬一千反田睜大她那雙大眼湊上來說：「我很好奇！」的話……

「沒錯，必要的事就盡快做。」

我的速戰速決計畫成功了。

但里志不這麼認為。

「奉太郎，你這樣不太好哦。」

「……」

「宣告自己的信條就該堂堂正正地大聲說出來。可是你剛才的講法，在我聽來只覺得你在找藉口。」

我無以反駁。

不止如此，我甚至無法直視里志。平靜的春雨聲中，我只能垂眼望向自己濡溼的腳。

……我打從心底喜歡自己的信條。

然而今天我基於這個信條，想出以疑問制疑問的手法搞定麻煩事，但此刻內心卻毫無滿足感，唯有「這麼做真的好嗎？」的內疚，溼溼地黏在心上揮之不去。

我的詭計得逞，千反田和我們一同來到一樓正面出入口，我有點像謬論的推理也讓她佩服不已，而且趁著里志幫忙轉移她注意力時，我也成功把「女郎蜘蛛會」的招募紙條貼上了公布欄。

那張紙條是我撕下稿紙的一角寫的。學校要我們寫下「入學一個月的感想與抱負」，發給每個意氣飛揚的新生兩張稿紙，不用說，我腦中當然沒有足夠寫到第二張的內容，所以我便有效地再利用第二張稿紙。

圖釘則是在樓梯平臺處的公布欄弄到手。那時千反田看到一張掀了角的海報，以為圖釘掉在地上，其實圖釘正握在我手裡。

計畫一切順利，千反田沒再提起鋼琴的怪談，我也如願踏上歸途。

明明一切順利，但此刻我說出口的信條，連自己聽起來都像在辯解什麼。我無法反駁里志。其實在執行計畫的過程中，我也一直在想是不是該收手。想趕快回家，不想去遙遠的音樂教室，非常好，目的再正當不過，但手段呢？

穿過拱頂商店街，來到斑馬線前方，到這就必須撐傘了。里志停下腳步，探頭看了看我，露出奇妙的笑容。

「奉太郎，你今天犯了一個根本上的謬誤，知道是什麼嗎？」

我隱約知道，又不是那麼確定。要是里志斷言我犯了謬誤，我會覺得他說的沒錯，但一方面也多少覺得自己採取的對策是正確的。總之我無言以對。

里志刻意誇張地聳起肩。

「以不可思議制不可思議，嗯，是個優秀的變化球，很像我的作風。」接著，里志模仿我先前死命盯著他的雙眼般湊近我說：「可是啊奉太郎，那不是你的作風哦。」

我輕輕別開視線。

「如果你決意死守你的信條，該採取的行動只有一個。雖然把作業忘在家裡，不得不留校重寫一遍，這是沒辦法的事；而千反田同學跑來教室，也不是你的錯。可是呢，為什麼你沒有丟給她一句『那種事我哪知道』就擋回去呢？這就是你犯的謬誤。

不管千反田同學提起任何事件或謎團，你都沒有義務認真幫她解謎，只要大概聽聽隨口敷衍過去就好了，何況事實上你一直以來不都這麼幹嗎？」

……里志說的對。

為什麼我會想採取「以疑問制疑問」的對策？雖然我免去了跑一趟音樂教室的耗能，但不可否認這是相當費事的手法。我怎麼會做出這種事？

里志這番話多少有些刺耳，卻不得不承認他所言甚是。真心想擺脫千反田的攻勢，只要一句「我哪知道」就搞定了，不是嗎？

總覺得里志那奇妙的笑容更加地意有所指。

「哇，沒想到我還能夠教你雜學以外的東西，真開心。聽好了，奉太郎，我很清楚你為什麼會做出這種事哦。」

「……」

「那是啊，愈是新手愈想要出奇招呀。」

這話好像在哪裡聽過。

我明白為什麼老朋友里志熟悉的笑容看起來那麼陌生，這小子此時的笑容根本皮笑肉不笑。

「講白了就是，奉太郎壓根還沒習慣自己是有千反田同學在的古籍研究社的一員，才挑了這種繞遠路的費事手法。或許你覺得自己今天拒絕了千反田同學，但是啊，在我看來，那根本不是拒絕哦。」

「我沒有要拒絕她。」

我確實覺得千反田很麻煩，卻從沒想過要和她劃清界線、這輩子再也不見到這個人。

「你當然沒有拒絕她，你只是對現狀採保留態度罷了。」

保留。

這個詞莫名說進心坎。我好像懂了。千反田發揮她無以倫比的好奇心衝進我的生活圈、讓時間變得多采多姿這件事，我的處理方式是持保留態度。這話真是太貼切了。

我當然也預想得到，保留的前方是什麼在等著我。

見我始終沉默不語，里志放棄等待回應。他看向天空，格子花紋的傘「磅！」一聲打開，劃破了寂靜。他將傘柄靠在肩上迎向雨中。里志的家直走就到了，我家則在彎過馬路的方向，號誌依然是紅燈。

臨別前，里志回頭對我說：

「對了，『自動演奏〈月光奏鳴曲〉的鋼琴』是怎麼回事呀？我不會要你跑一趟音樂教室啦。」

「喔。」籠罩在小雨的溼氣，嘴脣不可能乾澀，我卻不由得舔了舔脣。視線一逕望著里志的腳邊。「真相是，校門即將關閉的傍晚六點前，那名手受傷的女學生獨自待在音樂教室裡，頭髮凌亂、雙眼充血，是吧？就是一副剛睡醒的樣子。」

「啊，原來。」

「那位鋼琴社社員因為睏了而在音樂教室小睡一覺，入睡前她把鬧鐘時間設定在接近六點，她使用的鬧鐘，應該就是放進播放機的〈月光奏鳴曲〉CD吧。」

里志噗哧笑了。

「原來如此啊，畢竟是以社團活動蓬勃聞名的神山高中，音樂教室裡有一臺CD播放機也不奇怪。的確，只要去看看就能證實你的推理了，因為播放機會留有鬧鈴設定的紀錄，對吧？哎呀呀，說穿了根本不值一文，真不好玩，早知道不問了。」

「……不過，奉太郎！」

號誌燈轉綠，彷彿告知行人「可以過馬路了」的樂音隨之響起。里志邊踏出腳步邊對我說的話，聽起來也像預言。

「我覺得啊，以長遠的眼光來看，跑一趟音樂教室把謎團解決掉，才是符合你信條的作法哦。今天這個糾結的局是成功了，但說不定日後得付出更大的代價。這次的事我不會跟你討人情，不過千反田同學就難講嘍。好啦，我先走了，明天見。」

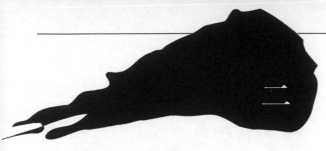

三

犯下原罪

1

這堂課是世界史，進度到了中國史。糟的是春秋戰國時代的歷史我大多知悉，課上起來百無聊賴，但我既沒有無聊到在筆記本角落塗鴉殺時間的雅趣，也提不起勁寫下好玩的紙條讓同學傳閱分享，家庭手工業之類的普通嗜好也不在我的興趣範圍，只好讓老師枯燥的合縱連橫策略（註）說明左耳進右耳出，獨自咀嚼著期望無為者所幸運獲賜的漫長無為時光。

神山高中好歹是升學學校，學生諸君的上課態度整體來說不差，老師清晰的嗓音響徹靜謐的教室，粉筆一觸上黑板便發出喀喀的聲響。這是第五堂課了，睡魔襲來也不奇怪。時值六月，今天是梅雨季節中可貴的晴天，我卻如此浪費高中生活。

我按了按自動鉛筆的筆尾，沒打算寫什麼，筆芯卻沒出來，原來一直沒發現筆芯用到底了。從鉛筆盒拿出備用筆芯，以拇指和食指捏起，接著把筆芯對準自動鉛筆的筆頭試圖直接插進去，我不打算從筆尾補充筆芯，想玩玩自創的穿針遊戲。

但和平總在突然之間灰飛煙滅。

竹子猛地敲上硬物發出駭人聲響，由於太過突然，我不禁倏地縮起身子，睡魔瞬間遠離，ＨＢ筆芯也硬生生從中斷成兩半。真浪費。不，應該還能用吧。

看來被嚇到的不止我，教室逐漸出現竊竊私語，鄰座的女同學轉頭問坐後面的好友：

「那是什麼？妳聽到了嗎？好嚇人哦。」大家只要逮到機會，應該都不想一聲不吭地老實上課。

聲響不止一聲，「磅！磅！」地連續響起，然後夾雜罵聲，那人嗓門很大，卻咬字含混，聽不出在說什麼。是個男性，聲音充滿威嚇力，這時我大概知道發生了什麼，班上的同學應該也都猜到了。隔壁教室裡，數學老師尾道什麼的又在發神經了。

教師工作有個別名叫做「執教鞭」，但現代應該不存在拿著鞭子的教師，頂多拿根長度可伸縮的簡報棒。以前初次見到輔導處的森下老師時，我有個感想：「老師手中沒拿竹刀，但如果有機會，他一定很想拿。」而這位尾道老師隨身帶一支宛若竹刀、帶竹節的竹棒來代替簡報棒，偶爾也會把竹棒當教鞭，不過身為資深教師的他從不揮向學生，只是有時拿來敲打講桌或黑板以威嚇學生。教導我黑板其實比想像中要堅固的恩師，正是尾道老師。

話雖如此，我對尾道老師的印象為何呢，我既不討厭他，也不會不屑他，完全沒有負面情緒，畢竟這種老師在中學、甚至小學都有。要說感想，應該就和我對鄰座女同學的感想一樣，長相、名字和個性都曉得，但僅止於此，其他部分無關緊要。

不過不管怎麼說，鬧到隔壁班級都受影響，畢竟不是教師該有的行為。我才這麼想，

註：中國春秋戰國時期的外交及軍事策略，「合縱」即「合眾弱以攻一強」，「連橫」即「事一強以攻眾弱」。

尾道接連不斷的怒罵被一道澄澈的聲音打斷，是我聽過的聲音。察覺出聲的是誰的同時，我不由得悄聲嘀咕：「不會吧……」

因為，那應該是千反田。

她和我一樣是一年級生，入學沒多久便因為一些原因認識彼此，而且加入同一個社團。我這才想起，對喔，千反田是隔壁班的。雖然很訝異神山高中居然有學生敢反駁氣到狂敲黑板的尾道，但更令我驚訝的是，那人竟然是千反田。我懷疑自己聽錯，還特地豎起耳朵仔細聽了一會，但畢竟隔了牆壁，聽不太清楚，不過從語氣的抑揚頓挫聽來，真的很像千反田。

不確定她說了什麼，可以確定的是，她字字句句非常尖銳強烈。她的聲音我聽過數次，但如此激動且憤怒還是初次耳聞。

不知是否想說的都說了，隔壁教室終於沒聲音，我們班上也籠罩在屏息的沉默之中，然而隔壁教室恢復了安靜，莫非千反田真的講到尾道閉嘴了？我們教室裡不負責任地期待事情鬧大的氣氛也逐漸緩和，既然隔壁班的騷動平息了，我們班也只得繼續回到世界史的課堂。

我抽出自動鉛筆裡的筆芯，這回不再玩遊戲，迅速從筆尾補充好筆芯後，轉起筆來。

2

放學後在古籍研究社的社辦，也就是地科教室，初夏的日光斜斜射進室內。我以手指夾住文庫本讀著，千反田則慌張不已。讓她慌張不已的原因是占據教室中央爭吵的兩人——福部里志與伊原摩耶花，不過他們倆根本吵不起來，這兩人所謂的爭吵，一向只是伊原單方面持續責罵，里志要不隨口虛應故事、要不苦笑著聽聽就算。打從爭吵一開始就在場的我也搞不清楚今天兩人為了什麼槓上，差不多就是電線杆很高或郵筒是紅色之類的小事吧。

我和千反田和里志在四月時，加入了原本瀕臨廢社危機的古籍研究社，伊原則是追隨里志的腳步，在五月入社。

伊原和我從小學一年級就一直同班，除此之外我和她之間沒什麼值得一提的往事，後來我們上了高中首次被分在不同班級，現在卻待在同一個社團，真不知和她的緣分是淺還是深。總之如此一來，伊原就身兼圖書委員、漫畫研究社社員、古籍研究社社員的三重身分，恰好與總務委員兼手工藝社社員兼古籍研究社社員的里志相輝映。

先前社員只有三人的時候，古籍研究社是個非常安靜的地方。

里志原本就是一個聊的時候很起勁、沒事的時候也可以一直不開口的人；至於千反田，她只要那股好奇心沒有爆發，平日就如外表給人的印象，文靜不多話。

雖然是社團，但也是平靜無波的舒適地點，我後來也慢慢愈來愈常跑地科教室，不是出於喜歡上了社團活動，只是因為這是能讓人靜下心的地方。

然而狀況卻在伊原入社後有了變化。伊原單獨一人的話，不過是個個性不太可愛的老同學，但一旦和里志湊到一起……

「說起來一開始不是阿福你自己說要來的嗎就算你有苦衷好了到底是怎麼回事聯絡一聲不是基本的禮貌嗎你要是不來就說不來為什麼不講一聲你不是有手機嗎你到底在想什麼現在又不是我的錯你那什麼表情好好聽人家講啊你知道自己現在是什麼立場嗎不是跟我道歉就能解決的耶再說阿福你啊……」

就會變成這樣。

是第幾次爭吵了呢？剛開始幾次，在場目睹的千反田整個人慌到手足無措，拚命想當和事佬安撫雙方，雖然這麼說有點過分，但她在做無謂的努力。現在她不再試圖居間調停了，但依然努力想找出適當的時機開口關切一聲「發生什麼事了呢？」我不經意抬頭，剛好和一臉困惑的千反田四目相對，她悄悄伸出食指，指指吵個不停的兩人。

我在讀的文庫本是科幻小說，故事開頭還滿有趣，於是一路讀了下去。但到情節高潮處，我愈看愈迷糊，只知道發生不好的事，卻不知道究竟發生什麼，一段文字要看上兩遍才看得懂，不由得有點心浮氣躁；另一方面我也開始覺得這兩人很吵，於是嘆了口氣，蓋起文庫本。

「你明明是聰明人卻老是缺了那麼一點體貼你明知道事情會變怎樣卻沒有任何行動到

後來又是下雨又是刮風又是打雷後來連冰雹都下了哼反正就算見到面你也不會察覺吧可是啊人家我也是挑了衣服才出門的沒兩下就變得狼狽得要命很狼狽耶你看看這些事追根究柢都是阿福你的錯啊怎麼你連給我個解釋都懶得開口嗎……」

面對單方面火力全開的伊原，我開口了：

「……妳不累嗎？」

伊原瞪著里志的視線直接轉而射向我，簡潔有力地回道：

「累了。」

「那休息一下吧。」

「就這麼做。」

接著二話不說碰地一聲坐上一旁的課桌。她是認真發火，我也不清楚這人到底算好搞定還是難搞。里志朝著我，模仿美式作風豎起大拇指當作道謝，然後嘻皮笑臉地看著伊原說：

「哎呀，不過話說回來妳還真是狂飆了一場呢，心裡的壓力都抒發出來了吧？」

「要是阿福你振作點，我在發飆之前根本不會累積壓力。」

「也是啦，不過……」里志試圖轉移注意力，回頭看了看千反田說：「妳也多跟人家千反田同學學一學嘛，我就沒看過她發脾氣。」

千反田因為兩人休兵而撫胸鬆一大口氣，我還是第一次見到有人真的撫著胸口吁氣。突然被里志點到名，她嚇到不禁輕呼出聲。

「咦？我嗎？」

伊原蹙起眉頭。

「是嗎？可是上次折木遲到，我記得小千就發脾氣啦。」

呃，的確有這麼回事，不過那和伊原的發脾氣又不太一樣，該怎麼形容呢？

「那次我也在場，可是那不是發脾氣，是在教訓奉太郎哦。」

就是這個！同時我也覺得自己這反應很難堪，再怎麼說，被同年級的女同學「教訓」也太那個了。

「啊，嗯，也對，那比較像在跟折木曉以大義。」

這說法也沒好聽到哪去。

千反田露出困惑的笑容，微微偏起頭說：

「要說發脾氣，我也沒見過福部同學和折木同學發脾氣呀。」

數秒的沉默降臨，接著我和伊原同時開口：

「里志會發脾氣哦。」

「阿福會發脾氣呀。」

人一旦同時受到雙向攻擊，判斷能力似乎會顯著下降，此刻的千反田就是這種狀態，只見她那雙大眼睛的焦點在我和伊原間游移，最後落在位在中間的里志身上。「真的嗎？」

里志苦笑，「嗯，是啊，雖然不像摩耶花那樣痛快發飆，我偶爾還是會發脾氣的。」

我直到這時才想起，對耶，里志這小子好像不曾在千反田前動怒。嗯，不過我們和千反田認識才兩個月，這也難怪。

「很難想像福部同學發脾氣的樣子呢。」

原來千反田眼中的里志是這樣的人。不過里志本來就會在一些奇怪的地方死要面子，平常在人前也很少肆無忌憚地表露情緒，更別說在異性面前，也許伊原是例外。

至於伊原對這一位無法想像發怒模樣的里志同學下的評語是：

「不過阿福發起脾氣來也不太可怕。」

沒錯，里志生起氣來根本不可怕，他只是話變少，別開視線，清楚告訴對方：「別再講那件事了。」然後轉移話題。就我認識的里志，滿常透過這種方式表達他的憤怒。

「不可怕？真的假的？我是不是被看扁了啊……」

千反田抬眼瞅著兀自嘟囔的里志，幽幽地說：

「……我、好像、有點好奇……」

我暗忖，千反田可能遲早會想惹里志發脾氣而搞出什麼計畫，我拭目以待。

「那，折木你呢？」伊原看向我。

我溫吞地回說：「對喔，我好像最近都沒有發脾氣耶，每天都像悠遊在和煦的春日一樣。」伊原只是微笑以對，嚴格來看，她那笑容根本是嘲笑，接著她回頭看向千反田，一副想說「妳還不明白嗎？」的態度，「折木是不可能發脾氣的啦。」

「因為個性很溫厚嗎？」

伊原搖著頭，「因為折木是個連發脾氣都辦不到的可憐人。」

怎麼這樣講，太過分了哦。

呃，可是，我連被她這麼挖苦都沒生氣，真糟。最近好像真的都沒發脾氣，最近一次動怒是什麼時候來著？算了，沒必要想這種事，反正伊原的毒舌總是一針見血，不，她確實常說中一部分，卻不是百分之百。沒錯，不發脾氣應該是我的個性溫厚。也不對，不是這樣，我不爽也是會發脾氣啊。

「噢噢，奉太郎心裡在亂了。」

里志講得這麼白，真令人不爽。看，我生氣了。

但里志沒理會一旁火冒三丈的我，繼續閒扯。

「先不討論奉太郎的情緒表達障礙，我覺得千反田同學不生氣很特別，該說是寬容，還是大氣呢，總之給人很沉著的感覺。我希望摩耶花也能穩重一點，不過當然不是奉太郎式的，千反田式就太好了。」

「這又不是說改就能夠改，我既不想學折木那副德性，要學小千，我也學不來呀。」

這時千反田秀眉微蹙，悄聲開口了，坐在離她稍遠的我幾乎聽不太到。

「請問……你們不是在稱讚我吧？」

是不是稱讚嘛？可以確定的是，我正遭到他們倆貶抑。我和里志、伊原不約而同地看看彼此。

先回答的是伊原：「要說是褒是貶，我想應該是稱讚吧。」

接著是我：「他們只是在評論，無關褒貶。」

但里志帶著一臉意有所指的詭異笑容說：「不不，先不管沒辦法發脾氣的人，不發脾氣這件事本身就是個美德了喲，畢竟憤怒可是大罪，摩耶花妳也要學著收斂脾氣才行吶。」

「大罪？會被罰款嗎？像噪音管制法之類的？」

可是里志只是裝模作樣地搖了搖頭，沒有回話，於是臉頰微微泛紅的千反田接口補充說明：

「你說的是七大原罪，對吧？不過就我所知，這部分是翻譯成『暴怒』。」她接著說：「如果你們是在稱讚我，請別再說了……」

千反田不但低下了頭，說話音量也比剛才更小，這樣根本沒人理會她的抗議，而且說不定這也是我們第一次看見千反田害羞的模樣。

另一方面，里志則是滿意地點著頭。

「沒錯，不愧是千反田同學。這故事很有名呀，七大原罪，摩耶花應該也聽過吧？」

「……嗯，這我還知道。」

可是我不知道，所以我決定裝傻帶過，「原罪不是有一百零八種（註）嗎？」

「那是煩惱。」

註：佛教認為人有一百零八種煩惱。

您說的是。

「所謂『七大原罪』原本是基督教的概念，但是由後人統整而成，所以聖經裡並沒有記載。嗯，我記得除了『憤怒』，其他還有……」里志邊說邊扳下拇指，接著依序數著：「『傲慢』、『貪食』、『貪婪』，呃，我只想得起四個。」

見里志直盯著自己翹起小指的拳頭發愣，千反田出手相救了：

「還有『妒忌』、『色慾』、『怠惰』，是吧？」

千反田數到最後一項時，我怎麼覺得伊原笑著瞥了我一眼。算了，被害妄想有害健康，而且伊原也轉頭望向千反田了。

「原來七大原罪包括了這些啊。那小千妳不就是完人了？妳個性謙虛、食量又小。」

「而且感覺是個清心寡欲的人，又很勤奮。」

「還有啊，妳也……不色。」

「雖然不曉得妳嫉妒心重不重就是了。」

這兩人一搭一唱，根本不是在稱讚千反田，而是明顯在捉弄她。千反田那羞得泛櫻花色的臉頰眼看著愈來愈紅，急得揮舞兩手像在否認，很快地說：

「別再說了啦！而且我……對了，我餓的時候也是很會吃的！」

這還用說嗎？

「嘩，小千妳根本就是聖愛瑠的感覺了嘛。」

「千反田愛瑠，不覺得很像天使的名字嗎？」

「你是說烏列爾瑠、加百列瑠（註）、千反田愛瑠嗎？哈哈……」

這兩人總是這般默契十足，絕妙的聯手攻勢，就連千反田也受不了一味受擊，只見她乾咳了一聲，流露出強烈的堅毅與威嚴，義正詞嚴地高聲一喝：

「我不是叫你們別再說了嗎！」

「……生氣了。」

「不，應該說……我們被教訓了。」

望著氣勢全消的兩人，千反田嫣然一笑，「還有，我並不覺得不生氣是好事哦。」

里志與伊原更是聽得一頭霧水，可能此刻的我也是一樣的表情，但千反田似乎絲毫沒打算解釋，自顧自繼續說：

「因為呀，其他的原罪也是這樣，不是嗎？」

「小千，抱歉，我聽不太懂妳的意思耶。」

「是喔？可能我表達得不夠清楚。」千反田依然面帶微笑解釋道：「我們要是被人家指責『傲慢』或『貪婪』，都會覺得自己做錯了必須改善，對吧？不過當然啦，這是源自宗教的說法，一定有非常多種的解釋。」

里志刻意誇張地偏起頭，「……比方說呢？」

註：即Uriel與Gabriel，均為舊約聖經中提到的大天使（Archangel），日語發音與「愛瑠」字尾發音相同。

「比方說，完全不傲慢的人，不就是沒自信的人嗎？大家公認不貪婪的人，一定也無法養活自己的家人；要是世界上所有人都沒有嫉妒心，就不可能誕生新技術了。」千反田一口氣說到這才唐突地停下，環視我們三人的表情之後說：「呃……抱歉，我想這不是值得聽得這麼專注的事情啦。」

事實上的確聽得非常專注的里志這時盤起雙臂，沉吟道：

「嗯——原來如此。有意思，相當有意思。」

我有種有人幫忙站臺的感覺，心上舒坦了不少，語氣輕鬆地說：

「換句話說，就是程度的問題吧？這已經接近儒教思想了。」

「不是的，我並沒有能力解讀聖經，我只是一直覺得，不能夠單單把『原罪』挑出來，直接套用到我們的生活當中來解釋，如此而已。」侃侃說出這段話的千反田已不見先前的羞怯。

她說的不是「我只是覺得」，而是「我只是一直覺得」。這樣啊？原來這不是她剛剛一時想到的論點。我發現自己從未思考過千反田的腦袋瓜在想些什麼，這一點還滿有趣。

「所以小千妳的意思是，憤怒也不見得是壞事嘍？」

「是呀。要是有個人對於任何事都不會動怒，我想他可能也無法喜歡上任何事物。」我可是會動怒的哦。

「小千，既然妳這麼認為，那妳自己為什麼都不發脾氣呢？」

千反田想都不想便回答：「因為很累。我不想做會累的事。」

噢？

里志臉色發白抱著頭站了起來。

「千、千反田同學中了奉太郎的毒了！怎麼會！說什麼都不能讓這種事發生啊！有妖怪在神山高中裡橫行啦！名叫節能主義的妖怪！」

「不是啦，那個……我只是開個玩笑。」

沉默降臨。

好一會兒之後，千反田才以細如蚊鳴的音量說：「……抱歉，我一時興起。」

唉，我也在猜那應該是玩笑話。看樣子我還不習慣這種事，居然失去了平日的冷靜，害我以為找到了心靈的伙伴。

接著千反田彷彿把前一秒的惡作劇忘得一乾二淨，一副什麼事都沒發生似地正經說：

「其實我也是會發脾氣的……對了，譬如說……」

三道視線同時射向她，催速她說下去。

「要是不珍惜食物，我就會生氣。」

……果然是農家的女兒。一粒米，一滴汗呀。

我這麼胡思亂想著，突然想起今天第五堂課發生的插曲。對耶，她的確發過脾氣，於是沒想太多便問了出口：

「要說發脾氣，今天第五堂課，在尾道的課堂上發飆的是妳嗎？」

我話聲剛落，便清楚感到千反田的情緒登時一變。

慘了。後悔不已的我背後一陣涼。原本優雅享受著放學後朋友間和樂融融談笑的千反田，纖巧的下巴微微一斂，嘴脣一抿，她沒有誇張地把情緒寫在臉上，反而讓這些小動作尤其醒目。只見她低喃道：

「啊，對，是我。我怎麼給忘了，我還在想一定要向折木同學請教那件事呢。」

我真是太大意了。剛才里志和伊原在開玩笑說千反田宛如聖人和天使什麼的，那時我還暗忖以她謙和有禮的言行舉止，的確有幾分相似。大錯特錯。或許上進心很適合聖人君子，但好奇心一點也不搭。

要命，居然踩到地雷。我在心裡咂了個嘴，里志卻沒理會我，不知怎的他似乎很樂。

「發生什麼事了嗎？千反田同學。」

「是的，其實，今天我們班上第五堂是數學課，我在課堂上發脾氣了。」

「真的假的？小千妳動怒了？」

千反田朝里志和伊原模糊地點了個頭，接著視線越過兩人落到我身上。我再次後悔為什麼沒有來得及轉開臉，但悔之已晚。

千反田稍稍提高音量：

「可是，我不知道是發生了什麼事讓我不得不發脾氣，當然，我原本是沒必要發脾氣的，一定是發生了什麼事才會讓我發脾氣，可是我不知道讓我發脾氣的究竟是什麼事。」

她講了一大串，我當然聽得一頭霧水。不過，嗯，也對，總結就是一句話了。千反田緊接著把那句話說出口：

「我很好奇。」

3

今天第五堂課是數學，教我們班的是尾道老師。我想折木同學和福部同學應該都曉得尾道老師是什麼樣的人。

我不知道該從哪裡講起比較好，總之從頭講好了。

第五堂課上課鐘聲響起，尾道老師幾乎在鐘響時走進教室，他心情似乎不太好，不過就我所知尾道老師似乎無時無刻都是那副嚴肅神情。他打開門、踏進教室前，稍微停了一下抬頭看向班級名牌，老師之前就常做這個確認動作。

大家起立打過招呼後，尾道老師開始寫黑板。他寫下一個二次函數，式子本身不困難，對了，是$y=x^2-x+1$，只不過，x的範圍限制在0到3之間。接著尾道老師一邊以他那支竹棒敲著自己的肩膀，點名河崎同學站起來，說：「你把y的值域用圖形畫出來。」你們認得河崎同學嗎？瘦瘦高高的，講話有點口吃……呃，這好像不是重點哦？

河崎同學一臉困惑，而且我想其他同學也都一樣一頭霧水，因為我們還沒學到x範圍有所限制時的圖形該怎麼畫。

那時我還心想，尾道老師大概是想測試我們的想像力吧。面對接下來要教的課程，老師想知道我們會怎麼求出有限制前提的值域。說真的，我不太擅長這種啟發式教學方式，只是從前也遇過類似教法；而且另一方面，我也隱約覺得這很不像尾道老師至今的教課方法。

河崎同學思考一會後，回了老師：「我不知道。」

尾道老師一聽到這回答，不知為何竟然大發雷霆：「為什麼不知道？你之前上課都學了些什麼！」老師就這麼指導了河崎同學好一陣子……不，我其實不想這麼形容，與其說是「指導」，那更接近「怒罵」。

老師甚至連重話都說出口，像是：「你這種求學態度，將來出了社會怎麼辦？」罵了一陣，老師要河崎同學坐下。

接下來老師又點名多村同學。多村同學站了起來，他的數學成績一向比河崎同學好，但他一樣答不出來。

尾道老師對著多村同學說：「笨蛋！給我坐下！」然後望向全班，大聲地說：「你們就沒有人能給我個像樣的答案嗎？」

可能我早該察覺，但我直到這時才發現尾道老師搞錯了。我翻開課本一查，今天應該才要教如何算出符合條件的二次函數，接著進入求最大值與最小值的單元。換句話說，尾道老師超前一個小時的課程內容。

其他同學好像也發現了，教室開始有些許騷動，但這似乎讓尾道老師更焦躁，一氣之下他開始拿竹棒敲黑板，接著針對全班同學的上課態度、上進心、公德心等等逐項開罵，而且口氣很差，我不便照實轉述，老師甚至嚴厲評斷我們畢業後的出路和前途發展。嗯，沒錯，他每講一句話就用力敲一次黑板哦。

我想我們班上同學應該有幾個人知道怎麼畫出y的值域，我沒有去補習，不過大部分的升學補習班進度都比學校要快許多，但是班上幾位我覺得應該答得出來的同學也都低頭不發一語，沒人願意舉手回答。

尾道老師再次點名多村同學：「你站起來，答不出來就不要坐下。快點給我答案啊！」我就是那個時候站起來。我對老師說，應該是搞錯教學進度了，請老師再確認一次。

咦？你們想知道我當時是怎麼說的？

……很抱歉，這部分請容我保留。畢竟那時我也在氣頭上，我不想回想當時的用字遣詞重講一遍，不是什麼值得炫耀的事。

對，就是那個時候，我發脾氣了。

4

千反田說到這，輕咳了一聲。在我看來，那是她坦承動怒後，為掩飾害羞而生的小動作。

發脾氣專家伊原催千反田講下去：「然後呢？後來怎麼了？」

「尾道老師拿起他的教科書，翻了幾頁之後，嘀咕著：『啊，這樣啊。』接著叫多村同學坐下後，和平日一樣開始講課。」

伊原不屑地哼了一聲，盤起胳膊說：「那個叫做尾道的老師是這種人啊。雖然這樣講對小千你們班有點過分，不過還好我沒有被他教到。」

「就是說啊！他真的很那個，多虧了他，害我期中考之後多辛苦啊！」

見里志誇張地大聲嚷嚷，我忍不住吐他槽：「不及格又不是尾道的錯，你自己期末考振作一點吧。」

伊原也接口說：「我不覺得他是壞老師哦。」

「嗯，尾道老師並不是壞老師。」

「也對，他不是壞人。」

真要以好壞區分，只能說他不算好老師吧。

千反田看向我：

「就是這麼回事，折木同學你怎麼看呢？」

問我怎麼看，來龍去脈已經交代完了嗎？我把蹺著的腳左右互換後回：

「有哪裡不對勁嗎？」

千反田像在反芻剛才說過的內容，迷惑的視線從右上方游移至左上方，接著像是發現了什麼地說：

「啊，我忘了講最關鍵的地方了。

我覺得不可思議的是，尾道老師為什麼會搞錯進度呢？因為就我所認識的尾道老師，無論寫板書或是改考卷，都是極少出錯的人。」

「……這倒是。」里志插嘴：「對學生嚴格的老師有兩種，一種是對自己也很嚴格，另一種是對自己寬容。」

這不限於教職員吧？不過我也感覺得出來，尾道應該是屬於前者。

「既然老師是這種個性，為什麼會犯下那麼明顯的錯誤呢？我不明白的就是這一點。」

這傢伙又來給我出難題了。我板起臉。

「妳的意思是，妳想知道尾道為什麼會搞錯進度，是嗎？我再神通廣大也不可能知道他在想什麼啊，不如妳現在就去教職員室，叫尾道把腦袋剖開借妳看看。」

千反田搖了搖頭。

「不是那個問題，請聽我說。我想折木同學和福部同學應該都曉得，尾道老師每次講完課，一定會打開一次教科書，無論上課期間有沒有用到課本。」

我和里志面面相覷，幾乎同時聳了聳肩膀。我們不會那麼仔細觀察尾道的一舉一動。

「然後，老師會拿筆往教科書上頭簡短地寫下筆記，你們覺得他是在寫什麼呢？」

原來如此，我大概知道千反田想說什麼了。

「尾道是在記錄教課進度？」

「我想應該是在記錄沒錯。事實上今天尾道老師就是在檢查教科書後，才察覺自己弄錯進度了，而且教課至今他也做過好幾次類似翻課本確認的舉動。再者，老師應該很清楚我們是A班，因為他踏進教室前還曾經抬頭看過班級名牌，就是為了確認沒走錯教室。你們想想，尾道老師在每個班級上完課後都會記下教課進度，上課前也會確認授課班級，確認工作做到完美無瑕了。

那麼，如此嚴謹的尾道老師，究竟什麼地方出錯了呢？」

記錄教課進度，應該就是類似在第十五頁寫下「X班，六月一日」、在第二十頁寫下「X班，六月三日」的方式吧。的確，要是不這麼寫下來，很可能記不得教到那一頁了。

我沒打算深思就開口了：

「大概是和其他天記下的進度搞混了吧。」

自己說出口的話，自己得負起責任，亂說話會遭到現世報。伊原露出極度冷峻的眼神回頭看我：「……那也只可能誤看到舊進度，不可能進度超前吧？拜託你用點腦漿好嗎？不要光靠脊髓反射亂開口。」

脊髓都出來了，今天的伊原真的是氣勢無敵。不過仔細想想她說的話，的確，尾道如果是看成別天的進度，只可能看到先前記下的，不可能看到未來的紀錄……

氣勢無敵的伊原接著轉向千反田，一臉可愛地偏起頭說：「我不是想搶小千妳的鋒頭哦。」

「什麼？」

「有一點我很在意，可以問妳嗎？」

「我嗎？喔，好啊，請說。」

千反田下意識坐正姿勢表示洗耳恭聽，但伊原不像千反田那般中規中矩，依舊以平日談笑的語氣說：

「就小千妳剛才的說明，我知道妳那時生氣了。想必尾道老師講了很重的話，換作是我也肯定會發脾氣，只不過，就算生氣，我也不會想反駁他哦，那麼做不就等於是偏往虎山行嗎？」

她最後那句話是逐一望向我和里志一邊說出口。嗯，所言甚是。沒想到伊原會說出這麼有氣質的成語。

伊原不認識尾道，但反駁發飆中的尾道確實如火中取栗，我當然不會這麼做，里志應該也不會。神山高中約一千名的學生當中幾個人做得出來？正因如此，第五堂課時我才那麼訝異。

然而千反田完全不當一回事，「所以我才說，我也是會發脾氣的呀。」

讓她忘我地發起脾氣來？千反田耶？實在很難想像。千反田繼續說：

「只不過，我想，我不是因為老師說了重話才生氣的。」

伊原想了想，「那麼，是因為知道答案的人都不吭聲的關係？」

「也不是。在那種狀況下，應該誰都不想舉手回答吧。而且就算有人答出來了，進度一樣是錯的。」

「還是妳在氣其他同學都不站起來指正老師的錯誤？」

「不是的！」

伊原繼續猜：「……妳覺得那個叫多村的很可憐？」

這很像千反田會做的事。

但像得太過頭了。千反田本人也搖頭。

「我確實覺得他很可憐，可是，我應該不至於這樣就發脾氣。我也搞不太懂。妳看嘛，站在尾道老師的立場，斥責完全不記得上一堂課授課內容的學生，不是理所當然的嗎？雖然他的用詞可能有點過火。嗯，妳問我為了什麼而生氣，我也答不上來。」說到這，千反田露出似笑非笑的神情，「要了解自己，真的很難呢。」

「嗯，也是。」伊原也回了她有些尷尬的微笑。

不過，也不是不能體會伊原的疑惑。相信無論是誰處在千反田的位置上都會生氣，我也一定會心裡不痛快。但在一個大家都會生氣的場合之中，千反田也生氣了，為什麼我們依然會覺得千反田不太發脾氣？

這個謎題之於我無解，一如千反田所說，了解自己太難、又丟臉，而且很麻煩。呃，她沒說很麻煩嗎？

要弄清楚千反田為了什麼生氣、為了什麼高興，我認識她還太淺；何況比起弄清楚她這個人，手邊這本文庫本的後續我還比較有興趣。

「你怎麼看呢？折木同學？」

「不知道。」

「嗯，我自己也不知道……」千反田頓了一頓，吸一口氣鼓起勇氣，大眼睛閃著光輝，「可是如果折木同學願意幫我思考一下，一定會有答案的，不是嗎！」

「噢——」里志出聲了。我其實也心頭一驚，這莫非代表她很信任我？

而且也表示她看穿我從剛才到現在根本沒在思考？

坐在教室另一頭的伊原皺起眉頭：

「小千，妳最好不要期待折木會像上次那樣幫妳解決問題哦，這傢伙上輩子只是隻蟋蟀。」

「咦？摩耶花同學，妳看得出人的前世嗎？」

搞定。順利轉移十反田的好奇心啦。

「可是我現在比較好奇尾道老師的事。」

轉眼又回來這事上頭。真麻煩。附帶一提，若說前世是蟋蟀，那人應該是里志而不是我，因為蟋蟀入冬後慘遭凍死不是節能，是享樂主義惹的禍。

「折木同學。」

看樣子我勢必得說點什麼，否則這事沒完沒了……

我決定暫時闔上文庫本，試著稍微整理目前掌握的狀況。

5

千反田說尾道習慣把教課進度記錄在教科書，恐怕所言不假，畢竟尾道擔任高中數學教師十幾二十年，今年同樣負責好幾班的課程，記下各班的進度以免搞混也理所當然。但他記下進度卻依然搞混，而且還是超前的進度，的確滿奇怪。

不，等一下。超前？什麼意思？

會誤看成超前的進度，表示正確進度再往後的頁面上同樣留有教課進度的紀錄。X班明明還沒教那麼多，後面的頁面上卻寫有X班的紀錄，這是什麼狀況？

說不定這事件兩三下就搞定了。我依然蹺著腳，對千反田說：

「你們班還沒教到值域吧？」

「嗯，還沒。」

被我問了個沒必要問的問題，千反田不禁一臉不可思議，我又故弄玄虛地補了一句：

「那如果說，其實你們班已經教過這部分了呢？」

「……什麼意思呢？」

「尾道每年都在教數學，他的學生不止我們。去年的一年A班，應該已經教過如何在x有限制範圍的條件下求出值域了吧？」

「啊。」千反田驚呼一聲。沒錯，把去年的教學進度和今年的搞混，確實是有可能發生的失誤。

然而千反田還沒來得及發表贊同，我的推論就被里志攔腰砍斷，只見他緩緩搖著頭說：

「你是想說，尾道看成去年A班的進度了嗎？很遺憾，那不可能。」

「怎麼說？」

一如平日聊起滿腹無謂知識的氣氛，里志似乎很樂。

「道理很簡單，因為學校每年都會發新教科書給每一位老師。要是學生手中的新版課本內容有修訂，老師也必須和學生使用統一的版本才行，對吧？實際上尾道老師現在用的就是今年新發行的修訂四版哦。」

千反田依舊張著「啊」的嘴形，垂下眼簾。

原來如此。里志說得如此肯定，那絕對錯不了。我比較在意為什麼里志連尾道用哪個版本的教科書都知道。

假設尾道習慣把教科書當記事本，但寫得太雜而看錯呢？可能性不是零，但重點是千反田能不能接受這個推論。尾道上完課後記在教科書的應該不外乎是班級名稱和日期，什麼樣的潦草筆記會讓他搞錯講課進度呢？要是有什麼根據足以證明尾道喜歡奇怪的塗鴉又另當別論。

嗯……

或許見我沉著臉好一會沒吭聲，里志覺得別指望我比較好，語氣輕鬆地繼續說：

「不過話說回來，值域真的很難懂啊。不是我自誇，我光是要在(x,y)平面上畫出二次函數曲線就一個頭兩個大了，要是被尾道老師點到名，還真有點恐怖呢。」

你要是真的這麼想，何不考慮放棄累積那些莫名其妙的雜學，把時間用在課業上頭？

——我是不會這麼對他說，這就和叫鳥不要飛一樣是無謂的努力。不曉得最近里志熱中什麼？記得不久之前他還在聊易經如何如何。

啊，等一下。

我突然想到一個點，於是問了里志：

「里志，你們班已經開始教值域了嗎？」

「啊？喔，教了啊。」

「你是哪班的？」

「折木！拜託你至少記一下朋友是哪一班的好嗎？」

我試著反擊伊原，「那妳又記得我是哪班的嗎？」

「我跟你又不是朋友。」

所謂的啞口無言就是指這種狀況嗎？

里志見到我的糗樣笑了。「放心啦，摩耶花，奉太郎記得的。」

經他這麼一說，我也覺得自己好像有點印象。

里志班上已經開始教值域，我的班上卻還沒教到，千反田的班上當然也還沒。

原來如此。我想我可能有答案了。

「可以確定在尾道的教科書，超過你們班進度的頁面上一定寫著另一個教課進度。」

我以這句話當開場白。

「嗯嗯，沒錯，我也這麼覺得。」

「而且那是今年才新寫上的教課進度。那假設那個記錄的不是妳班上呢？嗯，譬如說是里志的班級好了。」

「福部同學的班級？」

里志不顧千反田的疑問，一臉訝異地問我：「尾道老師一共負責A、B、C、D四個班級哦，就算寫的不是你們A班和B班，也不見得就是我們D班呀？」

伊原也插嘴了：「就算是D班好了，那又怎麼樣呢？」

「如果是D班，就有可能和A班搞混。畢竟C班怎麼看都不可能和A班搞混嘍。」

伊原瞪向我的視線裡寫著「你這傢伙又在講什麼蠢話」，不，不僅寫在視線，她根本說了出口。

「你這傢伙又在講什麼蠢話？A和D也不可能搞混啊。」

即使那目光讓我有些畏怯，我依舊佯裝平靜。「尾道是數學老師，對吧？」

「那又怎樣？」

「數學老師就很有可能把D錯看成A，就跟平假名的『ツ』與『シ』一樣，乍看很容易混淆。」

「什麼跟什麼？」

伊原滿是輕蔑的視線射過來，像在問我：「喂，你腦袋沒燒壞吧？」為什麼她和里志鬥嘴到最後總會手下留情幾分，對我卻一點也不寬容？

但我依舊沒放棄。

「假設尾道的教科書第十頁寫著六月一日A，第十五頁寫著六月一日D，會怎麼樣呢？一旦看錯A和D，就會發生今天這種事了。而且……」我頓了頓，「尾道寫英文的時候會慣用小寫字母。」

一瞬間，四人都默不作聲。

他們聽明白了嗎？還是聽明白了卻覺得我的推論很蠢？這是令我心跳加速的緊張瞬間。

「哦——原來如此！」打破沉默的是里志，「是小寫的 a 和 d 呀！」

神情僵硬的我點點頭。由於千反田很確定尾道在踏進教室前確認過班級名牌，我如果說尾道走錯教室，她一定不接受這推論，那麼唯一的可能就是尾道看錯教科書上的教課進度，A怎麼都不可能看錯成別的字母，但小寫 a 就難說了。

「小寫的話，a 就可能和 d 混淆。」

伊原仍然不發一語。

緊抿著嘴的伊原看向我的視線似乎帶有一絲怨懟，但意外的是她開口卻說出認可的話，「……嗯，確實，有可能。」

「幹麼講得心不甘情不願。」

「唔，因為我之前英文小考，a 和 d 寫得太像被老師扣分了。」

「真的假的，摩耶花妳也遇過？嗯，不過我被扣分是因為 n 和 h。」

真令人感動，看來遇過這事的不止我一人。附帶一提，我的狀況不是英文，而是數學，我把算數的1和7寫得太像而被扣分，現在想想那時我還只是小學一年級的紅顏美少年，明明算對居然被扣分，當時還懊悔了一下，後來覺得沒必要鑽牛角尖就算了。

言歸正傳，不知道千反田的反應如何？

字跡工整的千反田想必沒遇過這種事，不過她思索幾秒後，微微點了兩下頭。

「你說的有道理，嗯，的確很有可能發生這種事。」

搞定。這下終於可以回頭看我的文庫本。

千反田微微一笑說：「a和d……就算一時看錯了也是情有可原。果然我對尾道老師可能說得太過火了，做了件壞事啊。」

聽她這麼說，我有些訝異。

因為我先前就隱約揣測說不定千反田心裡一直這麼想。

「啊？妳在說什麼？」伊原嘀咕著本來就是尾道的錯，小千說的一點也不過火云云。我有一搭沒一搭地聽，一邊窺看千反田的表情。她雖然嘴上說自己有錯，神情卻一掃陰霾，甚至有種放心下來的感覺。

我在內心暗忖。

不發脾氣的千反田發脾氣了，她想知道自己動怒的原因。雖然她說她不認為發脾氣是壞事，但事實上她應該無論何時都不希望自己發脾氣吧，所以她想相信「尾道的失誤也有三分理」，正因為她想把動怒一事歸咎於自己，才會想知道自己為什麼動怒。

千反田愛瑠就是這樣的人，不是嗎？

不。

我搖搖頭，試圖把剛才的想法逐出腦袋。知道學校有這人存在不過兩個月的我，竟妄下斷語說什麼「她就是這樣的人」，未免太自我膨脹。如果是中學至今的老交情里志，我多少有一定的了解；沒什麼交情但同班九年的伊原，我也稍微有些認識；但我對千反田其實一無所知。

對了，幾次弄清楚千反田的行為動機，多多少少可以窺見她的個性，但要是只因如此便自以為摸透她的內心，那就犯下原罪了。對，「傲慢」那一項。不可不慎、不可不慎，我什麼時候變得這麼自負？說起來，今天之內我到底被千反田的行為舉止嚇到多少次了？

我不由得苦笑，回過神時，不知何時伊原和里志的話題已經逐漸離開尾道，看來麻煩事不會找上我了。我看看手表，快五點了，窗外日薄西山，不如收拾回家去吧。

「我明白小千妳的意思，可是啊，如果是我……」

「那是摩耶花妳的狀況吧，但妳想想，上次千反田同學……」

嗯，再待一下吧。我拿起蓋在桌面的文庫本，從打開頁面的第一行再次讀起。今天如此這般，我又浪費一天的高中生活。看樣子我犯下的原罪光「怠惰」一項就夠罪孽深重了。

三

看破眞面目

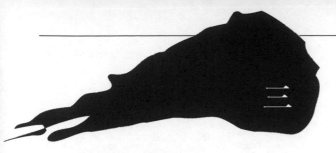

1

「看去似幽靈，原是枯芒花」是大家耳熟能詳的諺語（註），然而到了現代，連辭典上「羅曼蒂克」的解釋都很微妙，恐怕「枯芒花」一詞也不僅代表幽靈的影子。至於談到世上幽靈，他們大概也逐一被看破是枯芒花。在這種時代困難的反而是繼續延續幽靈的傳說。

夏末暑氣依然逼人的八月，爬上蜿蜒山路的巴士，我聊起了這話題。鄰座的福部里志一聽，一臉深思地點點頭。

「有意思，華麗地否定了形而上的價值呀，沒想到奉太郎你也有如此聰慧的看法。」

話聲剛落，前座的伊原不請自來地轉身看我們，眉頭深鎖。

「我不喜歡這種看法，雖然我不是對什麼都盲目相信。」

我聽著這兩人的發言，花了一點時間才弄清楚他們在說什麼，然後連忙否定。

「不是，我沒那麼說啊。」

我其實只是像在聊幽浮或尼斯湖水怪一般，選了一個非常通俗的話題。當然一部分要歸功於昨天在電視上看到的《拍攝小組親眼目擊！濱名湖巨鰻「濱仔」令人驚愕的真面目》。但從現況看來，就算我最初的說法有一些迂迴，但被擅自理解成含意深遠的見解也很傷腦筋。然而，搶在我進一步解釋之前，坐在伊原隔壁、穿著連身裙的千反田回過頭微笑說：

「不過枯芒的真面目究竟為何，也很令人好奇呢。」

看來這位更徹頭徹尾地誤解。算了，沒必要硬解釋到他們都聽懂我想講什麼，於是閉上了嘴。

神山高中古籍研究社四名社員全員到齊。

為什麼古籍研究社的四人會共乘一輛巴士在山路上搖晃著前進呢？當然與巴士的目的地有關，終點站是以登山口和溫泉聞名的山間村落——財前村，我從不登山，所以用消去法來看，我們一行人的目的地就是泡溫泉。

山路愈來愈陡峭，巴士引擎的低鳴也愈來愈響亮。

2

八月是暑假，符合我生活信條的行動是「休假就該休息」，然而卻大老遠跑來溫泉鄉，都怪古籍研究社社長千反田提了案。

這個暑假，我們古籍研究社全體社員合力解開一樁謎團，里志命名為「冰菓」事件，千反田與那起事件牽涉尤深，事件解決後為了慰勞我們，千反田策畫這趟溫泉集訓。我骨

註：原文做：「幽霊の正体見たり枯れ尾花。」此語出自俳句大師松尾芭蕉，意為疑心生暗鬼。

子裡是懶得出門的人，當然不可能贊成計畫，但最後還是不敵對方的強勢，不知不覺成為參加者之一。

財前村距離神山市搭巴士車程約一個小時半，此行住宿據說免費，因為伊原的親戚在財前村開民宿，這陣子剛好在整修，無法對外營業，答應免費讓我們留宿。

我平常搭乘交通工具不太會暈，但或許山路太曲折，即將到站前我開始有點暈車，下了巴士後一直忍著，接著又坐上伊原親戚開來車站接駁的轎旅車，抵達民宿「青山莊」，直到好不容易進到分配到的客房裡，在窗邊一坐下，看到外頭優美的景色，我渾身的不適才登時一掃而空。

我和里志被分配的客房至少有十坪大，給我們兩人住綽綽有餘。打開大窗，我不由得一驚，滿覆深綠的山坡面近在眼前，裊裊上升、應該是溫泉氤氳蒸氣的白色霧靄散布其中，另外還有零星建築，數棟沿著蜿蜒縣道矗立的旅館、民宅，稍遠處還有學校，聽說學生人數不多，所以中小學共用一棟校舍。我不是詩意感性的人，但也不至於遲鈍到感受不出旅行的況味。

「這房間的景觀真好呀。」

身後里志出聲了，我沒回頭就應道：

「偶爾出來走走也不賴，不過講得得寸進尺一點，這種地方要是獨自一人來就更有情趣了。」

傳來里志的竊笑。

「你會一個人旅行？別開玩笑了，奉太郎不是會自己想要來趟溫泉旅行的附庸風雅之人。別忘記，因為有千反田同學的提案企畫加上摩耶花靠關係聯絡，你才會出現在這裡。」

里志的目的達成了，我不由得生起自己的氣。古籍研究社的毒舌王非伊原莫屬，但里志的舌鋒也不可小覷，加上他所言完全正中要害，更讓我一肚子火。他說的沒錯，我不可能主動策畫跑來財前村度假的。

所以現在我實際上來到此地，為了美麗的景色而感動不已，似乎應該好好感謝千反田才是。

門外走廊傳來腳步聲，緊接著響起「咚咚」倉促的敲門聲。

「吃晚餐嘍！」

是伊原的聲音。

似乎在模仿伊原的語氣，千反田也出聲了：

「晚餐時間到了喲！」

「……吃晚飯了耶，走吧。」

里志催促著，我默默離開窗邊。溫泉之旅本身不賴，但一想到必須和這幾個傢伙朝夕相處好一段時間，總靜不下心來。樓下傳來起司的香氣，莫非晚餐是奶油燉菜或焗通心粉？或是出人意料的黑馬——起司鍋？嗯，應該八九不離十，我深吸了一口氣。

民宿「青山莊」由兩棟建築構成，包括我們借住的別館，以及目前正在整修的本館。雖然分成本館和別館，但兩棟建築大小幾乎相同，由一道走廊連接，鳥瞰整座民宿應該是呈ㄈ字形。

兩棟都是木造的兩層樓建築。一走上鋪木走廊就會傳出咿軋聲響；兩棟建築各有唯一通往二樓的樓梯，千反田和伊原被分配到的客房位於二樓盡頭，我和里志住在她們的隔壁間，空間之寬敞，別說四人了，要容納八人都不成問題，總之我們心懷感激地住下。樓梯非常陡，下樓時得特別留意腳步。

聽說原本食堂位在本館一樓，但因為正在改建，我們用餐的地點改在別館一樓的和室，畫有富士山的紙拉門一打開，在以淺褐色為基調的室內，千反田、伊原及「青山莊」老闆的兩名女兒以正坐的姿勢圍在桌旁。

上座與下座（註）是空的，桌子一側坐著民宿姊妹花，另一側則是千反田與伊原，四人都還沒動筷子，看來在等我和里志，真規矩。我坐上靠門邊的坐墊，里志只剩上座可以坐，看來在場的人都不在意席次的問題。

六人圍著矮桌顯得有些擁擠，一看桌上的餐點，竟完全推翻我的猜測，生菜沙拉、烤柳葉魚、豬肉片冷盤，還有加了白蘿蔔和油豆腐的味噌湯，木碗裡已經盛好白飯，可是我確實聞到起司的香味，這麼說來？我大致看了室內一圈，低喃：「是不是烤了起司蛋糕？」

「咦？你猜到了嗎？」

中長髮的民宿女孩嘻嘻笑了，她的上半身不長，整體身高也不高，無框大眼鏡後方是一對大眼，一臉幸福笑容，給人短小幹練的印象。她穿著薄T恤搭及膝牛仔褲，和伊原不愧是親戚，看上去宛如姊妹，不過伊原也穿著牛仔褲搭襯衫，或許服裝多少有影響。

話說我認識的伊原從小學時代到現在外表幾乎都沒變，和民宿女孩相較之下，反而伊原比較像妹妹，不過我沒說出口。

這名感覺很好親近的民宿姊妹花之一叫做善名梨繪。

「好厲害！果然跟摩耶姊說的一模一樣！」

伊原，妳說了什麼？

另外梨繪身旁的女孩綁著馬尾，與其說她端正坐著，感覺更像僵坐在位置上，似乎還不習慣我們這些來客，我不由得多管閒事地擔心起她將來怎麼幫家裡做迎客的生意。

馬尾女孩無論怕生的個性或怯懦到難以分辨的笑容，都和她姊姊大相逕庭，就剛才見到她們倆的印象，馬尾女孩和梨繪身高差不多，穿的也是薄T恤，卻是長袖，酷暑中這麼穿應該很熱吧？聽說她明年就要念中學了，小六的她和國二的梨繪體格不相上下，說不定她在同年級生中算發育較早，她的名字叫善名嘉代。

「好，開動吧！」

註：日式房間裡，給客人或長輩座的位置為上座，給主人或晚輩座的位置為下座，通常為離門口最近的位置。

伊原的舉止與其說是住客，更像民宿的工作人員。大家紛紛開始用餐，千反田仍不忘在開動前合掌感謝食物，果然很像她的作為。姊妹花的雙親沒有出現，或許是在本館用餐，不過這間和室也無法再容納兩人。

我先從味噌湯開動，喝了一口……不愧是端給客人的餐點，非常美味。接著我朝烤柳葉魚下手，雖然這應該不是真正的柳葉魚（註），但只要吃得到一粒粒魚卵在嘴裡爆開的口感都好。

梨繪開心地要伊原講高中生活的趣事，嘉代怯聲怯氣地詢問千反田的名字，里志聽著她們的對話，偶爾插上幾句玩笑，我則是滿足地享受著柳葉魚久違的口感，默默動著筷子。

「然後啊，就像這──樣……」

梨繪說到興頭上，拿起筷子在空中描繪，雖然用餐時這麼做不太禮貌，但我不在意別人家的家教。

梨繪伸手拿起沙拉杓，嘉代則朝冷盤伸筷，兩人幾乎同時出手，但梨繪縮手時手臂撞到嘉代，嘉代夾著豬肉片的筷子一沉，手上的味噌湯碗猛地一晃，望著整段過程的我暗呼「糟了」，卻為時已晚。

味噌湯灑了出來。「啊！」嘉代輕呼了一聲。

「哎喲，妳在幹麼啦！」蹙眉責罵的是梨繪，雖然就我看來姊妹倆都沒有錯……

「姊姊，對、對不起。」

嘉代連忙道歉，接著伸手想拿抹布，因為有些距離，千反田代為拿了遞給她。

「來。」

「啊，謝謝妳。」

梨繪還在嘀咕著：「妳小心一點嘛。」我等嘉代擦乾淨桌面，繼續朝柳葉魚進攻。難得來山裡玩，其實滿想嚐嚐山珍的，不過那也太奢求了。

3

享用過梨繪親手做的起司蛋糕，接下來就是我們四人的自由活動時間。我決定先回客房，卻發現早我一步回房的里志不在，已經去洗澡了嗎？

房裡只剩我一人，於是我從側背包拿出一本漫畫，這是之前里志借我的，他說：「要看戰國時代的史事，這段時期是最精采的了。」的確，裡頭連生活感等通俗的細節描寫都刻畫入微，讀起來很有意思，果然是里志會感興趣的內容。

這段故事講的是織田信長攻打朝倉時，眼看勝利在望，突然收到妹妹送到軍營裡的慰問禮。那是一只裝著紅豆的布袋，袋子兩端都以細繩束起，信長見此大呼：「這是『袋中

註：真正的柳葉魚又名「樺太柳葉魚」，為日本北海道特有種，產量稀少，一般餐桌上吃到的多為盛產於加拿大或挪威等北歐國家的「喜相逢」。

之鼠』（註）！淺井竟然想背叛我！」嫁到淺井家的信長妹妹便透過此一布袋通知兄長淺井軍正從後方逼近。

光看到一只布袋就能解讀含意？雖然很想吐槽，不過整體來說的確是一段佳話。我的姊姊要是得知我陷入困境，應該會不顧一切飛奔過來吧……跑來看我的笑話。

看了大約半本，眼睛有點酸，於是我暫時放下漫畫，這才發現客房光線有點暗，雖然飯店一類地方的照明本來就以昏暗居多，但這又不是飯店。

不看漫畫的話要幹麼呢？客房有電視，但因為眼睛酸才放棄看漫畫，又開電視來看眼睛應該只會更累。

換句話說，此刻的我閒得發慌。什麼事都不必做的時間裡，什麼都不做是最好的。躺著無所事事的我突然想到，難得來到溫泉鄉，何不去泡一下溫泉？我拿起客房備好的毛巾與浴巾，一來到走廊上就和千反田遇個正著。

「啊，你要去哪裡呢？」

我看到千反田也拿著毛巾。

「和妳同路。」

「這裡的溫泉，聽說不是混浴的。」

「我又沒說同路到浴池邊。」

我們兩人並肩走著，趿著室內拖鞋發出的啪嗒聲響和踩上木板地面發出的咿軋聲交錯，千反田像突然想到什麼：

「對了，雖然有些唐突，折木同學，你的姊姊是什麼樣的人呢？」

還真的很唐突。

我想起千反田是獨生女，於是我稍微思考了一下，謹慎地回道：

「我姊姊啊，很多方面來說都是怪人，就很多方面來說都非常優秀，總覺得我應該在任何方面都贏不了她吧。」

「是哦。」

「不過本來我就沒想要贏過她……為什麼突然問起我姊的事？因為看到了善名姊妹？」

千反田用力點了頭，露出有些靦腆的笑容，悄聲對我說：

「其實啊，我很想要有兄弟姊妹，姊姊或弟弟都好，你不覺得身旁有個彼此不必心存顧慮的人在，是很棒的一件事嗎？」

我有些意外她會這麼說，接著以聳肩當作回答。看來這位大小姐有人太好的毛病，該不會是見到幽靈了吧。

話說要泡溫泉，別館也能泡湯，不過聽說只是很一般的浴池，而「青山莊」的附近就有露天浴池，那正是我們的目的地。雖然我的主義是節能至上，倒不至於為了省兩、三分鐘的步行路程便放棄泡在寬廣露天浴池的難得機會。

註：即「甕中之鱉」的意思。

走出「青山莊」，沿著下坡路走去，轉彎處就是露天浴池，這個浴池似乎是由這一帶的幾家民宿與旅館共同經營管理，我們來到竹製櫃檯前，坐鎮的大嬸向我們要入浴費，但和她說我們是「青山莊」的住客便放行了。

我和千反田在此處兵分二路，再繼續同路下去還得了。

更衣處意外狹小，不見半個人，但腳邊一個籃子裝有全套脫下來的衣褲，看來池子裡有客人。再定睛一看，那件工作褲很眼熟，看樣子客人正是里志。

我脫下衣服來到浴池邊。浴池比想像中寬廣，整體使用人造仿石打造出自然溫泉的氛圍，水呈白濁色。這裡果然是溫泉鄉，散發出和一般泡湯截然不同的情趣，浴池四周以高高竹籬圍起，雖然財前村引以為傲的景色全被隔絕在外，但竹籬太低又有遭人偷窺之虞，確實無法兼顧。我以水杓舀起溫泉水清洗身子後，立刻踏進浴池。

水溫恰到好處，我稍往寬廣的浴池深處移動，浴池中央擺了一座大岩石，摸了摸是真的石頭。

氤氳蒸氣的彼方似乎有人在，應該是里志。我舉起一手打招呼，他也慵懶地舉手回應，接著游著蛙式朝我靠近，我倚著那塊天然岩石，下巴以下都浸在溫泉裡。

游到我身邊的里志衝我一笑，和我一樣讓溫泉水浸到下巴一帶。

「哎呀——奉太郎，你也來了呀。這裡很讚喔，溫泉水都滲到骨子裡去了。」

「血液裡要是混進水分就糟了吧。」

「因為滲透壓的關係，是吧？不要講這種無聊笑話啊，嗯，不過如果這代表你很放鬆倒是無所謂啦。」

接著我就沒開口了，里志也安靜享受泡溫泉的樂趣。竹籬另一側傳來嘩嘩的沖水聲，說不定是千反田在沖身子。

夕陽西下，柔和的紅色陽光慢慢消失，暮靄逐漸擴大，星辰開始現身，隨著時間流逝，溫泉的熱氣緩緩滲進我的五臟六腑，或許是不習慣搭巴士旅行，我開始有點想睡。

里志不知何時離開了浴池，正在沖身子。我還泡在池子裡。

眼前愈來愈暗……

嗯？

身體動不了？

4

我能夠平安回到客房都多虧了里志。要是我一個人留在浴池，雖然不至於危及性命，但搞不好會落得送進醫院的下場。伊原一見到扶著里志肩膀虛弱地走回「青山莊」的我，當場高喊：

「折木！你怎麼了？」

我暈到無法開口，里志代我解釋了來龍去脈。

「泡到暈頭了啦。」

「……」

「真的很丟人，他泡進去還沒有我一半的時間，怎麼一轉頭就發現他眼神不對勁。」

伊原揉著眉頭。「折木，你實在哦……」

多謝關心。里志直接把我攙到房裡，伊原先一步進房幫我把床鋪鋪好，打開窗子。我躺上床攤成大字形，深呼吸。

「……抱歉了，二位。」

「不客氣嘍。」

「唉，真是太丟人了，說到底你就是沒有玩樂的命啦。」

兩人說完便離開客房。不用伊原講我也有自知之明，真的很丟人。我或許不算身強體壯，但體力應該沒差到這種地步，莫非是暈車的後遺症？

手腳張得大大的我一閉上眼，正好有人進來房裡。由於伴隨著洗髮精的香氣，我馬上就知道是千反田。她來到我的枕邊屈身問道：

「折木同學……你還好嗎？」

「不太好。」

「我幫你拿冷毛巾來敷額頭好嗎？」

冷毛巾，聽起來的確很誘人，但我不想麻煩她。

「不了，不用麻煩。真抱歉，難得的社團活動，我還掃了大家的興。」

「沒那回事……我們接下來要講鬼故事哦，折木同學你能出席嗎？」

我虛弱地笑了笑。夏夜裡講鬼故事，這活動也太古意盎然了。我確實有點興趣，但頭實在太暈。

我邊思索著邊睜開眼，赫然發現千反田的臉龐就近在眼前。這位大小姐的個人空間似乎比一般人要狹小得多，我不止一、兩次被她的超近距離嚇到。剛泡完溫泉的櫻花色臉頰，微溼的黑亮秀髮。我不由得別開視線。

「不了。我要睡了。」

「那你好好休息嘍，請保重。」

傳來門穩穩拉上的聲響，洗髮精的香氣仍留在房裡。

看一眼時鐘，還不到八點。

開著的窗戶外傳來奇妙聲響，是什麼呢？我想了想，應該是青蛙的叫聲，不知何處還響起韻律感十足的太鼓鼓聲。或許因為處於高地，明明還是八月，已經聽得見秋蟲的叫聲了。

然後。

過了一會兒，我聽到梨繪壓低嗓音的話語，隔壁客房的窗戶可能是敞開的，即使沒有刻意傾聽，述說鬼故事的聲音仍鮮明地鑽進我的耳裡……

——我們家民宿不是分成本館和別館兩棟嗎？本來啊，沒必要蓋別館，生意也做得下去，那為什麼還要特地蓋一棟別館呢？背後其實有個祕密。

從前還是由祖母打理「青山莊」的時候，一天有個陰陽怪氣的客人來投宿，祖母帶他住進了本館的七號房，但他交代說不必送餐來，也不必幫忙鋪床，總之通通別來打擾。祖母覺得奇怪，但對方事先結清了住宿費，剛好那時又是「青山莊」最忙的時期，祖母也聽從了客人的要求。

然而那天晚上呢，外頭突然有人發出淒厲的慘叫，祖母嚇了一大跳衝出去一看，只見在外頭散步的房客指著七號房，窗口隱約可見一個上吊的人影，還微微晃呀晃的。後來才聽說，那個怪客私吞公款之後一路逃來這裡。

事件發生後，接連幾位住進七號房的客人都說那個房間「不乾淨」，半夜會出現鬼影飄在半空，然後到了第九位住客啊，竟然在三更半夜突然發病過世了。

祖母請了法師來做法事，但還是無法安心，為了避免傳出不好的謠言，就決定蓋別館了。七號房啊，你們看，就是這道窗戶正對面的那個房間，也就是本館二樓盡頭的客房。我們自家人生活起居都在本館一樓，後來都很少上去二樓了……

這件事絕對不能講出去哦！尤其在其他客人面前，絕對不能說溜嘴——

躺在被窩裡的我不禁失笑。古意盎然啊，真是太古意盎然了。

我想安安靜靜地睡個覺，只好勉強使喚不太聽話的四肢爬出被窩，打算關上窗戶，屋內的暑氣還在可忍受的範圍。

爬到窗邊時，我瞄到外頭中庭似乎有一道人影，卻沒細究，我一關上窗便鑽回被窩，然後沉沉睡去一覺到了天亮。

5

睜開眼看向時鐘，時間是上午八點，我一覺睡了超過十二個小時，頭有點痛，卻不是昨晚泡溫泉泡暈頭的後遺症，只是單純睡太多了。

回過神來發現身旁的里志還在睡，我躡手躡腳地換好衣服，邊敲著混沌的腦袋邊走下樓。

梨繪和嘉代兩姊妹已經在一樓起居室等待了，矮桌上還不見早餐，我才要開口問千反田和伊原在哪，就見兩人相偕走過來。

然而伊原的舉止很奇怪，只見她緊緊抓著千反田連衣裙的袖子，一走進起居室就對我說：

「出、出現了……」

我極度冷淡地望著她這副模樣。「出現」是什麼東西出現了？

伊原倏地貼到梨繪身邊，激動地開口：

「昨天半夜我突然覺得有一陣溫熱的風吹過，醒了過來，也沒想太多就翻了個身，沒想到就看到對面房間有個上吊的模糊人影微微晃動！就像這樣晃呀晃的啦！」

噢，是要古意盎然到多徹底啊……話說驚慌失措的伊原可是相當難能可貴，里志沒能親眼目睹，真不走運。

嘉代幫大家沖了熱騰騰的茶，我伸手要拿起其中一杯，卻發現茶杯寫著梨繪的名字，便選了別杯，一邊留意不要拿到寫了嘉代名字的茶杯，但看來其他杯子都沒寫名字。

梨繪邊笑邊對伊原說：「摩耶姊，我都不曉得原來妳怕聽鬼故事呀。」

「我不怕幽靈啊，再說我也沒做什麼會招幽靈怨恨的事，可是一旦真的看到那種東西，真的太恐怖了！」

拿著茶壺的嘉代神情僵硬地說：「摩耶姊，妳看到了哦……？」

「看到了，真的看到了，千真萬確看到了。」

「姊姊，妳說了那件事？爸爸不是說絕對不能講出去嗎？」

「要妳管。有什麼關係，摩耶姊又不是外人。」

伊原和姊妹花因為幽靈事件吵吵鬧鬧，我無意間和端坐在離伊原等人稍遠處的千反田對上了眼。

看她那副神情，似乎暗暗在煩惱什麼，對照我們認識至今的經驗，她應該是心裡有話想說，於是我悄聲問她：「怎麼了？」

她反問我：「請問……關於摩耶花同學說的事，你怎麼看？」

「妳說上吊的人影嗎？」我笑了，「嗯，所謂經典或老哏呢，正因為不可或缺才會永續存在，像上次——」

「像上次什麼？」

好險，我硬把到了嘴邊的話又吞回去，差點說出「像上次里志不是也提到『七大不可思議』嗎」，那止是不折不扣的校園經典，又老哏，而且古意盎然，也難怪我會聯想到……但我不想回頭翻出那件事，尤其此刻面對的是千反田，打死不能提起。

由於我話講一半突然含混帶過，千反田一臉不可思議地探看我，我暗呼不妙，幸好現在她的好奇心全在上吊的人影上頭。

「……那麼折木同學，你覺得摩耶花同學說的是真的嗎？」

我鬆了口氣，邊回道：「嗯，不覺得。」

千反田顯得更困惑了，她偏起頭，「是哦，所以果然是我想太多了嗎……」

「嗯？什麼意思？」

千反田壓低嗓音，雙唇靠近我的耳邊說：

「我也看到了哦，摩耶花同學說的那道上吊人影……」

據千反田說，她不確定昨晚那時是幾點，因為伊原猛地在床上坐起，她也醒了過來，睜開朦朧睡眼，看到黑暗中浮現一道上吊的人影。

「不過，我睜開眼之後，一時之間其實腦袋昏昏沉沉的，所以我也覺得可能是想太多了，可是摩耶花同學也看到了一樣的東西……」

「嗯……」

如果只有伊原看到，或只有千反田看到，還可以用「睡迷糊了」解釋，但她們兩人都看到，還在同一時間看到同樣東西，就無法以「那種東西不存在」打發掉。我修正先前的推測，說：

「應該是眼花把什麼東西看成是人影了吧，昨天不是才聊到嗎？『看去似幽靈』什麼的。」

「『原是枯芒花』……嗎？」

但這說法沒有成功說服千反田，她兀自沉吟，望向斜上方的視線游移一會，接著筆直地和我四目相對。這位大小姐眼中強勁的力道說明了她強烈的好奇。「這樣的話，被誤看成上吊人影的是什麼東西呢？」

伊原不知何時來到我們身邊。

「沒錯，要說是誤看，那你就說說看我們誤看了什麼啊。我和小千都看到了，你不能只是因為自己沒看到就否定我們說的哦，那樣太卑劣了。」

……為什麼我要被講成這樣？連卑劣這個形容詞都用上了。

面對直勾勾盯著我看的千反田和伊原，經驗法則告訴我，事態至此，已無法回頭。

「當然，我們不會把事情全丟給折木同學你一個人處理，大家一起調查吧。」千反田語氣堅毅地說，強勁的視線依然釘在我身上。

我什麼都沒回，因為不喜歡做無謂的事，不過雖然沒回，嘆個氣應該是我還能夠享有的權利吧。千反田乘勝追擊似地補了一句：

「因為，我很好奇。」

吃完培根蛋、杯湯和清燙蔬菜的簡便早餐，我們三人返回二樓，上樓時剛好和里志擦身而過，換句話說這小子完全不曉得這起「事件」。但我想無所謂，里志那涵蓋古今東西的無用知識這次應該幫不上忙。

伊原說她答應梨繪要教她寫暑假作業，「沒辦法出力真抱歉，你們加油嘍。」

「交給我們吧。我們一定會查出真相給妳看的。對吧？折木同學。」

妳問我我問誰？

總之，必要的事盡快做。我請千反田過來我和里志的客房，把事情經過詳細說明一遍。窗邊擺有小茶几和兩張椅子，雙方就座後，我開口了。

「妳們看到的影子，是出現在妳們房間正對面的那間客房嗎？」我打開窗戶望著本館問。

「嗯，是的。」

「大小和形狀呢？」

「……當時四下昏暗，我看得不是很清楚，不過印象中不太大也不太小，就差不多一般人的高度；至於形狀……很抱歉，我沒什麼印象，但聽到摩耶花同學說那是上吊的人影，我也覺得確實有點像。」

述說起記憶中的事物，千反田的聲音就變小了。我不是不能理解。彷彿與那超乎常人的好奇心相呼應，平時的千反田有著超乎常人的記憶力與觀察力，但正因如此，一旦記憶不甚清晰，她可能也沒了自信。可是我沒有親眼看到影子，唯一的線索是千反田模糊的記憶。我繼續問。

「那顏色呢？」

「我不知道。不，也不是沒看到，只是一道影子，我說不上來。」

我試著在腦中描繪千反田她們看到的東西，卻想像不出來，看到一道「影子」究竟是什麼樣的狀況呢？

「影子嗎？換句話說，有光源在，而且把某樣東西照出了宛如人影的影子，是吧？」

「如果我們看到的不是靈異現象，應該就是你說的了。」

「光源啊……」我再次看向本館，「三更半夜的光源，嗯，就只有月光了……」我說歸說，但也沒有半點自信。

「我也這麼覺得，有可能是昨晚月明星稀，月光照上了某樣東西——啊！」

隨著我的視線看向本館的千反田驚呼一聲。沒錯，不管光源是月亮或探照燈，都不可能在那房間照出影子，因為本館的所有窗戶、包括雨窗（註）全都關著。

「千反田，妳們昨晚上床的時候幾點？」

「我想想。嗯，十點。昨天大家都累了一天，而且我和摩耶花同學約好今天早起洗澡，所以早早上床了。」

「那時候雨窗是開的嗎？」

千反田想了一下，回道：「我想是關著的，當時本館一片漆黑，我們完全沒留意到有那東西在。」

「唔……」

只要雨窗關著，就不可能映出影子。這下事件變得棘手了，我不由得搔了搔頭，雖然懶得動，但顯然不得不跑一趟本館的七號房。

千反田嫣然一笑道：「很有意思呢，像這樣撲朔迷離的，真是太有趣了，果然辦這趟旅遊是對的。」

只有妳覺得有趣吧。

穿過連接兩館的走廊就能輕易來到本館，問題是走廊盡頭拉起封鎖線，還掛著寫「施工中，閒人勿近」的告示牌。千反田顯然相當猶豫要不要鑽過封鎖線，確實事後可能會引起一些麻煩，因此我們決定先問「青山莊」的人。

但要是向老闆、老闆娘說我們想去本館是為了調查上吊事件，又會害到梨繪，想得到許可就只能問善名姊妹花。

這麼巧，剛好嘉代經過走廊。我試著叫住她，受到驚嚇的她渾身一僵，但認出我身旁還有千反田，便鬆了口氣走來。

「是。請問有什麼事呢？」

我以視線催促千反田開口。

「咦？」

註：設置於窗戶或緣廊最外層之木板，具防風雨與防盜之功能。

「妳講啦。」我對天真無邪的小孩子沒轍。

「喔，好的。嘉代，我們想進本館，可以嗎？」

「……你們要去本館做什麼呢？」

「嘉代，妳今天早餐的時候應該也聽到了吧？摩耶花同學和我看到上吊的人影，我們就是想調查那件事，能不能讓我們去看一下七號房呢？」

雖然誠實是美德，正面突破這招也很暢快，但千反田妳講話也太不經修飾了。不出所料，嘉代搖頭以對。

「很抱歉，現在不行。我要是答應你們，會被姊姊罵……」

嗯，這也難怪。仔細想想，出於好玩而跑進人家的家裡說要調查，確實說不過去。我很乾脆地放棄調查七號房，只是問嘉代：

「那妳能不能告訴我一件事？那間房間……你們叫它七號房是吧？那裡現在還是客房嗎？」

我雖然沒惡意，但可能語氣強勢了點，嘉代稍稍退後，當場皺起眉頭，不過還是回答了我的問題：

「沒有在用了。目前本館還開放給客人使用的只有浴池和食堂。」

「所以？」

「本館的二樓現在整層都當倉庫用了……我……可以離開了嗎？」

我點點頭，「謝謝妳，幫了大忙。」

嘉代不等我把話說完，一個轉身便小跑步離開。我帶著些許感傷盤起胳膊，「我被討厭了啊。」

在一旁看著的千反田卻面露微笑，一臉陶醉地說：

「這樣不是很好嗎？她應該是覺得面對一個大男生很可怕吧，真可愛。哦，有個妹妹也很好呢……」

哦，那叫可愛啊。嗯。

太陽愈升愈高，氣溫也開始變熱，我以手背拭去額頭的汗水，擁有超乎常人耐熱力的千反田則是一貫的涼快神情。

「沒辦法進七號房，調查起來會有困難嗎？」

「不是有困難，只是變得很麻煩。」

我領著千反田朝玄關走去。我的打算是既然無法直搗現場，至少也要從外頭觀察一下。我們來到住宿客與善名家共用的玄關前，我蹲下正要穿鞋，千反田驚訝地說：

「哇，好令人懷念的東西。」

她的視線彼端是放在鞋櫃旁的收音機體操出席紀錄卡，一共兩張，以奇異筆大大寫著名字的是梨繪的，沒寫名字的恐怕是嘉代的。再仔細一瞧，梨繪在暑假剛開始還斷斷續續去參加，後面就是一片空白，反觀嘉代的卡片則每天都蓋了出席章。

千反田拿起兩張卡片，撫著紙面說：「清晨的收音機體操，我直到前年都還持續參加呢。」

持續到前年，就表示她一直參加清晨的收音機體操直到中學二年級。真的假的？我只有在極年幼的時候參加過，自己究竟什麼時候開始奉行節能生活呢？

來到院子，強烈的溼氣與青綠的氣息立刻包圍上來。

我仰望本館的七號室，雨窗仍關著。千反田建議繞到本館另一側，我盯著七號室一邊走，突然踩到一攤水。

「唔。」

濺起的泥水飛到千反田的腳邊，弄髒了她的鞋子。

「抱歉。」

「沒關係。」

泥水來自泥濘的地面，本館這一側的地面之所以遲遲未乾，應該是因為上午時分的日照被別館建築物遮蔽。我原本認為可能是有人稍早在院子澆花，但又不太像，畢竟晒到太陽的另一側幾乎全乾，看樣子地面濡溼後應該過了好一段時間。於是我問道：

「千反田，昨晚下了雨嗎？」

「有哦。時間我不是很確定，不過確實下了一場雨。」

我們繞到本館後方，從七號房鬼影窗戶所在處的正後方看去，這一側的雨窗也關著。要靠月光映出影子，必須是西側與東側的雨窗全打開才行。

千反田站在盤著胳臂的我身旁，模仿我似地也盤起雙臂沉思，我正想問她在幹什麼，眼前本館的窗戶打開來，嘉代探出頭說：

「呃……午飯準備好了哦。」

我看了一眼手表，的確快中午十二點，休息一下吧。

午餐是涼麵，非常美味。雖然不是說身處高地時特別不耐暑氣，消暑的食物還是很棒，六人圍著餐桌，一邊用著餐，伊原問：

「查到什麼了嗎？」

「沒有耶，目前還沒——」

千反田話沒說完我便接口：「還在調查中。雖然已經有個推測。」

「是哦？說來聽聽啊。」

但我的推測現階段還只是模糊的假設，要我說也說不上來。見我遲遲沒開口，里志有些不開心地說：

「你們三個到底在講什麼事？把同吃一鍋飯的好伙伴排擠在外，太過分了吧。」

不愧是里志，抗議起來的用詞也很誇張。我嫌解釋太麻煩，當作有聽沒有到地反問他：

「講什麼排擠，倒是你，這段時間都跑哪兒去了？完全不見人影。」

「泡溫泉呢，就應該想泡時一連泡上幾回才是王道。」

是嗎？我光是昨大泡暈那一次就很足夠了。

我還沒吃到一半，同桌的兩人便先後合掌說：

「我吃飽了。」

「我吃飽了。」

是梨繪和嘉代兩姊妹。梨繪拿著自己的碗筷回本館去，過沒多久，嘉代也追了上去。千反田瞇細了眼望著這兩姊妹的這一幕，似乎心裡正有一股暖流流過。

「果然有姊妹在最好了，光是看她們這樣就好羨慕哦。」

「咦？千反田同學妳很憧憬有兄弟姊妹哦？」

「嗯……也不算是憧憬啦。福部同學有兄弟姊妹嗎？」

接著里志聊了一會他的妹子。就我印象中，里志的妹妹是比哥哥更加旁若無人、我行我素的怪人，和我姊姊肯定很合得來。

聊著這個話題，四人的用餐終於告一段落，這時才回本館的梨繪又來了。喊出「鏘鏘！」登場效果音的梨繪，已換上一身浴衣（註），而且不是沐浴後穿的那種殺風景的樸實浴衣，而是伴隨著各地煙火大會在夏季必定會出現的浴衣。那一身淡青接近水藍的薄浴衣上頭繪有千鳥與海浪的花紋，看上去非常涼爽。梨繪得意地挺胸說道：

「看！我的浴衣！」

「嘩！」千反田歡呼道：「好漂亮哦！」

「嗯，妳穿起來很好看哦，很有女人味呢。」

梨繪聽到稱讚，露出燦爛的笑容。

「放暑假的時候，爸媽終於買給我了，之前講好只要我成績有進步就買給我的。今天晚上一起來玩煙火哦！東西都準備好了。」

里志瞄著三個女生熱烈地聊著浴衣，悄悄壓低聲音對我說：

「這情趣是很不錯啦。」

熟悉里志平日講話方式的我，很清楚他顯然是話中有話。我也悄聲問他：

「哪裡不到位？」

「腰帶呀。日本和服的靈魂就是腰帶了，可是你看，那根本就是圖方便的仿造品嘛。」

我依言一看，那套浴衣背後腰帶的蝴蝶結部分的確有些突兀，像是另外裝上去的。

「哪裡突變了？」

「不是突變，是圖方便。那是可拆式的腰帶結，腰帶束好之後再直接插上去，這種簡便浴衣方便穿，但在我的哲學裡，可不承認那是浴衣哦。」

里志的個人哲學根本不重要，那套浴衣確實看上去有那麼一點廉價，但就是一點點而已，何必那麼認真。我打了個呵欠。

就在這時。

「……嗯？」

註：一種較為輕便的和服，為夏季期間的衣著。

感覺背後有人，我回頭看向沒關上的紙拉門。

卻是空空蕩蕩。怪了，剛才確實有道人影一晃，莫非我也被那個上吊的人影詛咒了？

「怎麼啦？」里志問。

我答不上來。

人影嗎……

我走出起居室，想找個可以靜下心來思考的地方。不久千反田也跟了出來，本來想叫她別跟著我，忽然靈機一動，回頭對她說：「我們去泡昨天的那個溫泉吧。」

她微笑點了頭。

前往溫泉的路上，我不發一語兀自整理思緒，千反田也貼心地默默跟在一旁。

上吊的人影。那是伊原和千反田錯覺之下的產物，是枯芒花。雖然後續收尾有點麻煩，大致上這麼下結論應該不成問題……可是，還差一步關鍵線索。

來到露天溫泉，分頭之際，千反田對我說：

「等一下一起回去哦。」

我沒能回她。

經過櫃檯來到更衣處，突然一股既視感襲來，我馬上就發現原因了，因為周圍的一切景象酷似昨日，腳邊的籃子裡同樣擺著眼熟的工作褲等成套衣物。是里志的東西。這小子比上吊的人影還撲朔迷離，明明剛剛還在餐桌旁，莫非他有瞬間移動能力？

來到浴池邊，果然里志已經泡在溫泉了。我沒進浴池，一逕盯著里志，雖然四下一片氤氳看不分明，他似乎察覺有人在，也轉頭看向我的方向，不等我開口就自己解釋道：

「哎呀，沒想到從青山莊後面的坡崖一路滑下來就直接通到這個露天溫泉的正後方耶。」

我聽了一點也不吃驚。只為了抄近路滑下坡崖這種事，只有里志才幹得出來。

一泡進溫泉，我先拿毛巾擦過一遍臉，順便抹去不習慣勞動的腦子中的霧靄。先前古籍研究社面對的那起麻煩事，也就是千反田提起的謎團，後來得到了所謂的「解決」，無非就是指我的推理說服了千反田。這次上吊人影事件之所以讓我思索再三，正是截至目前我還無法得出足以滿足千反田的解釋。

還缺了線索，簡單講就是「動機」。人影的真面目不難猜到，難的是無法解釋動機，就沒辦法說服千反田。雖然「動機」在我內心已經有了假設。

我不吭一聲地兀自沉浸在回憶好一會，里志見我動也不動，或許是擔心重現昨天的狀況，靠過來喊我。

「奉太郎？你該不會又開始暈了吧？」

是里志呢。運氣好的話，說不定他會知道些什麼，總之問問看：

「噯，昨晚有什麼好戲嗎？」

聽到我突然其來的發問，里志一頭霧水，但很快恢復先前的笑容回道：

「說到昨晚的重頭戲，當然非奉太郎的出糗莫屬嘍。」

「我很謝謝你的救命之恩，但感謝說一遍就夠了。除了那件事呢？」

「也對。另外就是你也知道，一群人圍在一起講鬼故事嘍，我一個男生左手一朵花右手一朵花，還多出一支花呢。」

花是吧。要這麼比喻，千反田是蓮花，摩耶花就是薊花了。

「我問的不是私人性質的活動，你有沒有聽說什麼官方活動？」

「唔，你問我官方的，可我又不是這個村的住民……咦？對了，她們好像說昨晚有夏日祭典哦，我聽到太鼓的聲響呢。」

夏日祭典。

這樣啊，昨晚有祭典啊……不，這麼說有語病，應該是果然如同預料，昨晚有祭典。若是平常的里志，此時應該察覺我有答案，然後抛出一兩句調侃的話語，但現在的他半張臉都浸在溫泉，露出悠然恍惚的眼神，顯然什麼都沒察覺。雖然只要開口問，他什麼都願意回答，但也沒必要喊他，我逕自離開了浴池。

換好浴衣來到外頭，千反田還沒出來，剛好我可以冷靜整理一下熱烘烘的腦袋。等了一會，千反田終於現身了，但我只對她說一句：

「走吧。」

回「青山莊」的路上，我開口：

「那個上吊的人影啊，應該是掛在衣架上的浴衣。」

去。

「什麼？」

面對突然的解謎，千反田驚訝得睜大了眼。我等她聽懂這話的意思，很快繼續說下去。

「妳們兩個當時睡眼矇矓，難怪會把浴衣的影子看成人影。再說只要不是真的幽靈現身，上吊人影的真面目八九不離十都是掛著的連衣裙之類。」

千反田依然沒吭聲，無法接受答案似地偏起頭。不久後說道：

「可是為什麼會有人把浴衣掛在那種地方呢？而且還特地把雨窗都打開，讓我們看見浴衣的影子，很不合理。」

「不是為了讓妳們看見才開窗的。」我仰頭瞄了一眼天空，「是為了晒乾溼掉的浴衣。打開雨窗是想讓房間通風，盡快把浴衣晒乾。」

「為什麼呢？」

「因為下了雨，浴衣被淋溼了。」

「不是，我是問為什麼要掛在七號房裡。」

「因為不想被人看見正在晒浴衣。」

「可是我們看見了。」

「不是妳們的問題，是不想讓家人看到。」這要怎麼解釋呢？我搔了搔頭，頓了一下，決定從頭開始敘述我的推測。

「晒浴衣的是嘉代。

嘉代一直很羨慕姊姊梨繪的那套浴衣，很想穿穿看，儘管她們體形相去不遠，那件浴衣畢竟是梨繪的，梨繪應該也不想借給妹妹穿吧。不知道妳有沒有發現，梨繪只要是自己的東西，都會清清楚楚標上主權，不管是茶杯還是收音機體操紀錄卡，她的個性是這樣，嘉代當然很怕姊姊，應該也無法開口要梨繪借她穿浴衣吧。

可是嘉代實在很想穿，於是偷偷拿走浴衣換上，加上那套浴衣的腰帶結是可拆式，獨自一人也能夠輕鬆穿上，之後要摺好收回去，對民宿的女兒而言想必也不是難事。後來嘉代穿上那套浴衣去參加昨晚的夏日祭典，大約是昨晚八點。嗯，當時她一定很開心吧。」

「嘉代去參加祭典了？為什麼你會知道這件事？」

「剛才我聽里志說昨晚村裡有夏日祭典，至於為什麼知道嘉代去參加，因為我看到了。昨晚快八點時，我碰巧看到有人出門，而且看樣子昨晚嘉代沒有參加你們的鬼故事大會？」

今天早上，嘉代責怪梨繪說出上吊客人的話題。要是昨晚她和大家一起聊鬼故事，今早不可能說出那種話。而且里志一貫的迂迴說話方式也透露了昨晚的鬼故事大會在場女性共三人，他說「我一個男生左手一朵花右手一朵花，還多出一支花呢」。

「所以，就是這樣了。嘉代開開心心地參加了祭典，卻遇上不幸。」

千反田倒抽一口氣，「**昨晚下了雨**。」

「沒錯。就地面的濡溼程度來看，那場雨應該很快就停了，浴衣卻淋溼了。這時嘉代想起隔天的行程——梨繪計畫好和大家一起玩煙火，想也知道梨繪肯定會穿著那套浴衣玩煙火，換句話說，非得趕在隔天天亮前弄乾浴衣才行。嘉代應該嚇得面無血色吧。

但把浴衣晒在家人居住的本館一樓，難保不會被人撞見，更別說晒在別館了。夜裡也沒辦法使用烘衣機之類的，嘉代只好等大家都入睡，把浴衣拿到本館二樓去晒，就晒在最盡頭的房間裡。

然而不幸繼續找上嘉代。月光照進了敞開的窗戶，映出的影子被妳們看成是上吊的人影。月光要從西方照進屋內，應該已經過半夜十二點，將近三、四點的時候吧。

然後，最後造訪嘉代的不幸，就是我們開始調查上吊人影事件。剛才午餐時，那對姊妹花匆匆忙忙離開起居室，梨繪是要換上浴衣給大家看，嘉代……她應該是如坐針氈吧。」

我一口氣說到這才又踏出步伐。回頭想想，之前嘉代在走廊上看見我會嚇成那樣，可能也是這個原因，她應該真的很怕我。

「後來那套浴衣，一早就放回原處了，大清早的……我想確切時間只要查一下收音機體操的播放時刻表就曉得了，嘉代每天不間斷出席收音機體操集會，大概是趕在出門前把浴衣放回去。」

「……」

「這件事別讓伊原曉得。說溜了嘴讓梨繪聽到，就太對不起嘉代了。嗯，很多事情都有苦衷。」

千反田沒再吭聲了，一逕低著頭跟在我身後。

兩人有氣無力地走到坡道中段，千反田依舊沒抬起頭，卻幽幽地開口了：

「這麼說來，那兩姊妹，感情並不好啊……」

完全出乎我意料之外，但千反田沒理會愣在當場的我，繼續說：

「連借個浴衣都不行，實在很難說是不必顧慮彼此的關係哦。」

她說完後，衝著我微微一笑。明明嘴角上揚，我卻覺得那張笑容悵然若失，這不是她在我面前第一次露出這種表情。

我好不容易回了話：

「兄弟姊妹就是這麼回事吧，我和我姊姊——」

「我本來……」看樣子千反田根本沒在聽我講話，她的敘述宛如獨白：「我本來很想要有兄弟姊妹。值得尊敬的姊姊，或惹人疼愛的弟弟。」

穿著浴衣的我和她走在坡道上。夏天還沒結束，眼前青空的積雨雲卻氣勢磅礡到瞬間顯得厚臉皮的地步，我不由得有一絲不快。

「青山莊」在不遠的前方，千反田直到這時才繼續說：

「可是，我想，我應該早就曉得。那道上吊的人影不是幽靈，至於世上的兄弟姊妹是不是全都打從心底疼愛自己的手足……」

我不想聽她接下來的話，幸好她也沒說下去。

蒼鬱的綠意中，緩升的坡道上，我和千反田漫步著。我一開始就知道了，其實千反田口中憧憬的兄弟姊妹，根本就是幽靈一族；我明知道一旦近看，就會察覺那只是枯芒花……

暑氣徹底籠罩著我，剛泡完溫泉、沖乾淨的身子又滿身大汗。坡道頂端出現一道人影，梨繪正奮力揮著手，迎接走回民宿的我們。

四

心裡有數的人

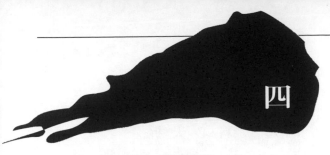

1

假設某天我拿起麥克風說：「今日天氣晴。」（註）聽到的人大概會這麼想——喔，折木奉太郎在測試麥克風啊。也或許會這麼想——折木奉太郎想告訴大家他認為今天是晴天。雙方的推論都相當合情合理，哪個推論與事實一致只能夠憑運氣。想提高命中率，必須盡可能取得詳細資料，但不能老盼著資料從天上掉下來；而且就算取得鉅細靡遺的資料，說到底也不過是提高命中率罷了。

十一月起，社辦只有我和千反田在。世間放火竊盜萬圓偽鈔買兇殺人等社會事件紛起，我們卻遠離塵囂，兀自怠惰地虛耗秋天的放學後時光。奉行節能主義的我之所以少見地激動強調上述「靠運氣」一事，是千反田愛瑠至今對我在「冰菓」事件的表現，仍然不可思議地讚不絕口。

千反田口中的我簡直像腦子擁有第六感的人。假如是被貶低，我還能夠一笑置之，但被吹捧就沒辦法當作沒聽到。我講完上述又補了一句：

「所以，妳要是說我很走運都ＯＫ，但可不可以不要講得我好像做了多了不起的事？」

平日極為溫厚篤實的我難得激動辯解，千反田似乎有些嚇到地睜圓眼，但不一會，便得出結論似地微笑點頭說：

「折木同學是很謙虛的人呢。」

唉，妳……真的不懂。

我們進入神山高中將近半年，一開始還覺得千反田的好奇心不過是平凡無奇的一般程度，後來逐漸明白根本是驚人的異常。在認識千反田異常好奇心從何而來的過程中，我被捲進幾樁事件，「冰菓」事件也好，「女帝」事件也罷，我承認當中我不是什麼都沒做；包括「十文字」事件當時，我也在千反田不知道的地方動了些手腳才讓事件落幕。

但還是趁這個機會一次講清楚比較好。

「千反田，古人有句話說得很好哦。」

「……什麼話呢？」

「『道理和膏藥可以貼上任何地方』，就算我碰巧把膏藥貼上該貼的地方，不表示我明白箇中玄機。」

我認真地在講，千反田不知為何高雅地掩著嘴邊輕笑出來，面對微惱的我說：

「沒想到折木同學也會講出很少用的俗諺。」

是嗎？我自己都沒發現。

不對，重點不在這。我想反駁，千反田搶在我之前，依然笑盈盈地繼續說：

「我不清楚折木同學為什麼要這麼嚴肅辯解。嗯，我知道了。假設折木同學你的推論

註：日本人在麥克風試音時，習慣以這句話（原文為：「本日は晴天なり。」）做測試。

大多與事實相符，不是你很聰明，只是運氣好好了。

儘管你的說法是貼膏藥，可是能夠找出推論這一點，你不覺得就是很了不起的才華了嗎？即使播下的種子能否開花結果必須靠運氣，但無法播種一切都免談呀。」

我盤起胳膊沉吟。的確不無道理。

不對，我不能輕易被千反田說服。

「妳的意思是，我是貼膏藥達人？」

「不是嗎？」

面對千反田的溫柔笑靨，我竭力擺出從容的笑容對應：

「不是。之前那些全是不知其所以然的推論罷了。」

但千反田當場駁回：

「那只是折木同學你平常從不曾思考事情原因的關係吧。」

是這樣嗎？被別人當場指出這一點，不知為何心裡掠過一絲悲哀。

但我依然堅持自己的主張。

「不然這樣好了，千反田，妳出個題吧，我證明給妳看我的膏藥不可能輕易貼對地方。」

平日的我絕對不會主動對誰提出挑戰書，但事情至此無法收手，這可是攸關人生規畫的重大問題。

千反田的大眼睛又睜得更大，與其說她樂在和我討論，就我認識至今的千反田，我想她只是出於好奇心而欣然接受我提出的遊戲，或許該說，我相信她一定會接下挑戰書。

「好像很有趣呢。那麼……來出什麼題目呢？」

她的視線隨著思索在空中游移，就在這時，教室黑板上方校內廣播的喇叭發出喀喀雜音，我和千反田同時望向喇叭。

緊接著廣播唐突響起來。

「十月三十一日，有同學在車站前的巧文堂買過東西，心裡有數的人，立刻到教職員室找柴崎老師。」

這段話講得有點急，說完後也毫無纞棧地驟然結束。

我們兩人拉回視線。

「發生什麼事了？」

「天曉得。」

這時千反田露出笑意微偏起頭，似乎很開心，我馬上猜出她要說什麼，一如我的預測，千反田興奮地說：

「就以這則廣播當題目吧。請問是在什麼來龍去脈之下，造成了剛才的這則廣播呢？請進行推論。」

嗯。

我挺起胸膛點頭。

「好啊，我接下了。」

一定要讓妳看清我的實力！

2

「趁還有印象，趕快把廣播內容記下來吧。」

我才開口，千反田從手提書包拿出筆記本和一枝鋼筆造形的原子筆，翻開空白頁面寫下：

「十月三十一日，有同學在車站前的巧文堂買過東西，心裡有數的人，立刻到教職員室找柴崎老師。」

千反田的記憶力果然非比常人，一字一句驚人地正確無誤。她以宛若習字範本的秀逸筆跡寫下句點，放下了筆。我低頭望著筆記本，交叉雙臂說：

「首先來確認遣詞。巧文堂，妳聽過嗎？」

千反田用力點了頭。

「廣播裡說位在車站前，其實離車站有一小段距離哦。那是一家開了很多年的小小文具店，老闆和老闆娘是一對上了年紀的老夫婦。」

「妳進去過嗎？」

「嗯，只去過一次。」

至於我，一回想起來好一陣子都沒有走進文具店了，現今要買文具，書店或便利商店都買得到，但巧文堂是文具專賣店，這表示——

「那家店是不是賣什麼獨特的商品？譬如很貴的畫筆，或是伊原畫漫畫會用到那種奇怪的紙之類。」

「你說網點紙吧。沒有耶，巧文堂真的只是一家小店，印象中沒賣那麼專業的東西，不過附近就是北小學，店裡應該都是一些小學生平常用到的文具。」

原來如此。

我再次望向筆記本。

「這位柴崎是科任老師嗎？」

千反田一聽，笑著說：「折木同學，你是不是很不會記人名呀？柴崎老師是訓導主任之一哦。」

噢，我想起來了，好像在開學典禮聽過這個名字，神山高中共有兩位訓導主任，一位頭髮稀薄，一位滿頭白髮，嗯，不過當中哪一位才是柴崎，現在無關緊要。

這麼一來，廣播就沒有不明白的用語了。雖然我奉行不輟的生活信條是「沒必要的事不做，必要的事盡快做」，此刻乃是一場重要的關鍵比賽，我得認真迎戰。

盯著筆記本看了大約十秒，我悠然開口了：

「首先。」

「首先？」

「可以確定的是，柴崎訓導主任透過廣播打算叫學生去找他。」

千反田擠出笑容，像在勉強自己應和無聊玩笑。

「是，這部分我也聽出來了。」

她的語氣似乎在壓抑某種情緒，總之我先打好預防針。

「因為是比賽，還是得慎重照步驟來才行。」我接著說：「我們姑且把被點名的學生稱作X吧。」

「……感覺很像正式的推理呢。」

「至於這個X是複數還是單數，現階段還不清楚。」

如果是複數，廣播的說法可能會是「心裡有數的所有人」或「心裡有數的各位」，但單憑這點佐證力還是太弱。

接下來的推論也無庸置疑。

「柴崎叫X去找他，是打算對X進行『教育指導』，講白一點就是要罵人。」

千反田一聽，偏起頭直望著筆記本的句子，接著抬起臉偏著頭說：

「是從哪裡得出這個推論呢？」

我自信滿滿地回道：

「這是根據經驗歸納得出的結論，學生被叫去教職員室準沒好事。」

「折木同學……你是認真在推論嗎？」

「打從我進入神山高中以來，從沒這麼認真過；搞不好這是我生涯裡最認真的一次了。」

千反田依舊不吭聲，我決定補充說明：

「如果柴崎打算叫學生去好好褒揚一番，剛才的廣播裡不會用『有同學在車站前的巧文堂買過東西，心裡有數的人……』這種聽不出好事壞事的模糊說法，褒揚學生明講就成了。不只我，應該沒有哪個學生被叫去教職員室還會開心。被那則廣播一叫，心裡有數的人一定會不安而不敢現身。」

「這一點倒是。」

居然認同了。明明我剛講的一半以上都是瞎扯。

繼續吧。

我順著廣播內容從頭分析：

「……柴崎刻意點出『車站前的巧文堂』，表示知道巧文堂的人不多。」

「而且實際上折木同學你就沒聽過這家店，對吧？」

「可是X肯定曉得巧文堂，要不然柴崎根本沒必要特地加上『車站前的』。」

但千反田立刻提出反對意見。

「不是哦，說到神山市的『ㄑㄧㄠˇ ㄨㄣˊ ㄊㄤˊ』，就我所知就有三家，除了車站前的『巧文堂』，神山商業高中附近還有一家佛具店叫做『巧紋堂』，紋是花紋的紋，國道沿線也有一家書店叫做『悄文堂』，悄是靜悄悄的悄。」

這樣啊。

還有什麼線索呢？盤著胳膊的我深深斂起下巴，直盯著筆記本的字句，喉頭深處發出低吟。

一般的校內廣播是什麼樣呢？當然首先一定會明白念出要找的人名字。反觀這則廣播還有什麼異於平常之處？我突然靈光一閃。

「校方急著找出這個人，柴崎也慌張不已。」

千反田以原子筆指著筆記本上的「立刻」兩字。

「是廣播裡用了『立刻』兩字吧？」

「不，廣播叫人幾乎都會要對方『立刻』行動，我的推論是根據其他點。」我看著一臉訝異的千反田繼續說：「校內廣播有一定的標準形式，可是這則廣播卻沒照規矩來，可見柴崎找人找得非常急。」

「喔……」

「比方說，妳透過廣播叫我去一年A班找妳，妳會怎麼說？」

千反田沉默了幾秒，接著手掩著嘴清了清喉嚨，說：

「嗯，我大概會這麼說：『一年B班，折木奉太郎同學，聽到廣播請到一年A班教室找千反田愛瑠。』」

「就這樣？今天沒其他校內廣播了嗎？有的話，妳再回想一下。」

千反田的嘴緊緊抿成一直線，思考了好一會，她頻頻偏頭一臉不解，我想一時之間她想不出答案，雖然沒必要急於一時，我決定揭曉：

「我就會這麼說：『一年A班千反田愛瑠，聽到廣播請到一年B班教室找折木奉太郎……』」

「哪裡不一樣嗎？」

「『重複一次：一年A班千反田愛瑠，聽到廣播請到一年B班教室找折木奉太郎。』」

千反田「啊」了一聲。

「不限於校內廣播，一般這種通知類的廣播都會重複講兩遍，可能是講一遍怕有人漏聽了。然而這則廣播卻只講一次便結束，沒有依照標準形式，由此可見柴崎相當慌張。」

千反田完全贊同，大大地點了頭。

廣播者很慌張。確定這一點的我察覺腦中推論宛如骨牌般異常地逐一冒出，但我沒去思考這異常代表什麼，乘著興頭繼續說下去：

「而且不是普通的慌，甚至能夠推論這則廣播是出於相當緊急的情況。」

「怎麼說呢？」

我回過神才發現我和千反田隔著筆記本面面相覷，兩人探出上身都探得太前面，那雙大眼近在眼前，我不禁縮回身子，教自己冷靜。

「原因是，這則廣播發生在放學後。」

依舊探出上身的千反田噘起嘴顯露不滿：

「請不要省略中間的說明。」

「省略！多麼美妙的音韻——」

「折、木、同、學。」

呃，玩得太過火，千反田瞪我了。

其實我不是省略中間說明，只是不先講結論，我很可能講到後來連自己都忘了推論，才採取這種陳述方式。但比起辯解，直接說明才是上策，於是我模仿剛才的千反田，清了清喉嚨繼續說：

「妳看嘛，放學後才透過廣播叫人，怎麼看都很沒效率。神山高中的社團確實相當蓬勃，但不代表放學後全校所有學生都會留在校內參加社團活動，一放學就趕著回家的人也不在少數；照道理說這種叫人方式應該挑全校學生都在校內才對，譬如下課或班會前後，可是柴崎卻挑在放學後，就表示……」我說到這停了下來，稍微思考一下，「……目前能夠得出的第一個推論是，叫人的需求發生在放學後，而且這個需求非常緊急，等不到明天一早再處理。講得誇張一點，柴崎的廣播其實只是賭一把，他想賭賭看X放學後還留在學校沒回家。」

說著說著，我愈講神情愈嚴肅，原先對這遊戲興致勃勃的千反田臉上微笑不知何時消失無蹤，露出無比認真的眼神。

她微微壓低聲音：

「折木同學，你不覺得好像嗅到一絲金雞納樹的氣味嗎？」

金雞納樹？

「……千反田，『金雞納味』（註）合起來是一個慣用詞，以木質物品燃燒產生的焦味表示可疑的氣味。」

「咦？不能說是金雞納樹的氣味嗎？金雞納樹皮是製造奎寧的原料呢。」

「妳擅自竄改會被國語審議會罵哦。」

這若是里志開的玩笑，還能一笑置之，但此刻我和千反田心裡想的是同一件事——我們的推論逐漸朝著案情不單純的方向前進。

此外，還有另一個可疑點。

「第二個推測——柴崎想找X當面說的事不能公開，不過目前還不確定是現在暫時不能公開還是永遠不能公開。」

「因為廣播裡沒有提到找X同學為了什麼事，是嗎？」

噢，原來還有這個切入點。

但我決定打腫臉充胖子，不讓千反田察覺我沒發現。

「那也是原因之一，還有一個更明顯的線索。」

千反田視線銳利地盯著筆記本，眼神彷彿說這下謎團就將解開。她生得一副溫柔長相，表情再嚴峻也比不上伊原板起臉時有魄力，但仍有足以穿透紙面的強烈氣勢。可是我

註：原文為「きな臭い」，「きな」的語源有多種說法，包括紙、布、木材，甚至有一說為外來語的金雞納樹（樹皮提煉出的奎寧可治療瘧疾），日語以此物燃燒時產生近似火藥的焦臭味來形容可疑或危險的氣氛。

澆了她冷水。

「線索不在廣播的字句。不，可以算是也可以算不是。」

「唔……我不懂你的意思……」千反田抬起頭。

我點點頭回：「柴崎是訓導主任吧？我想全國大大小小各地的高中都是同樣編制，神山高中負責輔導學生品性的是輔導處。」

「對耶，森下老師就常叫學生找他。」

「學校應該有分配給輔導處一間專屬的輔導室……」

「有，普通大樓的二樓。」

我每一問，千反田就迅速一答，她急著想知道後續吧，我也受到她的影響，不自覺把話說得有點快。

「明明輔導室在，訓導主任柴崎卻把X叫去教職員室，這不是越權了嗎？位居學校管理階層的訓導主任竟然跳過輔導處直接找學生去輔導，正代表事態嚴重，所以消息目前還封鎖在管理階層。」

我在心裡補了一句——雖然這只是可能的推論。也有可能剛好輔導處的所有老師同時食物中毒導致輔導處沒半個人能夠處理這件事，但一一考慮這些極端特例會沒完沒了；總之必須把所有事件關係人的狀態設定在日常模式，沒有人遭遇偶然的意外，也沒有人一時衝動做出反常行為，要是不這麼設定，牽扯進外星人也都是合理推論。所以假設關係人都處在一般日常狀態，這應該不牽強。

我一口氣說到這，閉上嘴。

沉默降臨，千反田反芻推論似地頻頻點頭，然後筆直地與我四目相對。

她以有些隱忍的語氣嘟囔著：

「總結折木同學你至今的推論，我聽起來X同學有可能做了什麼不太好的事……」

「不管妳聽起來還是我實際上想說的，講白了不都一樣。」

「所以……也就是說……」

我點點頭。「目前得出的結論就是──X牽扯上了犯罪行為。」

3

X牽扯上了犯罪行為。

我說出的這句話太過不現實，連自己也不禁失笑。於是我試著讓腦子恢復冷靜。

對，現在做的事只是我和千反田的遊戲，沒必要符合事實，再說我本來就不認為推論會輕易說中事實，放輕鬆投入遊戲吧。

或許見到我神情柔和下來，千反田鬆了一口氣，她的語氣也多了幾分試圖緩和緊張的努力。

「那麼，你所謂的犯罪是指──」

我伸掌不讓她說下去。「等等，我還有個追加的推論：如果截至目前的推論都成立，此刻很可能警察或相關單位的人到學校了。」

「警察或相關單位的人……？」

「有很多吧，譬如地檢署特搜部或國稅局調查官之類。推論這些人到學校的原因，我記得在先前的推論也稍微提到過，妳還有印象嗎？」

千反田垂下眼盯著一處好一會，最後放棄似地搖頭回應。我見她搖頭，才輕輕頷首說：

「是這則廣播發生在放學後的那一段。不少學生已經放學離校才廣播叫人，怎麼想都不合理。剛才也說過這表示廣播的需求發生在放學後。」我說到這，放下盤著的雙臂，伸手指著筆記本上的句子。「然而假設X真的犯了罪，這裡寫著事情發生在十月三十一日，對吧？但學校直到剛剛才唐突叫人，找得非常急，由此推論是出於警察或相關單位的要求才匆忙廣播。」

「可是這樣警方只要透過電話聯絡就好了呀？」

「是沒錯，可是依照犯罪情節的嚴重性，警方可能必須逮捕X，以警方的立場，直接過來堵人才是最保險的。」

「逮捕……」千反田囁嚅著。

她的神情透露一絲不安，明明才冷靜下來，難道她開始設身處地為X憂心了？嗯，依她的個性，的確很可能……

千反田帶著這副神情開口：「也就是說，折木同學你覺得X同學是處於某起犯罪事件的核心部分嗎？」

我聽不太懂她想問什麼。「核心部分？什麼意思？」

「我的意思是，你覺得X同學不是該起犯罪事件的目擊者或被害人，是與歹徒相關的核心成員，是嗎？」

原來如此。

我很快回答：「嗯，是啊。」

「……」

「否則柴崎不會那麼慌張，他大可平心靜氣地按照一般程序廣播找人，不是嗎？」

千反田不甚情願地點了頭。

好，終於要進入關鍵。我和千反田一如剛才同時仰望喇叭，兩人的視線同時落到筆記本。

「那現在來思考，那起犯罪究竟是什麼。」

「是。」

「『十月三十一日，有同學在車站前的巧文堂買過東西』，這位心裡有數的X究竟犯了什麼罪？千反田，妳怎麼看？」

千反田食指抵上脣，立刻答：「首先想到會犯下的罪，很遺憾，我想是偷竊吧。」

我無法理解她因為什麼事而遺憾。

「還有，要說可能的狀況，說不定警方在追查某起發生在別處的犯罪事件，問到目擊證言說看過類似歹徒模樣的人在巧文堂買東西。這種狀況要說犯行內容……就什麼都有可能。」

嗯，以她不多加思索的速答來看，這推測意外有意思。

但我搖頭否定。

「先不談偷竊的可能，第二種可能性應該是零哦，千反田。」

「為什麼呢？」

「在那種狀況，警方顯然掌握了X的外貌特徵，若柴崎聽了警方的描述還在廣播說『在車站前的巧文堂買過東西』和『心裡有數的人』，就很奇怪了。可能的推論是那起犯罪發生在巧文堂，而X在店裡幹下的事情表面上是購物——」

我一邊說，一邊覺得推論哪裡怪怪。

為了思考問題點，我無預警地說到一半閉上嘴。千反田看在眼裡，一逕默默地等我整理好思緒。

如果說柴崎曉得X的外貌特徵，那則廣播之所以故意不明說，目的是想勸X自首呢？不，還是太牽強了。

「我的推論是，警方不曉得X的外貌特徵為何。」

「是，就折木同學所言，的確會得出這個推論。」

「可是警方卻相信只要請學校廣播，X就會主動出面。」

對，就是這點奇怪。

如果犯下這起罪行的是我，一聽到廣播，心裡會這麼想：「看樣子警方還不知道犯下這件事的是我，運氣好說不定可以逃過一劫。」絕對不可能老實跑去找柴崎自首。

有那則廣播在先，就表示校方與警方都看準X聽了會乖乖出面自首。這究竟是什麼樣的狀況？

我輕搔了搔頭，拄著下巴低頭望向筆記本。

X不但認罪，還願意自首，但如此一來X早在認罪當下便被逮捕，也不會有今天這則廣播。也就是說？

「……唔。」我不禁沉吟。

「怎麼了？折木同學？」

我沒回她，兀自看向手表。這手表是時下常見的指針數位雙顯示款式，還附有月曆功能，非常好用。

「唔嗯。」

「……怎麼了嗎？」

「我們暫時把X犯什麼罪放一邊，不過X很後悔自己做錯事，於是X向巧文堂道歉。嗯，以書面方式。」

推論一下子跳得太快，千反田睜圓眼，高聲說：

「這、這是怎麼得出的推論？從剛才的廣播就能聽出來嗎？」

我回以反問：

「千反田，今天是幾月幾日？」

面對看似沒頭沒腦的問題，千反田有些困惑，但清楚回道：

「今天是十一月一日。」

沒錯，我記得今天是十一月的第一天，看向手表是為了確認。

接著我指向筆記本上的某個單詞：

「這裡的『十月三十一日』，不是昨天嗎？」

千反田一臉不解地偏起頭：「是沒錯……」

「妳沒發現嗎？老實說，我也一直沒注意到，可是針對日期仔細想想，妳不覺得奇怪嗎？為什麼柴崎不說『昨天，有同學在車站前的巧文堂買過東西』呢？」

千反田驚訝地倒抽一口氣。「這麼一說也是，這的確是很奇怪的說法。」

「什麼狀況下會不說『昨天』而說『十月三十一日』呢？要我回答，我會說是面前就擺著書面稿時。因為書面寫著『十月三十一日』，很自然就照著念出來了。那是什麼樣的書面稿？為什麼警方確定X犯罪卻不清楚X的外貌特徵？還有，為什麼警方相信只要廣播，X就會老實現身？換句話說，警方為什麼深信X很後悔自己犯了罪？」

我說到這停下來，做了個呼吸之後才繼續：

「因為X寫了道歉信給巧文堂。內容大概是這樣：『唉呀真是抱歉啦，我是十月三十一日在貴店買了東西的人，那時我犯了法。』身為高中生應該不至於天真以為道歉就能了事，X可能補了這段：『所以為了表示我的歉意，附上這些東西，還請收下。』

巧文堂拿著這封道歉信找警察，警察或相關單位的人就在剛才根據道歉信來到神山高中。柴崎讀過信後大吃一驚，慌忙打開校內廣播，他一邊盯著信一邊廣播，才說：『十月三十一日，有同學在車站前的巧文堂買過東西，心裡有數的人』云云。」

「請等一下。」千反田尖聲地打斷我：「這麼說來，X同學雖然對巧文堂懷有歉意，卻希望盡可能不要驚動警方？」

透過書信道歉，一方面也是出於期待大事化小。我點頭。

「這樣X就不可能在道歉信上明白寫下自己是神山高中的學生了，這麼一來，警方是根據什麼找到神山高中呢？另一方面，若警方不曉得X是哪間學校的學生，應該會要求市內所有高中協助逮人，柴崎老師也不會那麼慌張了。要是X同學有可能是他校學生，校方一定氣定神閒。」

原來如此，相當優秀的推論。我思考一下回道：

「那麼就是警方問收到道歉信的巧文堂老闆，有沒有什麼關於這位學生的線索，老闆回說可能是神山高中的學生了。」

「……會是這樣嗎？」

「如果X去巧文堂穿著制服就能夠知道是哪間學校，再說現今去便利商店就買得到文具，很少有人為了文具特地跑一趟文具專賣店，要是加上X還做了什麼醒目舉動，店家自然會留下印象。」

「醒目舉動？譬如呢？」

我撇起嘴。

這一點，恐怕是X犯下何種罪行的關鍵。我為了整理思緒，一句句把所思所想娓娓道來：

「X做了某個醒目舉動，那舉動本身並非犯罪。但X事實上犯了罪，如果沒有事後的道歉信，那個罪行不至於當場揭穿。X很後悔自己犯了罪。也就是說那是會讓人後悔的嚴重罪行。X犯下的是會驚動警方等相關單位的罪行。X做的事是……」

我瞥了千反田一眼，她白皙的喉頭微微一顫，她嚥了一口口水嗎？

我繼續說：「……至少可以確定的是，那不是偷竊程度的罪行。」

「是。所以？」

她催我說下去。

我的視線從千反田的喉頭移到筆記本。「十月三十一日，有同學在車站前的巧文堂買過東西，心裡有數的人……」

X當天買了東西，購物交易成立。

醒目的購物。犯法的購物。

巧文堂主要販售小學生的文具，價格不可能太高。

對了，報紙上依然充斥著諸多社會事件，放火竊盜買兇殺人，還有呢？

……我嘆了口氣。

「真是夠了。」

「什麼東西夠了？」

小學生文具專賣店門可羅雀的開店期間，一名高中生上門來，他不知為何有些畏畏縮縮，隨便挑了件便宜的商品拿到結帳櫃檯，接著掏出一張萬圓鈔，夠醒目了吧。

「X呢，用了一萬圓偽鈔購物。」

4

「可是……」我一說完，始終動也不動默默聆聽的千反田突然低喃出聲，緊接著滿腔的話語衝破了堤防，她激動不已地一口氣說：「可是，可是可是啊，那是不可能的在現實是不可能的就理論上來看是不可能的那是漏洞百出的推論那是悲劇結局！」

眼看她一副要踹開桌椅衝上來掐住我脖子的驚人氣勢，我不由得連人帶椅往後猛地一退，愚蠢地暗忖：「所謂安撫發狂的馬，就是這種感覺嗎？」一邊以手勢擋住千反田。

「千、千反田，冷靜一下冷靜一下。喔喔對了，妳忘了嗎？這只是遊戲呀，不用這麼認真啦。」

「不是，可是，不可能的啊，折木同學！」

呃，她不是說「很難相信」，而是「不可能」？

我稍稍瞇起眼問：

「妳覺得不可能？怎麼說？」

雙臂張得大大地撐著桌面的千反田倏地恢復端正姿勢，接著像對剛剛的行為舉止羞愧地別開臉輕咳一聲，旋即回到平日的態度：

「最近市面發現的偽鈔面額是一萬圓，折木同學你一定也曉得這消息，才會推論X同學使用了萬圓偽鈔，是吧？」

我點頭。

「但身為高中生的X同學無從取得偽鈔。不，就算取得了，一定不乏機會把偽鈔轉手。」

「……怎麼說？」

可能我太遲鈍，我完全不明白千反田的問題癥結在哪。她有些焦急，接著說：「X同學是個高中生，只要沒在做什麼買賣，要從何取得一萬圓偽鈔呢？」

我沒什麼想便回答：「ＡＴＭ吧？一般大鈔不都從那來。」

「偽鈔很難騙過ＡＴＭ或銀行！要是真的製作精緻到足以蒙混過關，X同學也不太可能察覺那是偽鈔。」

「不然就是買東西收到的找零——」我話沒說完，驚覺不對而閉上嘴。伊原不在場真是太幸運了，否則不曉得又要被她怎麼調侃；千反田不是伊原，所以她望著我，送上的不是毒舌而是微笑。

「沒錯，看來折木同學也察覺到了。找零是不可能出現一萬圓鈔的，畢竟在日本，一萬圓鈔是除了紀念幣之外面額最大的貨幣了。」

我終於搞懂千反田質疑的癥結。

假使X犯的是行使偽鈔罪，那偽鈔從何而來？製造偽鈔的源頭印出偽鈔，直接拿到店家消費，面額一萬圓的話，店家不可能透過找零給客人，頂多在各店家之間流通，偽鈔遲早會流到銀行這一關，就在這時被攔了下來。

我蹙起眉，微微連點了好幾次頭。

「嗯，我知道妳想說什麼了。也就是說，假設X的老爸是開店做生意的，營收出現了萬圓偽鈔，就算是當成零用錢誤給了X……」

千反田露出滿足神情，大大地點了頭。「X同學一旦發現是偽鈔，一定會回頭告知父親，向父親換回真鈔。」

神山高中禁止學生打工，但就算X偷偷打工賺零用錢，也是一樣的狀況。薪水若透過銀行匯款，X不可能拿到偽鈔；若當面給現金，X大可當面要求換真鈔，只要打工地點的老闆不是哪裡的道上兄弟，應該都會答應X吧。推論時要排除並非日常情況的極道老闆和惡劣父親，這和先前不考慮輔導處所有老師同時食物中毒是同樣的道理。

那麼……

「如果是撿到呢？」

「撿到嗎？你是說偽鈔大剌剌掉在地上？」

「製造偽鈔集團嫌後續處理麻煩而把偽鈔隨處扔，之類的。」

雖然是瞎扯，但這遊戲本來就是基於瞎扯而生，怎麼扯都無所謂。

但千反田卻搖頭，「那也不太可能。」

我正想問為什麼，但也察覺了原因何在。

假使X今天依舊正常來校上課，寄出道歉信給巧文堂的時間就是昨天放學到今天上課前；今天就算X沒來學校，寫道歉信的時間也勢必落在昨天一早到剛才那則廣播播放前。無論哪種情況，X從犯罪到寫信認錯的這段時間都非常短。

這表示X最初就是懷著罪惡感使用偽鈔，否則不會那麼迅速俯首道歉。一個撿到假鈔後，就決定找老夫婦經營的小店用掉、換回真鈔找零的傢伙，不太可能後悔道歉。

「唔，所以問題在X如何取得偽鈔……」

「這一點沒有得到合理解釋，折木同學你的推論就只是空中樓閣。」

什麼嘛，妳還不是會講出一般很少用的俗諺，還對著人家講。

雖然我一笑置之千反田的評語，但不得不贊同她的推論。只是看似微不足道的一個小疑點，千里堤防也會潰於蟻穴。X究竟如何取得萬圓偽鈔？又為什麼決定用掉假鈔？

又或者其實一如千反田所說，我至此的推論根本是漏洞百出？

我不由得嘀咕起來：「一萬圓啊……」

這絕不是多麼夢幻的龐大金額，但也不得不承認是付諸流水會心疼的面額。

……就是這點，這是會讓人捨不得輕易放手的金額。我盤起胳膊說了：

「千反田，妳喜歡錢嗎？」

她有些錯愕，還是回我：

「嗯，金錢哦……要說討厭或喜歡，老實說應該是喜歡。」
「要是叫妳把一萬圓鈔扔進水溝裡呢？」
「應該會心疼吧。」她說到這，強調重點似地湊上前，鄭重其事地補一句：「只不過，前提是那一萬圓鈔票不是來路不正當的錢。」
妳真是教養良好的大小姐呀，千反田。不僅在日本，世界上不曉得多少殺人案肇因於遠少於一萬圓的金錢糾紛呢。
不過我也能夠理解千反田的想法。只要這一萬圓是「自己的錢」，絕對無法輕易放手，要是不小心掉到水溝，搞不好還真的會卯起來掏水溝；但掉進水溝的是「來路不正當的錢」，譬如撿來、偷來或是賭博贏來的，橫豎是天上掉下來的錢，很可能會當場放棄。不義之財來得容易去得快，或許也包含這層意思。
這麼一看，X即使懷著強烈的罪惡感，還是把萬圓偽鈔花掉，原因可能只有一個，那就是X捨不得「自己的」一萬圓付諸流水，換句話說那一萬圓並非來路不正當的錢，X也並非製造偽鈔的歹徒或偽鈔集團的成員之一。也就是說——
「嗯……」我沉吟一聲，開口了：「X手上的偽鈔，應該是別人給他的。」
千反田的視線從筆記本移到我臉上。
「只不過收錢的當下，在X的認知裡不是來路不正當的錢。去除掉薪水或零用錢，只有一個可能性了——那就是借給別人的錢被還回來。X發現對方還來的一萬圓是偽鈔，肯定相當失望。明明是自己的錢，怎麼會變成這樣？也難怪X即使心懷愧疚，還是決定找一家老爺爺老奶奶經營的店，用掉偽鈔。」

聽我說完，千反田握著的拳頭貼上嘴邊，思考一會，接著放下拳頭點點頭，旋即又像想到什麼地搖頭說：

「不對，這還是一樣的狀況。X同學大可告訴還錢的人這是偽鈔，向對方要求換回真鈔呀。」

我不疾不徐地回答她的質疑：

「是嗎？偽鈔等於是撲克牌遊戲『抽烏龜』當中的鬼牌，沒人想抽到呀。對了，這種狀況就很有可能吧：

『喂，X，之前跟你借了錢，我拿來還嘍。』

『噢，Y前輩，您好您好。不好意思啦，您其實不用急著還嘛。』

『我記得是一萬圓啊？拿去吧。』

『是是是。多謝前輩關照。』

然後拿到手上的竟然是偽鈔。」

虧我奮力演著一人小劇場，千反田卻笑都不笑，我忍著內心埋怨，繼續說：

「對X而言，向他借錢的Y是地位高於X的人，所以即使Y還來偽鈔，X也無法回絕。或者，就算X收下發覺是偽鈔，Y也可以抵死不認帳。Y就是X手上偽鈔的來源，這樣想應該合理。」我換蹺另一隻腳，「之前我們暫時沒考慮X是單數還是複數，但推論至此恐怕能夠確定X是單數了。巧文堂賣的都是便宜文具，要是兩、三名高中生結伴進店拿出一萬圓鈔付錢，反而不自然。」

千反田始終不吭一聲，我不禁懷疑起她有沒有在聽我講話。

接著，我想到還有最後一點必須得出合理解釋。

「……至於Y呢？

偽鈔原本在Y手上，搞不好又是哪個地位比Y高的Z還來的錢，總之一路往上追溯，那張偽鈔肯定來自偽鈔製造者、或商家、銀行等等偽鈔可能流經的通路。我們姑且把Y與其上方的源頭全稱為Y好了，那麼Y究竟是誰？是哪個沒良心的老闆嗎？或根本就是偽鈔製造者？

應該沒錯了。最近市面出現偽鈔，鬧得沸沸揚揚之中，即使逮到偽鈔流通過程中一名一時鬼迷心竅的高中生也無濟於事，我想警方應該認為透過偵訊X或許能夠追出偽鈔的來源，才會如此慎重處理巧文堂的事件。」

我大大地吁一口氣，接著刻意縮起放鬆的肩膀，看著千反田說：

「以上是我的推論。」

我回過神才發現，千反田不知何時以一種奇妙的姿勢深深靠著椅背，雙掌交疊在大腿上，背脊伸得筆直，神情帶點恍惚，可能結論太令她驚訝，也或許單純玩遊戲玩累了。

話說回來，我難得長篇大論說完推論，她卻毫無半點回應，有點過分。我帶著微微的怒氣，望向窗外染上秋色的神山市市景。那一帶是神山車站，巧文堂就在那附近。

我依舊望著外頭，耳邊傳來千反田的低語：

「『十月三十一日，有同學在車站前的巧文堂買過東西，心裡有數的人，立刻到教職員室找柴崎老師。』」

我回過頭，她真切地望著我：「回頭想想，我們走了好長一段路才得出現在的結論呢。」

「……就是說啊。」我笑了，邊笑邊伸了懶腰。「遊戲結束啦。」

千反田聽到「遊戲」兩字，眉頭倏地一動，恍惚的眼神恢復聚焦。她微微偏起頭說：「折木同學。」

「幹麼？這是遊戲，沒必要認真。」

「不是，我只是有點好奇，如果是遊戲，折木同學一開始是為了證明什麼才玩呢？是什麼來著哦？」

啊。

對哦，一開始好像有目的才玩的。

我也偏起頭，角度剛好和千反田的差不多。放學後的地科教室，偏起頭的兩個人。

「是為了什麼咧？」

「是為了什麼來著呢？」

「妳都不記得了，我更不可能有印象。」

「……那麼折木同學，要不要來推理看看呢？」

定睛一看，千反田此刻正揚起嘴角望著我，即使裝出一臉正經，那雙大眼睛卻藏不住笑意。唉呀呀真是夠了，我盡所能擠出最燦爛的微笑回：

「饒了我吧。」

翌日。

我一攤開報紙社會版，看到如下的標題：

「持有偽鈔嫌犯落網」。

副標寫著：

「近日連續數起偽鈔案，神山警署首度有所斬獲，逮捕二十三歲的黑道分子」。

昨天和千反田玩的遊戲，記得開頭是出於什麼類似名言錦句的東西，但隨著遊戲愈玩愈投入，我和千反田把動機忘得一乾二淨，但現在我想起來了。

我原本是想證明「歪打正著」這回事。

應該……就是這個吧。

嗯，不過記憶是否與事實一致，還是只能憑運氣嘛……

五

開門快樂

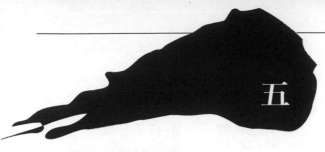

1

民間有個說法——跨年做的事將重複一整年。小時候，高中入學考在即的我害怕傳說成真，唯獨十二月三十一日那天硬放下書不敢念書。遙遠的回憶，不，也沒那麼遠，不過是前年的事。

此刻身處黑暗中，我在意的是這則傳說是否有變化版本——元旦當天做的事將重複一整年。人們都說「一年之計在於元旦」，正月伊始，我卻遇上難以置信的大災難。這種事別說一年一次，一輩子一次就受夠了。我不是迷信的人，但若有人對我說：「你如果不去拜拜，還會再次碰上這種事哦。」我可能會老實去廟裡找人消災除噩。

我問千反田上述的民間傳說是否存在，她思考了一下，回我：

「我也不確定，不過，我想沒有這種迷信哦，不然等於說『元旦當天放假，接下來一整年都會放假』，完全不合理呀。」

我被說服了，當場鬆一大口氣，這下沒什麼好擔心，心情頓時輕鬆不少。

然而幽暗中我看不清千反田的表情，只聽到她以無比認真的語氣補上一段話：

「只不過，折木同學，相較於接下來的三百六十四天，我個人比較在意的是現狀……」

我明白。

我再明白不過。只不過千反田啊，讓我稍微逃避一下現實不為過吧？縫隙吹進的風拂過，冷冽得彷彿削過臉頰，於此同時，灌進風的縫隙也為四下的黑暗透進些許光線，如今眼睛終於習慣幽暗。

映入眼簾的包括竹掃帚、鐵鏟、掃除用的長竿、不知裝了什麼的紙箱、露出些許困惑表情，一身和服的千反田。

以及四面圍繞我倆的牆壁。

這裡是神山市規模數一數二的荒楠神社，我們正處在神社的院落內。說得正確一點，是院落內一處燈火稀少、鮮少人留意到的角落，這有一座破破爛爛的儲物間，我們待在裡頭。

問題不在這是儲物間，也不在這小屋有多破舊。

儲物間唯一出入口是一扇門板，然而此刻這扇門關著，還上了門閂。從外側。

我和千反田在一月一日的夜晚，被反鎖在神社角落的儲物間。

屋牆與屋頂都早超過耐用年限的老舊儲物間，唯有一處全新且堅不可摧——那扇門，唯獨那扇門是閃著光輝的鋁製堅固門扉。以防盜角度，確實是非常厲害的一扇門，無論或推或拉，僅能稍微晃動門板。

我終究忍不住低聲嘀咕起來：

「為什麼會被關進這種地方嘛。」

「就是說啊，說不定……」黑暗中，千反田似乎笑了，「是抽到了下下籤的關係吧？」

我大大嘆了口氣。

果然是那個原因嗎？

2

事情開端是迎向年末的某天，千反田打電話來。

「折木同學，你元旦那天有計畫嗎？」

於是我想了一下。

小學時代，我幾乎每年元旦都會去神社參拜，原因無他，我那位姊姊很喜歡這一類的年度傳統活動。喜歡的話自己去不就好了？但不知為何她總愛拉著我同行，若是住家附近的八幡神社我還勉強願意陪她，猶記她要考大學那一年很誇張，命令我：「你也來幫忙祈求我考上。」便拉著我跑去離家數小時路程之遙的天滿宮。叫人家幫忙祝禱，她自己卻連保佑考上的護身符都不買，開開心心地專注在自創的「看能連續幾次抽中大吉」遊戲。

姊姊上大學，著迷的領域一下子擴展開來，變得更為多元，多采多姿到她不會再拉著我同行，我也失去了參與年度傳統活動的關鍵因素。沒必要的事不做，必要的事盡快做，問我正月有什麼計畫，當然是沒有。

「嗯，目前沒有。」

千反田一聽，聲音藏不住興奮，「這樣嗎？那要不要一起去新年參拜？」

「……該不會是天滿宮吧？」

「咦？你想去天滿宮嗎？可是那裡很遠哦，相當遠呢。」

沒錯，相當遠。

千反田似乎誤會我是菅公（註）迷，她小心翼翼地低聲問：「呃，如果你方便，不方便也沒關係啦……想問你要不要一起去荒楠神社呢？」

荒楠神社不遠，沒下雪騎腳踏車一下子就到了，可是我還是提不起勁。荒楠神社是神山市規模最大的神社，正月時分肯定人山人海，嚴寒中還跑去人擠人，一點也不節能。我換手拿話筒。

「那裡有什麼活動嗎？」

「也不是什麼特別活動啦……」她說到這，語氣突然多了幾分興奮，「聽說摩耶花同學在那邊打工哦。」

「……」

「啊，你笑了吧？」

註：日本各地天滿宮之主祭神為菅原道真，故稱為「菅公」，日本平安時代的學者詩人和政治家，被日本人尊為學問之神。

我笑了。說到正月裡神社的打工，應該是穿上那一身紅白裝束（註）。伊原的外表年齡看上去遠比實際年齡要小，老實說她到現在還常被人誤會是小學生，所以那身打扮不用想像就曉得：

「一定一點也不適合她吧。」

「折木同學，你這樣講太過分了哦。」

千反田責怪中帶著笑意。我講了失禮的話，千反田笑著回應，想來是伊原也拿那身裝束自我調侃，和千反田笑過一場了。

「由於伊原同學在那邊打工，聽說福部同學也會去探班，我想機會難得，問問看折木同學要不要也一起去走走。」

的確，里志肯定會想瞧瞧伊原那身打扮。

我明白了，鬧一下伊原還滿有趣的，但因為這便專程跑去神社參拜，好像不太道德。嗯，但若為了祈求新的一年平安健康去參拜，也沒這麼划不來……

我還在盤算，千反田搶在我開口前又說：

「還有啊……」

「還有什麼活動嗎？」

「也不是活動啦……」她的語氣轉為略帶羞怯，稍稍壓低音量：「……我也……有點……想炫耀一下我的和服。」

若拒絕千反田的邀約，唯一正當理由只有「寒冷」；冬天當然冷，換句話說，消耗點能量忍耐一下寒冷並不為過。

然而元旦是最適合改頭換面的日子，整座日本列島卻籠罩在超級寒流。太陽一下山，神山市的寒冷只能以凶猛形容。

我披上常穿的白色軍裝大衣，戴上駝色圍巾與手套，暖暖包塞進口袋，但這身裝備還是無法止住牙齒打顫。我想到戶外地面可能因為雪而溼滑難行，決定穿上沒鞋帶的靴子。出門前電視預報說今日氣溫創下入冬最低紀錄，我抬頭望天，萬里無雲的天空諷刺地閃耀點點繁星，澄澈的空氣更加深了心理上寒冷的印象。

我來到石鳥居下方等待千反田。荒楠神社即使入夜人潮依舊不減，不過這種程度還不算人擠人，衝進人群還能夠稍微取暖；相較寒冷的夜空，燃起篝火、點著燈籠的參道顯然多了幾分溫暖。

往來參拜者大多裹著厚運動外套或大衣，縮著身子前行，但徹骨的寒冷中卻幾乎不見有誰苦著臉，大家遇到認識的人都立刻互道：「新年快樂！」處處可見三兩成群的人，卻始終不見千反田的身影。

「我太早到了嗎？」

註：日本神社的女性神職人員稱做「巫女」，通常身著白上衣及紅緋袴，具有清新、神聖、無垢之傳統形象，年齡限制一般在二十五歲以下，但依神社不同各異。

在這種溫度等人很要命，我低頭看向手表，一輛全黑計程車駛到鳥居前停下，後座車門打開，一名女子一邊說：「不好意思，謝謝您了。」一邊下了車。在篝火與星光的照耀，女子一身穩重暗紅色系和服，披著一件黑色大衣般的外褂，拎著一只淺紫色束口袋，布面以金色絲線繡著彩球圖樣。女子的長髮盤在腦後，髮簪輕輕搖曳。此外她一手提著一只以白紙包裝的一升瓶（註），應該是伴手禮。

不愧是正月，有些女性打扮尤其華美。

我才這麼想，發現女子正是千反田。

沒想到她會搭計程車，新春期間計程車也營業啊？我想著無關緊要的事，千反田看見我了，嫣然一笑朝我走來。

「等很久了嗎？」

「還好……」

「新年快樂！」

「是，恭喜新年好。」

「今年也請多多關照了。」

「呃，彼此彼此，我也要請妳多多關照。」

我是怎麼了？不過出其不意受點衝擊，就只會傻乎乎地對方說一句我應一句。千反田察覺了我的困窘，雙臂微微一提，衣袖隨之展開。

「我來炫耀和服了。」

這套和服以紅色為基調，走的是華貴路線，看上去卻絲毫不覺刺眼，反而是非常適合正月的明亮和服。這樣的裝束穿在千反田身上一點也不冶豔，只顯得雍容穩重，真不可思議。哪像我姊姊，看她穿上和服，我只覺得「這是哪來的野姑娘呀」。

千反田穿著黑色外褂，只看見和服前襟的圖案，胭紅底色上有蝴蝶飛舞，延伸至下襬則繡有蜿蜒的河川圖案，不，還是流動的風？

我說不出感想，千反田似乎讓我看到這副打扮就心滿意足，沒期待我說任何稱讚，拿好左手的束口袋和右手的一升瓶，望了一眼參道前方：「那我們走吧。」

千反田踏步前進，腳下的木屐發出咯噔咯噔聲響。望著她的背影，我不禁心想再怎麼口拙，也該稱讚一聲「妳穿起來很好看」才是。

人群隱隱的喧擾之中，咯噔、咯噔的聲響伴我倆同行。

一旦混入參道的人潮，冷風的威力如同預期登時減弱許多。夜幕之下，燈籠光線將人們的影子映在筆直延伸的石板路面上。我無意間發現千反田手上的一升瓶似乎很重，在人群中兩手都提著東西太危險了，於是我說要幫她拿一升瓶，她爽快接受。

「謝謝，那就麻煩你了。」

「這是……？」

「酒。」

註：一升約一．八公升。日本酒多以升為單位交易，一．八公升容量的酒瓶俗稱為「一升瓶」。

這我知道，妳不會拎著醬油跑來參拜。

「我們家和這裡的神職一家有些交情，這是新一年的問候禮。」

「新春第一天就幫家裡跑腿啊，妳還真辛苦。」

千反田噗哧一笑。「這比起白天輕鬆多了。今天我一直、一直在忙著招呼親戚、問候新年好，當了一整天的乖孩子。」

我腦中浮現努力扮演乖孩子的千反田。她穿得漂漂亮亮，化著白粉妝與紅脣，端正坐在上座的父親旁一動也不動。

我不確定那是不是乖孩子的模樣，只知道千反田家很大、歷史悠久，我指的不是她家的宅邸建築。這女孩是千反田家的掌上明珠獨生女，至今不時聽到她透露一些遠遠超過我理解範圍的名門社交生活。

其實我一開始就覺得奇怪，天氣冷成這樣，新年參拜還要約在夜裡，我一直以為是伊原的打工時段排在晚上，但看來部分原因是千反田身為名門的女兒有許多不得不在白天處理完的事務。

「我今天一天下來只吃了一片雜煮湯（註）裡的年糕，有點餓了呢。」千反田說著把手放上腹部。或許為了搭配束口袋，她和服腰帶也是高雅的淺紫色。「折木同學你呢？今天白天怎麼度過？」

「我啊……我模仿了寄居蟹的生態。」

「什麼？」

今天很冷。

因為很冷很冷冷到受不了，我一早決定今天要來學寄居蟹。

整個人窩進暖桌只露出頭，與我共度時光的莫逆好友就是橘子了。或許與其說寄居蟹，更像蝸牛。父親向公司同事和客戶拜年，姊姊則因為我聽不太懂的原因出門去了，家裡剩我一人，得以全心專注做我的生物學研究。

讀著文庫本消磨時間，餓了就熱雜煮湯來吃，想到又翻出賀年片來整理，東摸西摸著時間就到了一月一日的正午，緊接是午後，我打開電視，懶洋洋地看播出的《新春特別節目——風雲急小谷城》，迎向了太陽下山。

現在一回想，開春第一天就過得如此怠惰，自己不由得羞愧，為了別再深究這部分，我硬轉開話題。

「里志會來吧？」

千反田絲毫沒把我的失態放心上，回道：

「摩耶花同學應該和福部同學聯絡好了。」

古籍研究社社務方面的相關聯絡，通知里志的部分大多由伊原負責，不僅因為伊原想找機會和里志說話，而是更現實層面的原因——伊原和里志都有手機，我和千反田都沒有。其實我差不多該來辦一支，但錢包空空，暫時別想。

註：日本人新春期間必吃的一道料理，把蔬菜、肉類、年糕一起煮成，類似年糕湯。

終於來到參道盡頭，迎面是一道很陡的石階，石階寬幅相當大，兩端與中央各有一道鐵製扶手，仔細一看，不少老人家緊抓著扶手爬上或走下階梯。

參道兩旁設有成排光線緩緩搖曳的燈籠，石階兩側卻沒設置，相隔一定距離插著的是寫「荒楠神社」的白色旗子，旗幟後方的坡地上零星散布著殘雪。

「折木同學，小心階梯很滑哦。」走在前方的千反田說。

爬上石階頂端，鑽過又一道鳥居，就來到寬廣的荒楠神社內，眼前擠滿了比參道要熱鬧數倍的人群，或許我想太多，這裡充滿祝賀新年的溫馨氣氛。

神社內正中央燃著巨大篝火，圍著火堆的人們映在眼裡成為一道道黑影，寒冷夜空下大家忍不住想離火堆近一些，但可能火勢太強、溫度太高，大多數的人都背朝火堆；高聲嬉鬧、兩手伸向篝火取暖的全是小孩子，另外還見到許多人拿著紙杯，應該哪裡正提供免費熱飲之類。

石階頂端右手邊是社務所（註1），今天充當販售護身符等祈福商品的店面。或許過了最忙碌的時段，客人雖不少，但還不到大排長龍的程度。伊原應該在那裡。我移開視線，不顯眼的角落有一座小小的紅色鳥居，這裡也祀奉了稻荷神（註2），相對於神社內隨處可見的白色旗幟，這座紅鳥居裡豎著一支寫有「正一位」的紅色旗子，旁邊是一棟小小儲物間。做生意的人會順道拜一下稻荷神，即使這處神社地點不顯眼，仍有不少人過去參拜。

言歸正傳，我也覺得一升瓶有點重了。

「我們把這送去給人家吧。」我稍稍提起酒瓶道。

千反田偏起頭，想了一下說：

「先參拜完再去吧。」

登上大殿得再爬上一道石階。這道石階不陡也很短，了不起十幾階，參拜的人卻回堵到階梯中段。我和千反田排到隊伍後頭。

等了一、兩分鐘，踏上一階。最前方的參拜者橫向排成一列，投入香油錢之後合掌祈福，接著往左右散去，接著排在後頭的人補上空位。以人的觀點來看的確是參拜，但以神的觀點來看，這不就像各方的委託工作以輸送帶的方式逐一送到眼前一樣嗎？若是常見標準新福內容還好，譬如：「請祢保佑我新的一年健康平安」、「請祢保佑世界和平」之類；但複雜的祈願如：「請祢保佑爺爺早日康復，啊，不過他那頑固的脾氣就不用恢復了。還有，請祢保佑我們家小孩子考上好學校，說得清楚一點就是私立落榜、公立上榜啦。」神要弄清楚這些委託一定很辛苦。

我胡亂想著這種事時，輪到我和千反田參拜了。我投了五圓硬幣到替代香油錢箱的白

註1：日本神職人員的辦公處，通常位於神社建築本體的旁邊。

註2：日本稻荷神為掌管農業與商業的神明，以狐狸為使者，神階為「正一位」，此神階也成了稻荷神社的別稱。

布上（註），來許什麼願呢？對了。

請保佑我新的一年能夠不太需要耗費到能量。

新春參拜的重頭戲就此告一段落，接下來只要把酒送出，調侃一下伊原就可以回家啦，這氣溫真的太冷了。我正打算鑽進購買祈福商品的人群，千反田拉住我軍裝大衣袖子說：

「你要去哪裡？」

「不是要去探伊原的班嗎？」

「噢，送酒給神職人員時得進入社務所，裡面就見得到伊原了。」

來到社務所的玄關，數名喝得臉色通紅的男性聚在一塊，當中有四十歲上下，也有七、八十歲的老先生，他們都是來神社幫忙的志工。千反田毫不畏懼地穿過他們，兀自拉開玄關的格子門，我微縮著肩，跟在千反田後頭。這副模樣很窩囊，但說老實話，我至今沒有和大人社交過的經驗。「抱歉打擾了！請問有人在嗎？」

千反田朝著屋內深處喊卻沒人回應，可能在忙吧。她重複喊了兩、三次，終於一名白髮男士現身，他喝紅了臉，似乎不太開心，粗聲粗氣地說：

「有何貴幹啊？」

千反田優雅地行了一禮說：

「新年快樂。我叫愛瑠，千反田鐵吾託我來向各位拜年。」

男士一聽，當場笑逐顏開。

「喔喔，是千反田家的呀，請進請進，我去叫他們。」

「謝謝，那就打擾了。」

我是跟班的折木。打擾了。

男士領著千反田和我進到一間大和室，放眼看去估計有數十張榻榻米大，四周以紙拉門圍起，令人印象深刻的是相對於室內的寬廣，天花板卻很低。此外，屋內擺著一排燃木鑄鐵暖爐，透過暖爐的小窗看得見紅色火焰；數十張的矮桌整齊排放，而男男女女三兩就座用餐喝酒，笑聲此起彼落，室內氣氛之熱烈，讓人忘了戶外的酷寒。

「你們在角落那桌坐著等一下啊。」

「噢，好的。」

時間尚早，新春酒宴還沒正式開始，空坐席不在少數。我和千反田坐到角落桌旁，就座前千反田脫下披在和服外的黑色外褂。我本來以為是一般的大衣外套，燈光下一看才發現布面呈現撚線的質感，還隱約現出圖案。千反田查覺我直盯著瞧，問道：

「……怎麼了嗎？」

「沒什麼，我只是覺得這布的質地很特別。」

註：日本新春當天由於參拜者眾，社方為避免擁擠中發生意外，通常會鋪上一大片白布替代香油錢箱供參拜者使用。

千反田露出微笑。

「謝謝稱讚。這是縐綢（註1）。」

我的腦中，水戶黃門（註2）一行人走了過去。

我也脫下軍裝大衣，這是便宜貨，隨便擺一旁也無所謂，千反田卻拿起掛在鴨居（註3）下的衣架，幫我掛了起來。

不久，一扇拉門拉開，一名年輕女子現身。她身穿白上衣及紅緋袴，長髮在腦後束成一束，雖然是標準巫女裝束，但戴著一副小框眼鏡有些不搭，更奇妙的是這種不協調卻透露出女子習慣這一身打扮，看來她不是臨時打工。這還是我第一次見到正牌巫女。

女子看上去很年輕，大約幾歲？可能還沒二十。女子一見到千反田，筆直地面向我們，緊接著一身紅和服的千反田與紅緋袴的巫女彼此正座面對面。由於千反田脫下了外褂，我見到她和服的衣袖部分同樣有美麗蝴蝶飛舞的圖案。

千反田先低頭行禮：

「新年快樂。今年也請多多關照。」

巫女也彬彬有禮地回應：

「新年快樂。」

「家父託我送酒禮過來賀年，還請不吝收下。」

啊，就是現在。我遞出一升瓶，巫女向我行了個坐禮（註4）。

「謝謝您。那我們收下了。」

「別客氣，只是一點薄禮。」

我順勢說了出口，千反田卻掩著嘴角笑了。

「折木同學，這句話該由我說才是。」

她這麼一說我才想到，對了，我只是酒重而幫千反田提著，沒道理為千反田家送出的禮物說謙詞。真糟，我被不習慣的名門社交氣氛震懾，居然說了蠢話。

巫女看著慌張的我說：

「我們家不收薄禮。」

我心頭一驚。巫女神情嚴肅，我以為她是認真的。

千反田卻含笑說道：

註1：日文做「縮緬」（ちりめん），絹織布的一種，布料表面呈現細緻分布的縐褶，具有出色的觸感及彩染能力，為日本和服常用布料。

註2：水戶黃門本名德川光圀，德川家康的孫子，水戶藩的繼承人，因曾任黃門官，人稱水戶黃門。德川光圀一生尊崇中國儒學，遺愛民間，因此民間編造出許多他微服出訪的有趣故事，拍成電視時代劇，一播就是四十二年，也曾改編成電影、舞臺劇、卡通、漫畫等。故事中水戶黃門帶著兩位助手阿助（佐佐木助三郎）與阿格（渥美格之進）雲遊各國，旅途上為隱藏真實身分，總是自稱「越後的縐綢批發商光右衛門」。

註3：標準和室拉門的附溝槽木框，下方的橫木稱做「敷居」，上方的橫木稱做「鴨居」，後者常用以掛物。

註4：三指指尖按在榻榻米上低頭行禮，為日本端莊而鄭重的行禮方式。

「快別這麼說，請您不吝收下吧。雖然只是一點心意。」

我這才察覺巫女嘴角微微露出笑意，原來千反田和這位巫女認識啊，還是可以互開玩笑的交情。她們倆這番鄭重其事的行禮，莫非也是在鬧著玩？哎呀呀，嚇出我一身冷汗。

巫女接著問我：

「你是B班的吧？」

這問題聽得我一頭霧水，但我的確就讀神山高中一年B班。

「是的。」

我還在訝異她為什麼知道我的班級，巫女緊接著問我第二個問題：

「福部同學沒和您一起來嗎？」

居然連里志都曉得！這、這是何等地神通廣大！難道荒楠神社的巫女看得到人的過去？那麼我今天無所事事地爛在暖桌前的事她也曉得了？

我的驚愕似乎都寫在臉上，千反田悄聲湊過來咬耳朵：

「這位是十文字香穗同學。」

哪位？

「她是一年D班的。」

我仔細看向眼前的巫女。

穩重的舉止、端正的禮儀，背脊挺得筆直，卻絲毫不見生手的青澀，她應該還不到二十歲，「和我們同年？」

突然傳出噗哧一聲。

千反田和十文字香穗一同笑出聲。

她就讀D班就是和里志同班了，難怪她會曉得里志。

一身和式裝束的兩人親暱地聊了一會，十文字還有工作在身，聊到一個段落便站起來。

「晚點再聊嘍。」十文字說完便走出和室，千反田看著她的背影問：

「請問……我們想見一下伊原摩耶花同學，可以嗎？」

「伊原同學？噢，妳說那個女孩子啊。嗯，現在可能沒那麼忙了，不過我也不確定。那邊可以通到店面裡側，妳去看看狀況吧。」

從神職人員口中聽到「店面」兩個字，我有點驚訝，所以那的確是商店？雖然我對神社沒有浪漫的想像。我跟隨千反田、十文字指示的方向拉開紙門。

一來到走廊，不遠處隱約傳來嘈雜人聲，很容易便知道店面所在。穿著足袋（註）的千反田踩著小碎步，窸窸窣窣地穿過走廊；鋪木地板的寒冷直透我的腳掌，真是冷到讓人受不了。

走廊盡頭是一道橫向拉開的木門，千反田輕輕將門拉開一道縫。

註：和服裝束的重要配件之一，拇趾部位與其他四趾分開的白色布襪。

破魔矢（註1）、熊手（註2）、達摩、護身符，各種色彩繽紛的商品羅列店頭。身著巫女裝束的販售人員共三名，不過到了這個時間點，可能不需要三名人手。千反田屈膝蹲下，探頭伸進門縫試圖尋找伊原的身影，但根本不用找，坐在離木門最近的地方、一看就比另外兩名販售人員要鬧的就是伊原了。她也和十文字一樣穿著白上衣與紅緋袴，長髮在腦後束成一束。

不對，有點怪，伊原不是長髮，所以那是接的嘍？原來伊原留長髮綁起來是這種感覺。

「摩耶花同學。」

千反田喊了她。伊原應聲轉過頭，見到千反田立刻露出滿面笑容，但一和我對上眼，當場板起臉。畢竟店頭還有客人，伊原也不好大聲嚷嚷，她塗了口紅的嘴唇微啟，低聲簡短地警告我一句：

「別看啦。」

大年初一，劈頭就講這麼過分的話。要是不想讓人見到這副打扮，幹麼接下巫女打工？

「新年快樂。」千反田悄聲祝賀。

伊原也微微點頭回應，然後左右張望一下，上半身湊向木門說：

「新年快樂！哇，和服好漂亮哦。」

「謝謝。」

「是振袖（註3）嗎？」

「不是，這只是小紋（註4），家人說振袖要等我上大學才能穿。」

common（註5）？common sense的common？也是一般用的意思？沒想到英語勢力也入侵到和服世界了。

「我還要一個小時才下班，這段時間小千要怎麼辦？」

「可能會去參加大和室那邊的酒宴吧。福部同學？」

「白天就來過了，可是他要看什麼《新春特別節目——風雲急小谷城》就先回家了，看完應該會再過來。」

兩人說著話，店頭的販售卻絲毫不受影響，仔細一看，伊原的櫃檯前方沒有擺出商

註1：破魔矢：日本正月的吉祥裝飾，為附有白色羽毛的箭形飾物，含有消滅惡魔之意。

註2：熊手：日本正月招福的吉祥物，宛如熊掌外形的竹耙，裝飾有金幣、寶船等色彩鮮豔的飾物，意味為人們抓來財富與福氣。

註3：「振袖」為日本未婚女性所穿著的禮裝和服，有著色彩斑斕的圖案及紋理，最大的特徵是袖長，為未婚女性參與成人禮或者親友婚禮的常見服飾。

註4：「小紋」為日本和服的一種，花樣由一連串重複的小小紋樣所組成，由於和服展開後的花樣無須連續，在製造程序上少了對齊花樣圖案的工，節省工序時間，價格上也相對便宜，但僅限於朋友聚會等非正式場合穿著。

註5：「小紋」的日語發音恰同日本外來語「コモン」＝「common」。

品，我不由得問：

「妳是賣什麼啊？」

「抽籤，還有負責尋人、失物招領、換鈔。」

說是負責抽籤，伊原眼前的客人自顧自拿起籤筒就抽，看來只要把一百圓硬幣放進鋪著紙的三方盤（註）上，之後就自助式了。

伊原察覺我的視線，極力辯解：

「白天很忙的。」

也就是說妳承認現在很閒。

伊原所言似乎不假。端正坐著的她身旁有個盤子裝了滿滿的物品，包括錢包、手機、鑰匙、摺疊傘等等。

「神社志工都很認真在神社內巡邏，只要一發現稍有價值的失物，立刻就會送過來。還有很多人和同伴走散了要尋人，所以白天真的忙翻了啊。」

不用用力強調，我壓根沒覺得妳這工作很涼。

千反田沒提伊原工作的部分，直接看著她說：

「抽籤！好像很好玩呢，我也來抽一張吧。」

說著直起身子就要轉身，被伊原叫住。

「咦？妳要去哪裡？」

「去櫃檯前面……」

「沒關係啦，在這邊抽就好了。」

得到販售員的許可，千反田打開束口袋拿出錢包，從錢包拿出一枚百圓硬幣。我瞄到她的錢包是皮製，看樣子價值不斐；另一方面伊原在意的是那只束口袋。

「嘩！這也好漂亮哦，感覺很高雅呢。」

「嘻嘻。」

隨身的提袋受到稱讚，千反田開心地笑了，我有些意外。

在我的印象中千反田的價值觀和同年女孩子不太一樣，她會出現「包包被稱讚了而開心」這種很女孩子的單純反應，反而不太像平常的她。不過當然這是我擅自為她描繪的印象，單憑所知範圍臆測他人性格，正是犯了那個——「傲慢之罪」呀。嗯，今年一定要改掉這壞習慣。

伊原沒理會暗自立下這一點也不可靠的決心的我，兀自思索，接著悄聲嘀咕：

「對哦，這才是束口袋的真正用途……」

的確，里志平常從不離身的麻布束口袋，應該不是常規用法。

難得來新春參拜，我想抽支籤應該不為過。於是我掏出一枚百圓硬幣，繼千反田後把硬幣放到伊原手中。伊原將兩百圓放到三方盤上之後，六角柱形的籤筒遞到我和千反田面前。

註：三方盤：日本獻神時使用的檜木製方盤，下方臺座三面有孔。

「那就請抽吧。願神保佑您。」

這句話是這時候說嗎？

千反田先抽，她撕開以漿糊封住的小紙條，我還沒抽籤就聽到她開心地說：

「哇！大吉耶！」

真是恭喜了，不過千反田妳也該長點智慧，神社的籤通常不會出現太糟的籤詩啦。我接著撕開自己的籤。

「……」

「怎麼了？折木同學。」

「沒什麼，沒事。今年好像會發生好事呢。」

但伊原卻一翻白色衣袖，指著我說：

「……一定是抽到末吉，對吧！」

難道我真的什麼都寫在臉上嗎？我嘆了口氣，手中的籤紙亮到兩人面前。

「擎天稻穗澄金黃，禽鳥爭相飛啄食，不敵強風淨折枝，謹言慎行保太平。」

還有大大的一個字：

「凶」。

3

下下籤很少見，少見的東西尤其珍貴，所以下下籤很珍貴。

根據完美的三段論證結論是：這傢伙一開春就有好兆頭呀。我當作沒看見伊原宛如望著被拋棄小狗的同情眼神，和千反田回到熱鬧的大和室。

千反田興奮得不得了。

「下下籤是怎樣的東西呢？我很好奇！」說著搶走我手中的紙籤，好生端詳起來。這位大小姐今年第一天好奇的東西竟然是下下籤的內容，要說她天真無邪也很天真無邪，但我忍不住抱怨一句：

「我抽到下下籤，妳就那麼開心嗎？」

然而千反田一副不明白我在說什麼，訝異地看向我：

「折木同學你應該不相信這一類東西吧？」

唔，沒錯啦。

要說信不信，我確實不相信，但一旦遇上如此珍貴的案例，心裡難免有點疙瘩。我想著這些事沒有馬上回話，千反田的臉猛地湊上來。

「……」

「幹、幹麼？」

「對不起！」千反田突然低頭道歉，「你在逞強吧？折木同學，你其實很在意哦？」

我真的無言以對。

「總之，還來啦。」

我才伸出手，一道人影橫越我的視野，那人是十文字，她板著臉快步穿過大和室。千反田遞給我紙籤，然後說：

「喔，拿去吧。謝謝你借我看……不過這籤你打算怎麼辦呢？」

「不怎麼辦。」

也不能怎麼辦，或許只能在神社裡找地方脫手，但隨便扔也不太好，還是該綁到樹上？十文字走過面前。對了，她說不定知道適當的處理方式。

「……」

十文字匆忙地進進出出，千反田似乎看不下去，忍不住叫住她：

「香穗同學。」

十文字顯然有要事在身，但不至於忙到分秒必爭，她停下腳步，緊繃的神情稍微緩和，語帶歉意地回千反田：

「抱歉啊，愛瑠，連杯茶都沒倒給你們。」

「不不，不必招呼我們。倒是妳那邊發生什麼事了？」

十文字的嘴角淺淺上揚，我學到那表示她在笑，以現在的狀況來看她應該是在苦笑。

「嗯，有點狀況。打工的小朋友打翻了鍋子，麵糰子湯和甜酒釀都得重煮才行。」

「哎呀！」千反田睜圓了眼，「那位小朋友沒燙傷吧？」

「嗯，沒事，她閃得很快。」

運動神經這麼發達，怎麼會打翻鍋子？

入夜後參拜人潮會稍減，但人數還是很多，要持續提供免費甜酒釀就勢必得備好足夠的量，加上這間大和室的酒宴才正式開始，也難怪十文字會忙進忙出。

千反田毫不猶豫地開口：

「我也去幫忙！」

說著要起身，十文字制止了她，她要幫忙的確有點勉強。

「為什麼？別看我這樣，料理我還算在行……」

「我知道妳很會做菜，可是難道妳打算這身打扮進廚房去？」

千反田這才驚覺，低下頭直盯著自己的和服瞧。胭紅布面上蝴蝶飛舞、輕風吹拂，華美無比的和服。確實不可能以這身裝束煮菜，千反田也明白。

「不過，還是讓我幫點忙吧……」

十文字沉吟一下，很快做出決定。

「那麻煩妳去倉庫拿酒粕來好嗎？放在一進門的左手邊，妳去看就知道了。」

「好的，左手邊是吧！」千反田立刻拉起衣襬站起身，接著看著我說：「不好意思，可以幫我顧著束口袋嗎？」她的錢包裝在裡面。

我再怎麼奉行節能主義，也不可能大剌剌坐在原地看一身和服裝扮的千反田忙著幫人家張羅。

「我一起去。」

「不好意思，那麻煩兩位了。」十文字說完便快步走出大和室，千反田自己拎著束口袋。

我想了一下，反正出去一會馬上回來，應該不用穿上大衣。

來到玄關前，千反田問正在穿靴子的我：

「香穗同學說東西放在倉庫裡吧？」

「嗯。」這雙靴子是便宜貨，穿脫很不順手，別有金屬釦環的靴口很小，只能夠想辦法硬塞進去才穿得上。我好不容易穿上左腳，一邊塞進右腳一邊回她：「就是在稻荷神旁邊的那間吧。好，穿上了。」

拉開格子門的下一秒，冷風迎面襲來，我當場就後悔主動說幫忙。

我才在心愛的鑄鐵暖爐旁坐下不過一秒鐘而已啊。

參拜人潮依舊絡繹不絕，在神社正中央燃起的巨大篝火燒得赤紅，圍著火堆的人影沒減少，先前煮好的甜酒釀可能還有剩，仍有許多人拿著裝熱飲的紙杯。

「就是那裡吧？」我指著儲物間。

千反田穿的是木屐，無法快步行走，明明那麼急著衝出社務所，現在卻走在我身後。

這棟儲物間無比老舊，即使在幽暗的夜也一目了然，木條鋪成的牆面與屋頂都是一副不堪一擊的模樣，要真的猛踹一腳，搞不好會像搞笑短劇的道具屋一樣砰地塌得扁扁。是荒楠神社經費不足嗎？還是認為沒必要大費周章重建角落一小間儲物間？一旁的稻荷神前明明插著寫有「正一位」的紅旗子，這棟儲物間插的卻是寫有「荒楠神社」的白旗子，破舊小屋顯得更寂寥；那支旗子的旗竿似乎太短，還以塑膠繩把竿頂綁上儲物間的屋簷才固定住，真是淒涼。

不過這棟儲物間一處散發著引人注目的光輝，就是入口處的鋁門，看那幾乎全新的模樣，應該是最近才換上，證據就是這扇門還留有舊時代的風貌——門鎖居然是門閂形式，從門外上了門之後，再扣上荷包鎖。這麼多不特定人們人來人往的正月一日，荷包鎖卻沒鎖上，該說社方警覺性低還是隨興？也或許儲物間沒放什麼值得偷的東西吧。

我拉開門閂打開門，走了進去。

「不知道有沒有電燈……」

看樣子沒裝。想想也對，電線似乎沒牽來這棟儲物間附近，當然不可能有電燈。

「香穗同學說東西就放在一進門的左手邊，是吧？」

千反田話聲剛落，我和她都察覺不對勁，這棟儲物間的門一打開，進門左手邊是一道牆壁。

「會不會其實是在右手邊？」

「怎麼可能？香穗同學不會記錯。」

「可是左手邊沒擺東西呀。」

我看向右手邊，但黑夜中沒點燈的小屋一片漆黑，什麼都看不見，我還是說：

「……我看……是沒有哦。」

「那麼也就是說……」

「放在更裡面的地方？」

黑暗中，我朝前方伸出雙臂，拖著腳步緩緩前進。等到眼睛習慣黑暗再行動又另當別論，但現在要是不擺出這種姿勢前進很危險。我小心翼翼地朝深處走去，一邊留意是否觸到類似酒粕的東西，但一無所獲。

「本來只是簡單幫忙跑個腿，沒想到變得有點棘手啊。」

「呃……折木同學。」

千反田不知何時來到我身後喊了我的名字。後方的鋁門被風一吹關起來，儲物間更伸手不見五指。

「怎麼？」

「嗯……有件事，很難開口……」

她似乎真的很難開口，兩手抓著束口袋，欲言又止。平日直言不諱的千反田難得這般扭捏，我放下在黑暗中摸索的雙手。

千反田極為慎重地開口了：

「……這裡，是儲物間吧？」

「是啊，該說是儲物間呢……還是儲藏室呢……」

「折木同學，你現在是在找香穗同學託我們拿回去的酒粕，是吧？」

「不然在找什麼？」

「如果是我會錯意了，我道歉。呃，這裡是儲物間哦。」

我嘆了口氣，「我不是說了嗎？妳要叫這是儲物間就是儲物間吧。」

幽暗中，千反田搖搖頭，接著她壓低聲音說：

「不是。要倉庫才對。」

「啥？」

「是倉庫。香穗同學說存放酒粕的地點。這裡是儲物間，酒粕是收在倉庫。」

……噢，畢竟她用了倒裝句把話講兩遍，我再遲鈍也聽懂了。

然後錯愕襲來。瞬間，我的腦中浮現我戳了戳頭裝迷糊說：「哎呀呀！我家沒有倉庫嘛，難怪會搞錯嘍！」的模樣，但實在太不像我會做出的舉動，決定放棄。相對地，我輕聲問：

「妳啊，一開始就發現了嗎？」

「呃，嗯……可是我不是很確定，我只知道社務所後面有放神轎的倉庫。」

「怎麼不早講？」

為了掩飾自己的糗態而胡亂責怪對方，的確是常見狀況。之後再向她道歉吧，總之現在手腳不快一點，可能會趕不上煮甜酒釀，最要命的是很冷。

然而當我在黑暗摸索轉身之際。

儲物間外頭傳來醉言醉語。

「哎呀，這門沒鎖啊。」

接著傳來一聲不祥的「噹啷」聲響。

「咦？剛剛那是……？」

千反田還沒搞清楚狀況；我則火速朝門衝去——因為四下很暗，正確來說我是朝估計可能是門的方向衝去，很快便摸索到鋁門門把冰涼的觸感。

但是。

門板只是稍微晃動。我回頭看向千反田，黑暗中她的臉龐也朦朦朧朧，但不知為何，我似乎看到她一臉擔心地偏起頭望著我。

「怎麼了嗎？」

雖然她應該看不到，我還是聳了聳肩回道：

「我們被反鎖在裡面了。」

4

「噯，千反田，有個說法說『元旦當天做的事將會重複一整年』，是真的嗎？」我試著問她。

感覺她似乎思索了一下。

「我也不確定，不過，我想沒有這種迷信哦，不然等於說『元旦當天放假，接下來一整年都會放假』，完全不合理呀。只不過，折木同學，相較於接下來的三百六十四天，我個人比較在意的是現狀……」

縫隙吹進的風拂過，冷冽得彷彿削過臉頰，於此同時，灌進風的縫隙也為四下的黑暗透進些許光線，眼睛終於習慣幽暗。

映入眼簾的包括竹掃帚、鐵鏟、掃除用的長竿、不知裝了什麼的紙箱、露出些許困惑一身和服的千反田。

以及四面圍繞我倆的牆壁。

我終究忍不住低聲嘀咕起來：

「為什麼會被關進這種地方嘛。」

「就是說啊，說不定……」黑暗中，千反田似乎笑了，「是抽到了下下籤的關係吧？」

我大大嘆了口氣。

果然是那個原因嗎？

……不，不對。原因有二。一是，路過的喝醉大叔沒確認儲物間是否有人便把門閂給閂上；另一個原因，不用說正是根本肇因，但我還是說了出口。

「抱歉，我太蠢，搞錯了地點。」

千反田卻搖搖頭說：

「不是你的問題。常理來說，就算搞錯地點也不至於被反鎖呀。」

話是沒錯，但我還是想為自己幹下的蠢事道歉。

幸運的是，我們雖然被反鎖，但這並非空無一人的工廠或暑假期間的校園，即便這儲物間位於神社的角落，外觀也不顯眼，參拜稻荷神的人應該絡繹不絕，只要高聲求救，輕易就能叫到人來幫我們打開門閂。

「那我要求救了哦。我會用盡全力大喊，所以妳還是先把耳朵摀起來比較好。」總不能叫千反田大吼求救吧，我於是做了幾次發聲練習。

「啊，請等一下……」

我突然想到一個問題。該喊什麼才好？一介堂堂高中生不可能高喊：「救救我們——！」還是單純地喊：「喂——！」好了，總之只要出聲，一定會有人察覺。我深吸一口氣，要放聲大喊時……

「我說等一下嘛！」

漆黑中一樣白色物體倏地伸了過來，我心頭一凜，有個柔軟東西掩上我的嘴，話語硬生生吞了回去，視線焦點拉回跟前，千反田的手掌按住了我的嘴。

我大驚，只見千反田探長上身，左手稍稍挽起右手袖子，那右手正摀著我的嘴。

「抱歉，可是，請等一下。」

她的語氣是前所未聞的沉重，我不由得順從地點點頭。不過，為什麼要等一下？

千反田鬆開手，問我：「呃，要是，現在大聲求救，會怎麼樣呢？」

我聽得一頭霧水，還是回道：「會有人來吧。」

「然後我們就請對方打開外頭的門閂。」

「嗯，對方應該會願意幫忙。」

「然後門就打開了吧？」

「開了啊。」

「那麼，對方會怎麼看待我們呢？」

我登時無言以對。

同時我明白千反田在擔心什麼。如果此刻被關在儲物間的是我和里志，一點問題也沒有，或者換作是千反田和伊原也一樣，然而事實卻不然。

聽到求救而過來幫忙打開門閂的好心人，是否能夠不戴有色眼鏡地看待我和千反田兩人待在夜晚神社角落不起眼的小屋裡？數秒的沉默之後，千反田以細如蚊鳴的聲音說：

「如果是與我素不相識的人來救我們倒無所謂，可是稍早神社的志工就一直在神社內巡邏，他們都認得我。」

我想起我們之前踏入社務所時，工作人員只是聽到千反田的姓氏，接待態度就有了一百八十度的轉變。

「要是來救我們的是神社的志工……肯定會產生糟糕的誤解。折木同學，我今天是代父親前來拜年，事情若是發生在其他日子、其他地點又另當別論，可是在正月的荒楠神社裡，要是傳出什麼負面的謠言，我的立場會很為難。」

我沉吟著。

乍聽這番話，我多少覺得她太在意面子，想叫她別顧慮那麼多，愛亂想的傢伙就隨他們去吧，但那是因為本人折木奉太郎只是一介平凡高中生。

事實上，千反田愛瑠所處的世界確實與我有些不同，無論是在教育界具有影響力的遠垣內家族的兒子、在神山市經營首屈一指大醫院的入須家族的女兒，千反田都有交情，不僅在校內是前輩後輩的關係，他們私下都有深交，這樣的千反田，在元旦的今天是代父親帶著酒禮前來向荒楠神社的神職一家——十文字家族拜年。

這已經超乎我理解範圍，我無法判斷千反田在意大聲求救可能引起的謠言，是理所當然的擔心或者只是杞人憂天。

一時之間，雖然只是短暫的一瞬間，我為千反田感到些許可悲。

我輕嘆了口氣。

「我明白了。那我們現在要怎麼求救呢？」儲物間的木牆明明處處是裂痕，這道全新的鋁門卻毫無縫隙，從門內側也無法操控門閂。「得盡快設法找到人幫我們從外側開門才行，要不然萬一有人剛好要來儲物間拿東西，門一打開，到時候才真的跳到黃河也洗不清了。話說回來，能幫我們開門又不會有奇怪誤會的人選——」

「香穗同學是知情的……」

「或是伊原了。就這兩人而已。」

「嗯，要是剛才門閂被閂上的時候，我們立刻出聲就好了，可是實在事出突然，一時之間也沒想到要出聲……」千反田抑鬱的口氣突然變得開朗，「不過，沒問題的！」

「噢？妳有好主意嗎？」

「嗯！」

瞧妳自信滿滿，真的有那麼令人振奮的好法子嗎？

她的笑容在幽暗中隱隱浮現。

「很簡單，只要打電話求救就好了。」

我錯愕得下巴差點沒掉下來。

「確實很簡單，可是啊，千反田，我想這裡頭應該沒有公共電話哦。」

「嗯？折木同學你真愛開玩笑，當然是用手機呀。」

我的頭開始痛了起來，吹進縫隙的風冷到骨子裡。

「原來如此。的確是好方法，那麼，請撥吧。」

「喔，可是我沒有手機耶。」

妳是認真的嗎？還是因為太過慌張而一時忘記？我幽幽地回道：

「我也沒有哦。」

沉默悄悄降臨。

「……真、真的嗎！那我們該怎麼辦！」

現在才開始驚慌失措……

有沒有除了大聲求救以外的方法呢？我試著整理目前的狀況。

門的內側是無法打開外頭的門閂。我教自己不要劈頭就否定所有可能，慎重地思考吧。

首先，重新分析這道門的構造。這道門沒有門鎖，猛推或拉會稍微晃動，卻不可能出現門縫，因為外側上了門閂。

就進門前一瞥的印象，門板外側與相對應的儲物間門框一帶各裝了一個ㄈ字形的金屬授口，可能是以螺絲或釘子固定，我沒看得那麼仔細，但剛才使勁地推拉都沒有鬆脫分毫來看，能夠確定授口固定得相當牢固，而穿過兩個授口的木棒就是門閂。這表示門閂是橫向拉開式的，要是往上撥開插梢式的門閂，還能夠暴力地弄出一道門縫，然後透過門縫設法頂開門梢，但橫向拉開的門閂就沒轍了。

結論是，從門內側無法打開門閂。

但是……

「不能以常識的方式來打開這扇門。」

聽到我兀自嘟囔，千反田「咦」了一聲，我比畫著門的模樣。

「譬如把整扇門拆下，或許是可行的法子。不知道這門怎麼裝上去的？」

我在幽暗中湊上門與牆的交接處仔細端詳，發現門軸側上下各有一個合頁（註），這是很一般的裝設法。

想要轉開螺絲拆下合夜，關鍵在於門必須是敞開的狀態，關門的時候合頁會被門軸部位遮住，壓根看不見。

換句話說，拆門大作戰也宣告失敗。

「那還有什麼方法……」

「呃，折木同學。」千反田的語氣不知怎地帶有一絲苦澀。

「怎麼了？」

「我……我忘了折木同學你也沒有手機，所以才請你不要大聲求救……可是現在狀況非同小可。我們喊人來開門吧，否則這樣下去折木同學你會……」

我會怎樣？千反田囁嚅著把話說完：

「……會感冒。」

嗯，我此刻確實冷得全身打顫，本來想說拿個酒粕花不到一分鐘，沒穿軍裝大衣就過來了，身上的單薄毛衣畢竟不敵寒冷，不過不至於冷死。

「可是，妳還是會擔心吧？和我單獨在一起要是被誤會就糟了。真的確定完全無計可施，我會立刻大聲求救的，現在還是先想想有沒有其他方法吧。」

「折木同學……」

千反田在黑暗中向我低頭行禮，我不確定她看不看得見我的表情，總之盡全力擠出微笑對她說：

註：合頁，又稱鉸鏈，是用來連接兩個固體，並允許兩者之間做轉動的機械裝置。鉸鏈由可移動的組件構成，或者由可摺疊的材料構成。

「噯，總有辦法的。雖然無法弄開門閂，合頁也沒辦法拆掉，我們還有四個方法沒試過。」

「咦？有那麼多？」

「嗯。」我屈指邊數邊念：「方法一，破門而出。方法二，穿牆而出。方法三，挖地道出去。方法四，鑽開天花板逃出生天。」

彎了四根指頭，我的右手剩下小指孤伶伶地豎著，但千反田卻沒出聲回應。不知怎的我覺得她似乎是傻眼而說不出話。

可是我不是在開玩笑，以前里志借我的夏洛克．福爾摩斯小說裡有句話：「消去所有的不可能因素之後，剩下的無論再荒謬，也一定是真相。」（註）大概是這意思，雖然可能與原意有出入。

我伸出拳頭試著壓了壓木牆。

「看樣子要弄也是弄得開，那扇門雖然很堅固，嵌著門的牆卻很脆弱，多踹幾下，合頁那一帶的牆面應該會崩掉。本來這裡的木牆就年久失修，找個工具來敲，很快就能弄穿的。」

「怎、怎麼能……」不愧是千反田，立刻出言制止，「不可以那麼做！不管再怎麼破舊，這畢竟是荒楠神社的建築物之一呀！」

「嗯，果然不行喔。」

應該會被神社的人痛罵一頓吧；就算不介意被罵，破壞儲物間，志工很可能會飛奔而至，當場被人撞見我們逃出儲物間根本是本末倒置。這麼說來，鑽開天花板那招也不用想了，剩下的就是——

「挖地道戰術……」

幸運的是，儲物間的牆邊就立著鏟子，還是好用的尖頭型，地面也沒鋪木板。對耶，這裡之所以異常地寒冷，正是因為地面沒鋪設地板，寒氣直接透過腳底竄進身體。

「……要挖嗎？」

「不曉得要花幾個小時才挖得穿……」

挖到天亮應該就ＯＫ了，前提是我沒有中途不支倒地。

逃出手段的大方向還沒決定。這裡是儲物間，要找工具也不是沒有，但現階段看來，會讓我覺得「有這個就搞定了」的工具，一個也沒有。鏟子、竹掃帚、掃除用長竿，還有旗竿與架太鼓的臺子，紙箱裡則裝了大量的碗。這些東西能夠怎麼利用呢？

木牆縫隙灌進風來。

只能舉白旗了，除非打開門，沒有其他方法能夠逃出這棟連一扇窗都沒有的儲物間；而且時間拖得愈久，我們被第三者救出時愈難解釋清楚。所以要喊人過來救我們愈快愈好。然而我一邊想著這些，腦子的一隅卻一邊思索有沒有其他方法。這就是鬥志嗎？不，

註：此為福爾摩斯的名言，原文為："When you have eliminated the impossible, whatever remains, however improbable, must be the truth."出自《綠玉皇冠之謎》（*The Berly Cornet*）。

我應該沒有那麼堅強，只不過一想到千反田可能真的很擔心閒言閒語，我也無法不考慮她的立場。啊啊——可是外頭多麼寬闊呀！

渴望自由的我，湊上牆縫窺看向「外頭」。

明明只是一道細縫，視野卻意外廣大，巨大的篝火非常顯眼。好好哦，看起來就很溫暖。免費提供的甜酒釀還有沒有剩下呢？我們兩個跑腿辦事不力，想必給十文字添了麻煩吧。

此外，不同於參拜民眾的愉悅氣氛，一名微醺的老先生正朝這方向走來，應該是巡邏中的神社志工吧？

「啊，走過來了。」

我回過神才發現千反田也透過另一道牆縫看著外頭。我湊上的牆縫大約在腰部的高度，千反田則貼著她眼部高度的牆縫，她拎著的束口袋就抵在蹲著的我的頭頂上。

然而老先生沒走到儲物間門前，一路走來應該是打算巡來稻荷神這邊，但他突然彎下身子拾起什麼，然後一個轉身，又往來時路走去。

「咦？怎麼了？」

聽到我的嘀咕，千反田的聲音從我頭上傳來，語氣不太有把握：

「他撿到東西了，好像是手機鍊。」

「妳看得到啊？」

「嗯，隱約看得到。」

「這麼遠耶？而且，現在是晚上耶？」

千反田認真無比地回道：

「我夜間視力很好。」

視力超過二・〇還加上夜視能力！千反田不止視覺超群，聽覺與嗅覺也很靈敏，以她很會做菜來看，味覺可能也很優秀。

我們兩人聊著聊著，回頭就看不到老先生的身影，但千反田的視線似乎仍一路追蹤，過了一會兒，聽她幽幽地說：

「啊，應該是要去失物招領處吧。」

「失物招領處？在哪裡？」

「在社務所內。啊，他走進人群裡了。看不見了。」

這時，我腦中靈光一閃。

「……噯，千反田，我說這個木牆啊，稍微破壞一點點，應該沒關係吧？」

5（side B）

《新春特別節目——風雲急小谷城》是一部驚喜連連的片子，看得我開心不已，最精采的就屬刺激萬分的桶狹間之戰（註）了，今川義元在片中被詮釋為一名古今無人能出其右的豪傑，在雨中俐落地一一砍殺織田軍，真的是所向披靡，要是在其他的連續劇裡，那砍人的氣勢簡直可稱上是劍豪了；另一方面，奉命取下義元性命的毛利新介也是不遑多讓的人中之傑。屍山血海之中，開場一幕義元與新介持劍對峙的畫面看得我捧腹大笑，這部片根本就打算拍成喜劇嘛。

我的缺點就是容易受影響，但這或許也是我的優點。我邊哼著片頭主題曲邊悠哉地走回荒楠神社，途中興之所至打開手機，再次看向摩耶花傳來的簡訊——

「小千和折木都已經到了哦，來社務所等他們會合吧。」

嗯，上班時間還偷傳簡訊不太好哦。

我邊晃著手上的束口袋走在參道，腳步輕快地爬上石階，瞥了一眼購買祈福商品的人們，來到了社務所的玄關。

一拉開格子門，十文字同學就佇立在面前，一身巫女裝束在她身上非常莊嚴，相較之下，摩耶花的打扮怎麼看都是趕鴨子上架。

進到社務所裡便遇到認識的人算幸運，不過我有點不知道怎麼和十文字同學相處，總之先以最值得驕傲的開朗態度打招呼吧。

「噢，十文字同學，新年快樂呀！」

但十文字同學只是露出在班上也常見到那副漠不關心的眼神看向我，回話當然是彬彬有禮：

「恭喜新年好。」然而下一句話卻出乎意料之外：「福部同學，你有沒有看到千反田？」

千反田同學？不在這嗎？

「不清楚耶，我才剛到。」

「是哦。」只見她微微蹙起眉頭。發生什麼事了嗎？

十文字同學接著對我說：

「抱歉現在沒辦法招呼你，請自便吧，大和室裡開著暖爐。」說完便碎步離去，消失在走廊轉角。這代表我得到了進入室內的許可，真是太感謝了。

註：發生於日本戰國時代末期（一五六〇年）的知名戰役。雄霸一方的今川義元率兩萬五千大軍打算進占京都建立中央政權，彼時方統一尾張的織田信長得知今川大軍已抵達桶狹間（今愛知縣碧海郡一帶）休養生息兼慶功，迅速聚集了兩千兵力冒雨突襲。由於桶狹間地勢低窪，織田軍乘勢而下，織田的侍衛毛利新介等人圍攻今川義元，終於砍下人稱「東海道第一武將」的腦袋，一舉殲滅今川軍。此為日本史上以寡敵眾、奇襲得勝的戰例，也為織田信長日後的稱雄奠定了基礎。

前往大和室途中，我一時興起，想從店面裡側看看摩耶花打工的模樣。雖然是初次踏進社務所，屋內隔間大致方向還難不倒我。在走廊上偶或與幾名微醺的社務所人員擦肩而過，我抬頭挺胸地擺出「我本來就該出現在這！」的表情，對方也都沒起疑詢問我的來路。

應該是這吧。我橫向拉開眼前的木門，果然猜中了。穿著紅緋袴、神情略顯疲憊的摩耶花就在伸手可觸及之處。天氣這麼冷，辛苦妳了，再撐三十分鐘就可以下班了哦。我白天來探班時店裡正在忙，沒什麼機會和她說話，現在應該沒問題了吧？我悄悄喚了她：

「摩耶花。」

「……阿福。」

是我多心嗎？摩耶花似乎有些臉紅。若不是多心，她害羞的原因我再清楚不過——她在為這身裝束羞赧。真是，都穿好幾個小時，早該習慣了。不過會彆扭這麼久，正代表摩耶花在新的一年依舊本性不改啊。

白天只逮到機會向她道「新年快樂」，現在應該先慰勞她一聲「妳辛苦了」才是。但她可能累到沒力氣回我微笑，只像小孩子般，用力地點了個頭當作回應。

接著像突然想起什麼，她俐落地回過身子，從裝著失物的盤子拈起一條手帕問我：

「噯，阿福，這個你有印象嗎？」

那是一條蕾絲花邊手絹，乍看是純白色，細看卻又不然，應該是叫做珍珠色吧？簡言之那顯然是高檔貨，不是一般常見的手帕，但我有沒有見過，倒是沒什麼印象。

「不清楚耶，怎麼了？」我偏起頭回道。

摩耶花語帶焦急地說：「我記得小千好像有一條一模一樣的……」

嗯，的確很像千反田同學會用的東西，只不過她應該不會帶去學校。

我笑著回她：

「失物主人有了頭緒，不是很好嗎？不如等千反田同學回來直接問她嘍。」

摩耶花擠出有氣無力的微笑回我：「嗯，也對。」

5（side A）

「……沒人來救我們呢。」

透過牆縫望著外頭的千反田幽幽地囁嚅，我也喃喃回了一句：

「可是這方法應該有效啊……」

吹進儲物間的風愈來愈強了，只能說我自作自受，我拿鏟子把木牆打出一個小洞，冷風便從那灌進來。非常冷。

雖然說打了洞，但洞真的很小，而且只是把原本存在的牆縫稍微挖大一些，讓千反田纖細的手能夠伸出去。

我得出的結論是，我們無法憑一己之力脫困。

這棟儲物間雖然蓋在不起眼的角落，但只是地點不起眼，經過的人不算少，這種狀況我們不可能既避人耳目，又以適當的方式逃出儲物間。有一扇窗就好辦了，還能設法透過窗戶弄開外頭的門閂，可惜事與願違。

無法憑一己之力脫困就只好求助於人，還只能夠找伊原或十文字。哼哼，即便身處在高度信息化的社會之中，而我和千反田都沒有手機，但人類睿智的原始通訊手法可還沒被淘汰呢。

幸運的是伊原接下得穿上巫女裝束的打工，工作內容還包括失物招領。先前伊原說過，志工都很認真地在神社內巡邏，只要一發現稍有價值的失物，立刻就會送去招領處。換句話說，一旦落下值錢的東西，就有很高的機率會被送到伊原手中。

計畫至此一切順利，扔出去的「失物」就在我們眼前被志工撿走送去社務所。然而，困境依然沒有解除。即使確保東西送至伊原手上，卻無法讓她明白失物隱含的求救訊息。

我咕噥著：

「看樣子，光一條手帕還是不夠力啊……」

我們挑的失物是千反田的手帕。失物必須值錢到志工會拾起、送去招領處，又得讓伊原察覺是我們的物品，在隨身物品中，我們挑出了手帕。

原本貼著牆的千反田直起身子。

「是啊，那條手帕，摩耶花同學見過好幾次的……不過可能不是會讓人留下深刻印象的東西吧。」

就算伊原認為手帕是千反田掉的，接下來採取的行動才是重點。我們必須誘導伊原這麼想——

「這件失物是在儲物間附近撿到的，千反田愛瑠為什麼會去那一帶呢？她不是應該待在大和室裡頭嗎？哎呀！哎呀呀！肯定出事了呀！」

光一條手帕還是不夠力啊……

那只能再試試第二發了。能夠讓伊原一看就明白我們正受困於此的失物，會是什麼呢？

6（side B）

大和室裡，酒宴正式開始了。

空位還很多，我個性不怕生，一個人享受筵席也不成問題，但實在無趣，坐沒多久就溜了出來。

我只能找摩耶花了，雖然她還在上班，不能太打擾，一旁還有另外兩名打工的巫女在，不過稍早我和那兩位小聊了兩句，她們還滿友善。

摩耶花之前交代過她們倆：「這小子是我的哦。」

難道三名打工巫女長時間共同工作下來，彼此間有了同仇敵愾的情誼？兩位巫女顯然想助摩耶花一臂之力。真是，這些女生從哪兒找來的？應該不是神山高中啊？

一拉開木門，摩耶花見到我，立刻招手示意靠過去，可是過了這扇木門就是店面了，來客不如白天多，但也不能讓客人看到我這外人出入店內，於是我伸長了頸子探向摩耶花。

「阿福！你看啦！這個東西！」

她遞出一只牛仔布面的雙摺短夾。啊，這個我確定見過。

「這不是奉太郎的嗎？」

「是啊，那個笨蛋好像把錢包弄掉了。」

「哎喲，別看奉太郎那樣，他其實很冒失。」

奉太郎似乎以為自己常幫千反田善後，但他記住的只是幾樁特例。出乎意料地，在平常我們的社團活動中，經常是奉太郎麻煩到千反田同學和摩耶花。我印象最深的就是今年——不，去年的暑假，透過摩耶花的關係去了一趟溫泉之旅，那時奉太郎泡湯泡到頭暈，全身無力癱在被窩裡。

總之，看似腦袋靈活的奉太郎也是會掉錢包的。咦？不過千反田也掉了手帕，好像有點蹊蹺？

「可是，有點怪耶。阿福你看。」

摩耶花打開錢包。咦，翻看人家的錢包？太沒禮貌了啦！我凝神端詳了起來，這……

摩耶花清楚地描述了錢包的狀態：

「裡面是空的。」

無論是收鈔票或零錢的隔層都空空如也，貨真價實的身無分文。

「很怪吧？折木今天也是打算順道參拜的，身上至少會帶點香油錢吧？」

「這倒說得過去，有可能他把全部的錢都丟進香油錢箱了。」

「你說那傢伙嗎？」

雖然可能性不高，不過他有了什麼強烈的心願也說不定。我指著錢包說：

「我覺得怪的是收卡的隔層。就算是奉太郎，應該也有一張集點卡或會員卡之類，這錢包卻徹底空蕩蕩。」

「啊，嗯，對耶。」

「會不會這根本不是奉太郎的錢包？」

但摩耶花很肯定地否認了。

「不，這個百分之一百是那傢伙的錢包。」

「……為什麼這麼確定？」

「因為錢包鍊的環釦綁著這個。」摩耶花從懷裡拿出一團紙，那是摺得皺皺的小紙條。

我拿到手上一看，是籤紙。

「你看看內容。」

依言攤開摺著的籤紙，當場噗哧笑了出來。

「凶！凶！天啊，荒楠神社也太猛了吧，居然有凶的籤。」

然而摩耶花顯然不打算逗我笑才叫我看籤，她面帶苦笑，語氣嚴肅地說：

「這是稍早折木抽到的籤詩，我記得上頭確實寫著『禽鳥爭相飛啄食』什麼的。也就是說，折木把抽到的下下籤綁在錢包上，然後弄丟了錢包啊。」

原來如此。

我緊緊蹙起眉頭，我突然不吭一聲，摩耶花擔心了起來。

「阿福？」

「……這，就表示……」我嚥了一口口水，「這觸霉頭的籤，奉太郎哪裡不好綁偏偏綁到自己的錢包上，下場就是掉了錢包，裡頭的東西還被洗劫一空了！」

奉太郎太可憐了，開春第一天就遇上這麼悲慘的事。

更驚人的是籤的威力，居然神準預言奉太郎遇上倒楣事，這下我也非來問卜一下不可了。

從自己的錢包掏出一枚百圓硬幣。

「摩耶花，我也要抽籤。」

6（side A）

「……沒人來……救我們呢——哈啾！」

千反田打了噴嚏。

我以為她不冷，她一直一副沒問題的模樣，但顯然不是沒問題。我是男生，沒穿過女性和服，但那怎麼看都不是保暖的衣物。

「還好嗎？」

我簡單的一句關心，千反田帶著一些困惑地露出笑意。

「嗯，沒事。早知道就把道行穿出來了。」

「道行？」

「嗯，就是那件啊，黑色的綢綢。」

喔喔，那件和服外套叫做道行啊，果然很日式風格。

「我也很後悔沒把軍裝大衣穿出來。」

「這裡真的有點太冷了哦。」

不是有點吧？老實說快到極限了。要不是口袋還有暖暖包，我肯定早就放棄掙扎大喊大叫對外求救。

此刻口袋除了暖暖包，還有很多東西。千圓鈔、零錢、唱片行的集點卡。

我心一橫才決定把錢包扔出去，應該挑千反田的錢包效果比較好，要是把那張下下籤綁在千反田的錢包，伊原可能會覺得奇怪而察覺出了事。

但我猶豫了，因為千反田的錢包不是高中生平常在學校福利社買麵包時會掏出的錢包，她的錢包是正月正式和服裝束的一部分。先前千反田為了抽籤、拿出零錢時我瞥到一眼，她帶在身上的是高檔的真皮皮夾。

我們的計畫是事先取出錢包的東西，然後拋出空錢包，撿到的人就算決定占為己有，身為失主的我們也不會太心疼，但這預設太天真了，千反田的錢包看起來就很有料，若被巡邏志工以外的人撿到，恐怕不檢視內容物便直接帶走，我們的計畫就當場泡湯。

所以只好掏空我的錢包當失物，同時為了告知伊原「這是折木奉太郎的錢包」，我把抽到的籤紙綁在上頭。既然有紙，我也很想在上頭寫下求救訊息，但想破了頭也找不出此刻身邊哪裡有筆或可用來書寫的工具，雖然我試著以指甲在籤紙上刻下「救命」兩字，不過籤綁在錢包上，紙面又皺成一團，攤開後應該看不出刻了字；但將籤仔細摺好收進錢包，儘管紙面不會皺，卻無法一眼讓伊原認出是我的錢包。該賭哪一方，我相當猶豫。

從結果來看我可能賭錯邊。錢包毫無疑問一定送到伊原手中，但還是沒人來救我們。千反田的手帕、接著是我的錢包，伊原也該奇怪了，但還是不夠讓她懷疑到蹺班跑來探狀況。

「……抱歉，千反田，可能真的得放棄了。」

不知怎地，我心中升起一絲自我犧牲的心情，想脫下衣服披到冷到打噴嚏的千反田身上。可是我也很冷，脫下唯一的一件毛衣，我可能失溫倒下。

千反田面露微笑回我：

「別跟我道歉，是我對折木同學你很不好意思，勉強配合我的任性。」

「那不是任性，是負責任吧。」

「那確實是我應負的責任，但不是把折木同學你牽連進來的藉口。喊人來救我們吧，有些流言蜚語也是沒辦法的事。」

忍耐了這麼久刺骨的寒冷，這樣放棄很不甘心，但無計可施了。如今沒有其他逃脫方法的靈感，不該繼續拖拖拉拉地無謂受凍，於是我點點頭。

然而最後的最後，千反田感嘆了一句：

「啊——福部同學應該已經到了吧。」

這話猛地點醒我。沒錯，里志應該到了，也該到了，肯定到了。

最初思考如何透過物理性手段脫困，不可行才轉而思索怎麼將求救訊息傳達給伊原，但求救的對象不限於她，還可以是里志呀！里志的話，一定看得懂！啊，可是，缺道具！

「千反田，妳手邊有沒有繩子之類的東西？」

「繩、繩子嗎？」

「大概這麼長，五十公分左右就夠了。有的話，保證能夠讓里志知道我們出事了。」

千反田一聽，立刻砰砰地拍起身子，想確認有沒有哪兒繫了繩子。「木屐帶呢？」

「太短了。」

「啊！束口袋有繩子！」

我搖著頭，「那個不行，束口袋等一下要用到。」

千反田偏起頭一臉納悶，顯然不明白我的打算，但她貼心地沒有急在這時追問詳情。

「還是用折木同學你的鞋帶？」

「對耶，還有這招！」

興奮地看向自己腳邊，情緒登時轉為失望。平日穿球鞋還能用這招，拆下鞋帶根本不費吹灰之力，但今天穿的是沒鞋帶的靴子。不是為了打扮帥氣，是擔心殘雪融化，神社地面變得濕滑難行才沒穿球鞋，一念之差竟然在此栽了跟頭，我可以再不走運一點。

「如果……真的非要繩子不可……」千反田白皙的手輕輕撫上和服腰帶，「『帶締』可能派得上用場。」

「那是繩子嗎？」

「嗯。」千反田點了頭，但不知為何臉龐卻微微別開。

我大剌剌地直接問了：

「那很難解下來嗎？」

「嗯，對，要解開來是有一點麻煩。」

聽到這，我心中突然掠過一絲不安。

「嗳，千反田，我對和服是沒什麼研究啦。」

「……」

「可是那個叫『帶締』的繩子解了下來，和服沒問題嗎？」

千反田一逕低著頭，遲遲沒吭聲，好一會才小聲回：

「腰帶部分……會整個散掉吧。」

「妳這傻瓜！當然不能用那個繩子啊！」

「果然不行喔？重新束好腰帶的確有一點難度……」

不是那個問題。就算計畫順利召來了里志，一開門就看到千反田衣衫凌亂，那也很尷尬。我們顧慮東顧慮西強忍寒冷不就毫無意義了？

「不考慮那個，還有什麼繩子呢？」

我思考著。

儲物間裡有竹掃帚、鐵鏟、掃除用長竿、架太鼓的臺子，掛有旗子的長旗竿橫放在地，另外還有紙箱，裡頭裝著大量同花色的碗。一開始我們就僅有這些道具可用，虧我一路不斷苦思改善計畫，終於有妙計的現在，只是需要一條繩子。有刀子還能夠割下竹掃帚前端固定用的麻繩。如果是用鏟子一揮砍下，砍得斷嗎？不，不管割不割得下來，麻繩的長度都太短了。

千反田難以忍受我漫長的沉默，小心翼翼地開口：

「請問……為什麼只要有繩子，就能夠保證福部同學會來救我們呢？」

現在要緊的是哪裡有繩子？我快凍死了。

7（side B）

摩耶花驚慌地大喊：

「這是怎麼回事！」

也難怪她大驚失色，又有失物送了過來，這次是一只束口袋，而且不是平常在用的便宜貨，是適合搭配女性和服的高級品。

摩耶花之所以訝異不已，因為那是千反田同學的東西，她說我來之前，她在千反田同學拿出錢包時看到了這只束口袋，印象很深。手帕、錢包，然後是束口袋，一連三樣失物，莫非這些倒楣事也是奉太郎的「凶」導致？順帶一提，我抽到的是中吉，有些遺憾，比下倒綽綽有餘。

「志工說這是在儲物間旁邊撿到的，他們到底在幹什麼啊？」

這只束口袋為淺紫色，束口繩是編繩，布面不規則散布著彩球圖樣，真是令人羨慕的高級品，不過顯然不是男性用品，其實沒必要和自己的比較。

「而且這上頭還綁了一條髒髒的繩子。」

我的耳朵登時豎起。「繩子？」

「嗯，你看。」

摩耶花把束口袋亮到我眼前，袋子下方綁上了一條繩子。這是一只尾端被綁住的束口袋。我倏地睜大眼。

這、這是！

坐在地板上的我猛地一躍而起，摩耶花嚇了一跳抬頭看向我。

「阿、阿福，你怎麼了？」

「摩耶花，儲物間在哪裡？」

「就在附近，稻荷神的旁邊。」

「我馬上回來！」

我衝出社務所，在星空下盡全力飛奔，心頭只想著一件事——

奉太郎！千反田同學！我馬上去救你們！

7（side A）

「袋口、袋底都被封住的束口袋意味什麼，里志一定看得懂。」

做完該做的事，我鬆了口氣，心情悠哉地對千反田解釋計畫的來龍去脈。更正，是強忍著刺骨寒冷、在瀕臨失溫的狀態下硬撐著向她仔細說明。

「那小子曉得很多無關緊要的雜學。」

千反田冷得身子不斷打顫，但她的好奇心戰勝了肉體的痛苦，她湊了過來催我說下去：

「什麼意思呢？我不太明白。」

「東口袋是袋子，袋口與袋底都綁住的話，等於堵死袋內的東西……這就是『袋中之鼠』的意思。」

幽暗中，頸子白皙的千反田倏地偏起頭。

「原來如……此？」

她顯然沒聽懂，我笑著繼續說：

「這不是我想出來的暗喻，是歷史上有名的軼事。妳知道『姊川之戰』吧？」

這類教科書上出現的歷史，成績優秀的千反田尤其擅長，只見她流暢地回道：

「一五七〇年，織田、德川聯軍與淺井、朝倉聯軍的會戰，對吧？後來是織田信長取得勝利。」

「這場會戰之前有一件知名軼事，妳沒聽過嗎？『金崎的撤退戰』。」

講到教科書沒出現的歷史，成績優秀的千反田只好投降，她偏起頭一臉納悶。

我簡地說明：

「信長攻打朝倉時，妹婿淺井計畫背叛，信長的妹妹知情後，送了一個裝著紅豆的布袋當慰問禮到軍營給信長，袋子兩端都以繩子束起，信長一看到袋子，立刻領悟妹妹是想告訴他，他已經陷入袋中之鼠的狀態……嗯，不過不確定有幾分真實性就是了。」

我講得很像回事，其實這段野史是看了里志借給我的漫畫才曉得的，沒記錯的話，是今年夏天溫泉集訓時的事，當時留下了印象，今天白天窩在暖桌看的《新春特別節目——風雲急小谷城》也播了這段故事，猶記得我還嘀咕著光憑一只布袋就能傳達這麼複雜的訊息嗎？怎麼不設法寫封信把狀況清楚告訴信長呢？但現在我只能衷心祈求這個手法能夠順利達陣。

不過沒問題吧。里志閒歸閒，一定會像我們一樣跑去社務所找伊原，只要那小子看到那只束口袋，肯定會明白，畢竟借我漫畫的是他，他也看了今天播出的《新春特別節目——風雲急小谷城》，再說那小子本來就是容易受到剛見到的事物影響的個性，一看到兩端都被綁起的束口袋，馬上就會聯想到那則歷史軼事。

「原來有過這麼一段歷史啊……」

千反田終於明白我的計畫，深深地點著頭。她的側臉映著微光。

我的錢包確實送到了伊原手中，負責巡邏神社的志工只要撿到稍有價值的東西，就能信任他們會把東西送去失物招領處，否則我不敢把千反田的束口袋扔出去。

但要傳達「袋中之鼠」的暗喻，肯定需要一條繩子來綁住袋底，光憑束口袋無法成事，然而儲物間裡卻遍尋不著適合的繩子，缺了這一樣道具，整起計畫只是空談。就在這時，我又發現了自己的思考盲點——繩子不一定要在儲物間裡找呀。

這棟儲物間的牆壁年久失修，我一邊在心中默念「對不起」，一邊以鑷子朝牆面鑽開一個小洞，這麼一來被我鑽出的小洞就有兩個了，不過都只是讓手能伸出去的大小，千反田也同意了。

接著我爬上架太鼓的臺子，目標是搆到儲物間外頭屋簷的正下方位置。

我把手伸出鑽開的小洞，摸索著繩子的所在。記得儲物間外頭這一帶豎了一支寫有

「荒楠神社」的白旗子，由於旗竿太短無法貼著牆豎好，竿頂綁著一條塑膠繩拉到屋簷，好固定住旗子，我的目標就是那條塑膠繩。把手伸到儲物間的**外頭**尋找繩子，正是整起計畫的突破點。

就這樣，我做出了一只「袋中之鼠」，接下來就靠里志了。嗯，應該沒問題。

門傳來「咯噔」一聲，然後是熟悉的聲音。

「奉太郎！你在嗎？」

千反田凝視著我，一臉難以置信，原本就大的眼睛睜得更大了。我聳了聳肩，回答里志：

「你來真是太好了，我們快凍死了。」

「社務所裡正在發送熱——呼呼的甜酒釀哦。我這就幫你們開門。」

甜酒釀是吧？就是甜酒釀害我們變得這麼慘，不過我現在極度渴望來一杯那害人匪淺的甜酒釀。

「咯噔咯噔」、「喀咚」。鋁門緩緩打開。

沐浴在月光與篝火光線之中的里志笑著說：

「喲，新年快樂。」

「噢，開門快樂。」

冬風拂上身子，千反田輕輕打了個噴嚏。

六

手作巧克力事件

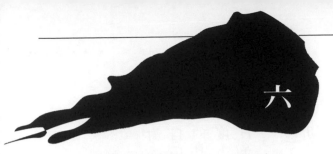

1

「看待事物的角度不止一個」，這在今日早成了常識，連一般中學生都必須有辦法以對立的角度解釋一、兩件事，然而深入思考這句話的真意，我們無法自信滿滿地大聲宣布自己對此常識瞭若指掌，而這對心靈和諧其實有負面的影響，因此，我們決定不深究絕對的真相，退而求其次，探索一定程度的事實即可；換句話說，我們「選擇相信」到什麼程度，真相就在那裡。我們必須這樣，才得以揮去由對立性所帶來的黑暗面，繼續平靜地過日常生活。

不過這和全盤接受一切、放棄深究所有事又是兩碼子事。即便「選擇相信」是不得已的手段，也不代表認同「盲從」。這一點同樣是常識。雖然有些人無法原諒「絕不原諒一切的人」，但我心中不存在如此嚴厲的標準，不過也不至於因此輕視心中有此標準的人。

每每在關鍵時刻口拙的里志所說的憋腳藉口，我以上述為他背書。這裡是鏑矢中學的一樓正面出入口，時間是放學後，有點晚了，只看得見零星學生的身影。敞開的玻璃門外天色已暗，二月寒風不時吹來。里志一副得救了的神情，轉頭看向我，豎起大拇指。

「哎呀，還是奉太郎最了解我，講得好啊，『有些人無法原諒絕不原諒一切的人』，這話真有意思，因為你評評理嘛，拿手作餅乾來說好了，買市面的現成餅乾來，用鮮奶油還是什麼裝飾之後就宣稱：『完成了，這是手作餅乾。』根本不合理嘛，對吧？所以，也就是說，我剛剛那樣講其實沒有惡意……」

難得見到里志被逼到語無倫次的地步。福部里志，這小子和我是進中學就混在一起的朋友，對彼此有一定程度的認識。別看他外表纖弱、個頭嬌小，表情看不出絲毫的威嚴或強勢，其實他相當有膽識。不過，此刻無法發揮，因為對手太強了。

這位等在學校一樓正面出入口堵里志、把他逼到走投無路的對手是個小個子女學生，光看外表要說是小學生也過得去，她叫做伊原摩耶花，和我從小學一年級同班至今，伊原這九年來除了體形大了點，外貌完全沒變。附帶一提，我和伊原同班這麼久，彼此卻沒說過幾次話，現在她也徹底把我的話當耳邊風。她低著頭，左手扠腰，右手拎著一個紅色包裝紙的禮物，低聲說：

「噢？也就是說，阿福你的意思是必須從磨可可豆開始製作，才稱得上是真正的手作巧克力；買巧克力片來隔水加熱融化之後重新塑型的巧克力根本不是手作巧克力，所以我這個情人節巧克力不是手作巧克力。你是這個意思吧？」

今天是西元二〇〇〇年二月十四日，情人節。雖說是巧克力商大肆宣傳販售的日子，但能換得好處，買個巧克力來應應景乃人之常情。而且這日子定在二月中旬實在巧妙，在離別季節的前夕（註），情人節提供了一個最後的告白機會，說有多巧就有多巧。

只不過，這不是伊原第一次對里志表示好感，每次里志都閃閃躲躲地不曾正面回應，

註：日本學校的畢業季在三月。

但在情人節的今天他逃不掉了，伊原是認真的，緊咬住里志的爛藉口，怒氣一點一點地顯露。

看她的舉止還算冷靜，但那低垂的雙眼裡閃著什麼樣的光芒，恐怕是連鬼神都敬畏三分的恐怖視線。反正我是旁觀者，悠哉地想著這些有的沒的，當事人里志卻無法置身事外，他好不容易開了口：

「我是沒有講得那麼惡劣啦……」

「可是就是這個意思，對吧？」

「……嗯，講白一點的話，是沒錯。」

伊原氣勢洶洶地抬起頭，怒氣終於爆發：

「你、你是這個意思嗎？虧我、虧我還特地……今天是情人節耶！好，我明白了，既然阿福你這麼說的話……」伊原迅雷不及掩耳地動手一口氣扯開紅色包裝紙，裡頭是一個以保鮮膜包著的心形巧克力，她接著也撕掉保鮮膜，櫻桃小口張到最大，硬把寒冷二月天裡凍得硬邦邦的巧克力一口咬下，心形的下方尖端啪哩啪哩地應聲被啃得粉碎。「這種東西不要也罷！」

看到她突如其來的舉動，里志和我都嚇傻了。路過的男學生瞄我們一眼，一副就是別管閒事為妙，快步離去。伊原親手毀掉精心製作的情人節巧克力，接著瞪向里志，神情與其說悲憤，更接近燃起鬥志的凶狠，她把缺了一角的巧克力遞到里志面前。

「給我記好了！阿福。不，福部里志！」

「記、記住什麼？」里志懾於伊原的氣勢，不由得接了話。

伊原高聲宣告：

「明年！西元二〇〇一年二月十四日！我會做出讓阿福你認可的傑作，拿來賞你一巴掌！你給我記好了！」

伊原吼完，一個轉身便衝向走廊，背影旋即消失在樓梯口。我回頭看向里志，他的表神有些尷尬，聳著肩的態度依舊是平日的調調。我開口了：

「這樣好嗎？」

「不太妙啊。」

「那傢伙是不是在哭？」

「你說摩耶花？不可能啦……」

里志邊說邊從鞋櫃取出自己的鞋子，我也隨著里志聳聳肩，決定不想伊原的事了。那傢伙說出那種挑釁的宣言，說不定正是出於傷心。不過，嗯，反正不關我的事。

問題是，伊原似乎打算明年送里志手作巧克力，能夠如願嗎？離高中入學考沒剩幾天了，他們兩人的第一志願都是神山高中，但其中一人不幸落榜，兩人日後只會漸行漸遠。是說我也同樣面對大考在即，沒心力顧到他們倆的事。二月的寒風襲來，我禁不住地打顫。

2

……我想起了去年的這段往事。

現在想想，去年的我似乎比今年的我要冷漠，不過那時候我和伊原真的不熟，會那副態度也無可厚非。

從鏑矢中學畢業，我們三人順利考上了神山高中，然後在莫名的因緣際會之下，三人竟然加入同一個社團。我和里志算是朋友，伊原似乎一直對里志有意，不過基本上我們三個並非連上廁所也要手牽手一起去的死黨，之所以先後加入活動目的不明的謎樣古籍研究社，詩意一點能夠說是命運的捉弄，散文一點就是順勢而為的結果。

不過要講起古籍研究社這個社團，光提我們三人當然不夠，借地科教室充當社辦的古籍研究社共有四名社員，最後這一位最棘手。

棘手人物大聲一喊，攪亂了我沉浸在過往時光的寧靜心情。

「咦，那是什麼意思？我很好奇！」

回頭一看，首先映入眼簾的是一頭烏黑長髮。有著這一頭長髮的傢伙背對我，所以看不見她臉上的表情，但不必看也知道，她唯一背叛大和撫子（註）氣質的大眼睛，此刻想必睜得更大，雙頰或許也有些緋紅。這一年來古籍研究社得以蓬勃參與許多有趣的社團活動，都要歸功於千反田廣泛的好奇心，雖然她的好奇心之於我非常棘手，畢竟我樂於無趣。

教室中央，千反田與伊原從剛剛就隔著桌子對坐聊天，坐在一旁看著文庫本的我不知道是不是被當空氣，兩人都以平常的音量說話，要不是我緬懷起過往，她們的對話內容完全聽得一清二楚，即使沒有偷聽的意思。伊原的回答繼續鑽進我的耳裡。

「所以說啊，四千年來巧克力一直被視為『飲料』，不是南美人想像力不足，而是技術層面無法克服。」

這兩人的話題從剛才就繞著巧克力打轉，與其說討論，比較接近伊原單方面演講給千反田聽，害我想起去年的情人節。去年，對，將近一年前的事了，西元二〇〇一年已進入二月，為了響應節能，學校提供給學生用的暖爐設定溫度最高只到十六度，根本無法禦寒。我喜歡節能，卻討厭寒冷。

然而伊原的口氣一掃寒氣，愈講愈熱烈。

「一開始是西班牙某個探險家帶豆子回歐洲，據說經過很久才成為民間的休閒飲品，這也難怪啦，直接把可可豆磨搾成漿，那可是脂肪成分超過五成的濃稠液體哦，那個時代有咖啡了，換作是我也不想喝那種東西。」

「我對咖啡因沒轍，所以沒辦法喝咖啡……」千反田頓了一下，「不過有一半成分是油，對身體也不太好哦。」

註：性格文靜、溫柔穩重且具有高尚美德的傳統日本女性的代稱。

也是，那大概就跟直接喝美乃滋一樣吧。

「聽說當時的確很多人試喝之後胃痛哦。」

「這樣還能夠普及，很厲害耶。」

「據說是後來加進了砂糖，才逐漸被大眾接受，在英國似乎是比咖啡高級的飲品哦，高卡路里又有藥效，帶點上流階層氣氛的飲料吧。」

「有藥效啊？」

「嗯，聽說是ㄘㄨㄟㄑㄧㄥˊㄧㄠˋ。」

我看到千反田偏起頭：「咦？是哪幾個字？」

伊原正要回答卻突然愣住，對話瞬間中斷。我的視線離開文庫本，瞄向伊原，她滿臉通紅，誰教她講話不經大腦想到什麼就回什麼。

「催促的催……然後……」

「然後？」

「總之啊！」伊原跳過了這個話題。見她那副狼狽模樣，我好不容易才壓下笑意。那幾個字應該是催情藥吧。

「要把那種難以入口的原始巧克力漿改良成好喝的飲品，光抽出油分不夠，一直到有人研發出加入鹼鹽的方法，才成功中和可可的酸味和分解油脂。」

千反田對這段技術層面的說明相當感興趣，伊原的轉移注意力作戰成功了。

「鹼鹽？聽說很少食物會添加這個。嗯，我只聽過加進中式麵條。」

伊原鬆了一口氣，繼續說下去：

「可是啊，光是改良口味，可可豆本身沙沙的口感還是不好入口，於是他們嘗試把豆子磨榨得更──碎，至於顆粒的大小……小千，妳猜有多細？」

巧克力的顆粒直徑？我想都沒想過，手上這本文庫本意外無趣，我不由自主地被伊原的問題吸引，卻是超乎想像的對話內容。

相較於毫無頭緒的我，千反田微微頷首回道：

「我猜嘛……我聽過和我家有往來的小麥販售商提過，聽說麵粉大約是四十至五十微米，巧克力也差不多那麼細嗎？」

伊原一聽，立下功勞似得意地搖了搖頭。

「告訴妳哦，只有二十微米呢！」

「……好驚人哦。」

這是應該訝異的數字嗎？毫無比較根據的我完全無從吃驚，二十微米和五十微米差了多少？

呃，差了二・五倍。

千反田一副大為感動的模樣頻頻點頭。

「光用研缽和研杵，很難磨到這麼細呢。」

「這就跟沒有冰淇淋攪拌機就無法製作冰淇淋是一樣道理，所以在家裡要從可可豆開始製作巧克力根本是不可能。」

「真遺憾，福部同學不是一直很想要從可可豆開始製成的巧克力嗎？」

伊原一聽，輕嘆了口氣，「我去年還不曉得手作巧克力居然這麼困難。不過，阿福一定也跟我一樣不知道，所以沒關係。」

「妳說的沒關係是……？」

千反田話聲剛落，伊原臉上浮現笑容。不，不是爽朗的笑，講得誇張點，甚至可如此形容：「聽到她的喉頭隱隱發出咕嘟聲響，我毛骨悚然，背後不由得冒出冷汗，只見這位少女的嘴角清楚浮現迎向黑暗熱情的扭曲喜悅。」伊原緊握拳頭，視線瞟向斜上方，鄭重宣告：

「我要做出無可挑剔的手作巧克力！萬一阿福還要給我挑三撿四，我就關住他，然後把我們聊到的那些資料鉅細靡遺地講一遍，讓他聽清楚！要是他還不收下……我就硬把巧克力塞進他嘴裡！」

真的不要惹來女人的怨恨。若說不該一竿子打翻一船女性，至少不要惹伊原。她表達方式誇張了點，卻不是玩笑。里志真可憐，去年嬉鬧瞎扯一番推開了伊原的巧克力，落得今年下場，只能說自作自受。

面對伊原的執著，千反田不禁有點嚇到，揮舞著手試圖安撫伊原，接著像是要拉回話題似地問：

「那、那麼，妳打算做什麼樣的手作巧克力呢？可以當作材料的巧克力有好多種呢……」

伊原好像早已決定，想都不想就回答：

「我要做心形的。用模具塑型。」

「呃，可是那不就……」

「我知道那樣毫無創意，可是，去年被拒絕的原因是那個啊，今年一定要讓他給我收下。」

接著伊原探出上身，像在說「接下來我要講重點了」，千反田也跟著湊上前，兩人的額頭近到幾乎要貼到一起。

「我會用最頂級的巧克力來做，就是糕餅店會用的那種。小千，妳知道哪裡在賣嗎？」

千反田不知為何壓低了嗓音，回道：

「嗯……批發市場旁邊，有一家在賣專業等級的食材，去找找看說不定有。」

伊原也低聲說：「妳可以帶我去嗎？」

「好的。這星期天如何？」

「就這麼說定。不要讓阿福知道哦。」

「我知道。」

好姊妹之間立下約定。

雖然不太重要，我畢竟是男生，又是里志的朋友，解釋成她們信任我也無所謂，但我似乎是壓根沒被當成一回事。我如此想，伊原像突然察覺我的存在似地喊了我。

「對了，折木。」

「……嗯？」

我也裝出現在才察覺伊原在場的聲音回應，但伊原無視我的體貼，難得地衝著我露出溫柔的微笑說：

「你也不要講出去哦。」

「嗯。」

「……絕、對、不、准，哦。」

我當然不會講啊，所以，麻煩不要用那種眼神看我好嗎？

隔天放學，伊原和千反田約好在地科教室進行巧克力會談，我決定避開兩人，早早回家。

二月風冷，我拉緊軍裝大衣的前襟，走進離校人潮。去年我還是中學生，每天放學都直接回家。我每天都過得漫無目的，早回家也沒有預定要做的事，我試著回想去年放學後的時間怎麼度過，卻想不出做過什麼。不過說到漫無目的，今年和去年倒完全沒變。

隨著人潮來到大馬路，走過橋上狹窄步道，進入商店街。冬季微弱的陽光到傍晚完全失去了威力，不知不覺身邊同校學生的身影只剩兩、三人。雖然不至於冷到大家都不想出門，但四下人影的確愈來愈少，唯有汽車川流不息。

我走在鋪了磁磚的步道，經過和服店、精品店和理髮店，咻咻風聲夾雜細微的電子聲響傳進耳裡，理髮店的隔壁就是電玩遊樂場。我經過店前，無意間瞥見店門前成排停放的腳踏車當中有一輛越野車很眼熟，車頭左把手以布條纏著補強，正是里志的車。

我看了看手表。沒特別想打電動，但也沒急著回家的理由，那麼當然遵從本人的信條：「沒必要的事不做，必要的事盡快做。」換句話說我該採取的行動只有一個——直接回家。

然而眼前的玻璃自動門卻在此時打開，走出來的是里志，似乎是看到我才迎上來，依舊是平日那副滿面笑容的表情，朝我舉起一手打招呼：

「喲。」

「噢。」

里志瞄了一眼我的神情，說道：

「看來你沒有事要忙嘛。」

幹麼講這種不言自明的事。我沒吭聲，這小子自顧自伸出大拇指比了比電玩遊樂場的店內繼續說：「你來得剛好。如何，要不要來久違的一局呀？我研發出了里志獨門必殺技，可是光是跟CPU對打，總覺得不過癮。」

看來他在約我打對戰遊戲，但我打了個小呵欠回：

「我很久沒玩了啊。」

里志一聽，露出老神在在的神情：

「我也是呀，不過奉太郎，根據中央教育審議會簡稱中教審的報告，現代的小孩子都沉迷於電玩，換句話說，要是身為現代的小孩卻完全不碰電玩，會成為教育層面的問題哦。」

我聳聳肩回應，朝店門走去。反正也沒拒絕的理由。

睽違許久再度踏入電玩遊樂場，不知是否為了營造正面形象，店內照明亮得刺眼，印象中瀰漫著菸臭味的空氣不復從前，但相對地店內幾乎沒有顧客，小型機臺全被擺到角落，成排映入眼中的都是沒見過的大型機臺。

許久沒來電玩遊樂場了，上次來是什麼時候來著？我幾乎不曾獨自踏進電玩遊樂場，去年……不，應該是前年，常來的那陣子幾乎都和里志一道。

機臺螢幕映出的淨是不認得的新遊戲，畢竟兩年沒來，有種走進異鄉的感覺，相較於茫然望著店內的我，里志逕自朝店內快步走去，到某款機臺前才停下腳步轉頭看我。

「如何？還記得這款吧？」

里志挑的機臺我有印象，那是我和他從前一起對戰的遊戲。駕駛艙造型的黑色機臺兩架並排擺放，是操控機器人對戰的模擬遊戲。這一兩年，或者更早以前，這款遊戲機就一直擺在店裡。里志一邊張開雙臂，高聲說：

「四射的彈藥，交錯的光線！這是男人的浪漫啊，我總不可能找摩耶花來一起玩嘛。」

「就算是其他的電玩，她也不會來吧。好啊，我就陪你玩玩，不過可能不太順手哦。」

「放心啦，馬上就會回想起來了。那麼，手下留情嘍。」

里志一說完，嬌小的身軀立刻滑進駕駛艙，沒多久機艙便傳出振奮人心的電子音效。

我放下側背包，脫去軍裝大衣，一身輕裝鑽進另一個駕駛艙，將百圓硬幣投進投幣口，按下與里志對戰的選擇鍵。里志挑的機體與他兩年前慣用的是同一款，擅長空中戰，機動性佳，軀體細長，右手內藏機關砲，機體前胸裝設有一具光束砲。我也老實地挑了從前慣用的機體——崇尚大艦巨砲主義的重裝火力機型，低重心的穩重外型，右手握有滑膛砲，雙肩則扛著雷射砲。

螢幕上映出兩臺機器人，戰場由電腦自動挑選，這次選上的是航空母艦的甲板。根據我模糊的記憶，這個戰場遮蔽物少，對里志那架注重閃躲的機體有些不利，嗯，不過相較於兩年沒練功的生疏功力，這對里志應該不成問題。

合成語音說出：「Ｇｅｔ　Ｒｅａｄｙ」，面板上只有兩根操控搖桿和五個按鍵。

「Ｇｏ！」

比賽三局定勝負。最開始的第一局，里志貼心地把大半的對戰時間都花在讓我熟悉操作上頭，剩下不到十秒，我依照記憶中的操作方式發射雷射砲，正巧直擊中在我射程內晃蕩遊玩的里志機體，我聽見隔壁駕駛艙傳來「呃啊」或「喀啊」之類的怪聲。四下幾乎沒有其他顧客，這小子這樣嚷嚷也太丟臉了。螢幕上裝甲薄弱的里志機器人頹然坐到地上一動也不動。

第二局開始前，里志匆匆忙忙地離開機臺，探頭進我的駕駛艙裡說：

「如何？可以正式來了嗎？」

「嗯，大致回想起來了。快開始嘍。」

「ＯＫ，那就不放水了哦。」

剛傳來里志回座坐下的聲響，第二局就開始了。玩到一半，里志的機器人突然不見蹤影，看樣子他來真的，我也猛地讓機器人開始狂奔，腳邊地面隨之冒出青色的火焰。我的機器人轉著軀體搜索敵方，一察覺對方在我的正後方，登時一扯扳機，右手的滑膛砲開砲，然而對方在砲火抵達前又一溜煙跑不見人影了，移動速度之快，我的機體完全跟不上。

對，就是這種感覺。我一邊回想過去的經驗，總之現下盡可能閃躲，不過說是閃躲，也只能一味地狂奔。里志的機器人飛上空中，機關砲彈宛如彈雨般從天撒下，不過我的裝甲設定很厚，中彈幾次也無所謂。

中學時代，我們每次玩這個遊戲，最後分出勝負的方式只有兩種，要不就是我機器人的重火力在遊戲一開始沒多就把里志的機器人殺得片甲不留，要不就是里志那架機動性佳的機器人不斷逗弄閃躲我的機器人直到遊戲時間結束，大多是里志得勝，他總是說：「奉太郎，你太急著分出勝負了啦。」

一瞬間，敵方出現在我正上方的空中，再不迎戰穩輸，於是我朝敵方所在的大致方向發射雷射砲，但敵方卻突然迅速降低高度，輕巧閃過砲火，同時朝向維持射擊姿勢的我方，射出最大火力的光束砲，我完全閃不過，主導權完全在里志手上，我連續被機關砲火攻擊，勝負已定。

第三局。

「Ｇｏ！」的話聲剛落，我的機器人倏地全力往前跑，試圖縮短敵我距離，里志的機器人沒料到我來這招，只能轉頭就逃，我把握機會連續發射滑膛砲，當中一發正中里志的機器人，裝甲薄弱的里志機器人肯定元氣大傷。

不過里志也不是省油的燈，我以為這下他好一陣子全力閃躲逃避，沒想到他的機器人當場站穩腳步，突地發射光束砲，來得太快，我沒來得及反應，我的機器人中彈而彈飛開來，應聲倒地。

我的機器人正在爬起來，里志持續以身上搭載的各式砲火猛攻，完全是出乎意料的攻擊戰術。我或以狂奔閃過，或以裝甲承受砲火。

「咦……？」

我忙著操控搖桿，不經意察覺一絲奇妙的感覺。從前和里志對戰時，他是這種戰術嗎？

不，很明顯不同。

里志從前的戰術不是這樣。敵我的砲火不斷攻向彼此的裝甲，遊戲時間僅剩不多。里志預測到我的滑膛砲攻擊，漂亮地躲開，他的機器人乘著氣勢突地朝我方逼近，眼看螢幕上一架細長的機體急速朝我的機器人衝來。

然而迎面靠近的機體恰恰成了雷射砲的最佳標的，我的手指扣上扳機，這一刻我想起來了。

對，里志從前的戰術是「勝利至上」，為求勝利不擇手段，一發現戰況不利便逃之夭夭，靜待絕佳時機，要是戰況是逃得了超過遊戲時間就能得勝，他會不斷逃下去，但相對地在適合攻擊的時機則全力出擊；不僅如此，他還會利用電腦偶發的狀況或程式缺陷取得勝利，總之里志眼裡只有求勝。要是運氣不佳輸了比賽，他從不掩飾懊悔或憤怒，相當不服輸。我之所以後來不再跑電玩遊樂場，老實說是不太能接受里志的執著。

那現在這個突襲怎麼回事？莫非想引我上鉤？

我回過神，自己扯開扳機，眼看我的機器人擺好發射雷射砲的姿勢，里志要是這時猛地煞住腳步逃向空中，從空中發射光束砲攻擊我方，遊戲時間就到了。

然而里志沒那麼做。螢幕上大大映出里志機器人的右手，光劍倏地伸長，他竟然打算近距離肉搏？太亂來了，這個距離怎麼可能衝上前來砍人？

劍尖即將劃過我機體的前一秒，我的雷射砲以極近距離擊中敵方，里志的機器人頓時彈到千里之外。

最後二比一，我贏了。

螢幕上「Ｙｏｕ　Ｗｉｎ」的字樣還沒消失，里志突地探頭進我的駕駛艙，他此刻不知是何表情，沒想到竟一如平日的笑臉，興奮地劈頭看著我說：

「哎呀呀，真是精采的比賽呀！奉太郎，你真的兩年都沒打嗎？你搖桿也操控得太順手了吧？都說腳踏車和游泳、騎馬都是學起來就一輩子不會忘的技術，看來操控機器人對戰電玩也該算進去了！」

講起玩笑話也依舊高明，的的確確是平日的里志。至於我，嗯，贏了遊戲沒有不開心的道理，我戲謔一笑回他：

「應該是太久沒玩，恢復到新手狀態，這是新手的好運呀。」

我獲勝了，所以電腦顯示我得以免費與電腦對戰一場。里志指指螢幕，示意我繼續玩，於是我隨手按下對戰鍵，隨意玩一玩，結束了比賽。

螢幕出現結束畫面，我鑽出駕駛艙，沒想到迎面有人遞上來一罐罐裝咖啡，還拱著身子的我抬頭一看，拎著咖啡的是里志。

「獎品。請你的。」

我接下咖啡，雖然只是罐裝飲料，但是像樣的熱黑咖啡，我欣然收下，拉開拉環問里志：

「怎麼了，相當豁達嘛。」

「硬拉你進來陪我玩，謝禮也算在裡頭嘍。」

「你真的覺得拉我來玩很不好意思？」

「別傻了。」

即使是罐裝咖啡，還是熱的最好喝，然而我天生怕燙。我倚著一旁的機臺，小口小口啜著咖啡。

里志的態度相當自在，心情也很好。但這副「平日的里志模樣」卻與記憶中的他大相逕庭。這小子明明輸了遊戲，怎麼都覺得不太像他。

「我說里志，第三局的最後啊……」

「嗯？喔，扎扎實實地吃了你一砲啊。」

「為什麼不逃向空中？要是你從空中攻擊，我穩輸的。而且，你居然還選擇近距離肉搏？」

里志滑稽地聳聳肩說：

「巨型機器人最大的浪漫就是近距離肉搏戰了呀，唰地一刀斃命，很痛快呢。嗯，大刀闊斧以主砲給對方冷不防的一擊也很爽，以結果來看我個人很滿足啦。」

講得雲淡風輕。若相信這番話，表示里志求的不是勝利而是浪漫，換言之，他是追求有趣而輸了比賽。

的確很里志。一名隨興之所至追求快樂、凡事趣味至上的人，的確可說再適合不過的輸法，就我所認識的里志確實很可能做出這種事。

只不過，方才那一瞬間我感受到的奇妙感覺又如何解釋？

「好！接下來就看我的里志獨門絕技2號發威啦，讓你瞧瞧傳說中的大滿貫『一筒摸月』的厲害！」

我依舊小口啜著咖啡，身旁的里志朝麻將遊戲機投了硬幣。望著硬想兜牌的里志，我的腦中，兩道身影交錯來去。

輸了遊戲忿忿地猛敲機臺的里志，還有請贏家喝咖啡的里志。

3

審判日終於來臨，無視於人們衷心期望它不要來，時間不曾停下，日曆也確實逐頁翻新，既然無法避免它的造訪，那請以光速度過這一天吧，任誰都不會阻止那狂奔的腳步。

今天是二月十四日。正月時在附近神社拿到的月曆上，這一天宛如理所當然地記載著「情人節」。我早上一起床，發現房門前擺著一只小禮盒，想也知道是姊姊開的無聊玩笑。我打開盒蓋，裡面是一片巧克力片和一張寫字的便條紙，上頭寫「送你一片巧克力片！謹代表折木供惠對你的衷心『哀』憐。」

看我的外腳背踢！我把巧克力連同禮盒一併踹進房間，上學去了。

神山高中一切一如平日，學校允許學生在制服外加上防寒衣物，上學路上看得到大衣、厚夾克等各式保暖穿著，比起其他季節要熱鬧許多。踏進校門，校園內沒有瀰漫甜甜的香氣，命運的一天，就這麼平靜無波地揭開序幕。

午休時間，我想買個核桃吐司當午餐而前往福利社，投入人海，順利買到僅剩的最後一條吐司，鑽出人群時才看到千反田也在混亂的學生當中買東西。這傢伙不論個性，光看外表，完全是好人家出身的大小姐模樣，所以看到她這副擠在人群中的光景總覺得很滑稽。千反田也看到我，努力撥開身穿制服的男女同學，來到我面前。

「你好，折木同學。」

「嗯。」

千反田一邊調整領巾，我看到她手上只拿了一個利樂包飲料，雖然不關我的事，我還是問了：

「千反田，妳的午餐該不會只有這個吧？」

千反田一聽，有些不好意思地垂下眼說：

「不是的，我有帶便當來，只是……最近迷上喝這個。」

我看向她亮到我眼前的飲料，那是抹茶牛奶，先不管她怎麼會愛喝這奇妙的口味，抹茶裡不是有她不喝的咖啡因嗎？算了，反正有所謂的安慰劑效應，我決定別戳破這一點。杵在擁擠的購物人群當中會給其他人造成困擾，我們倆走出福利社，千反田的教室剛好在我教室隔壁。

我們慢步走著，聊起了伊原的事。

「後來伊原的巧克力怎麼樣了？」

千反田露出微笑，她的神情甚至有些得意。

「她決定用CÔTE D'OR（註），雖然我覺得用雀巢就很足夠了。」

兩人沉默地走了一會，她似乎沒打算進一步解釋，於是我開口問：

「那是什麼？」

「啊，抱歉。她決定用比利時產的巧克力製作，本來很猶豫要不要用瑞士產的就好。」千反田繼續說：「很辛苦呢，我們跑去店裡買了各式各樣的巧克力，回家逐一試味道，是很難得的經驗，不過一直吃巧克力……說真的，我可能好一陣子都不會想碰巧克力了。」

她說著嘻嘻笑起來。我想像這傢伙和伊原待在地科教室裡面對面坐著，把倒在桌上的各式巧克力，從這一頭試吃到那一頭的景象，我也忍不住笑了，那一定像眼看一座堆到天花板的巧克力山一點一點變矮吧。

「吃了那麼多的巧克力，不會長痘痘嗎？」

「我沒事，可是摩耶花同學的臉頰長了一顆滿明顯的，她貼了ＯＫ繃遮住了。」千反田一臉神往地說：「摩耶花同學自己做心形的模子哦。我都不曉得她手那麼巧，模子上還雕刻了精細的裝飾……兩個面對面的邱比特，真的很可愛呢，只可惜木模好像不太適合製作巧克力，邊緣部分可能沒辦法很平整。」

「別看她那樣，畢竟是漫畫研究社，應該很會用美工刀，不過雕刻刀技術我就不確定了。」

「摩耶花同學專注力非常高哦。所謂帶著滿滿的心意製作，就是指這個吧……真的好厲害。」

註：克特多金象，知名比利時巧克力品牌。

帶著滿滿的心意製作嗎？就我所見，伊原的長處是驚人的專注力，要說容易沉迷事物到忘我的是千反田，擅長專注的就是伊原了。順帶一提，里志是同時針對多樣事物抱有高度興趣，至於我，不用說，大部分的事物都興趣缺缺，更別說這次的伊原巧克力雪恥戰，她根本賭上性命在製作巧克力。

「然後呢？巧克力送出去了嗎？」我問。

千反田一聽，搖搖頭，微微蹙起眉。

「這部分有點遺憾。本來親自送出去比較好……放學後可以送去社辦，可是摩耶花同學說漫畫研究社那邊有事怎麼都走不開。」

「所以？」

「她說她會先把巧克力放在社辦，再請福部同學自己去拿。雖然不一定要等到放學，只要在二月十四號這一天送出去，情人節的儀式就算成立了，明明還有其他方法……」

嗯……千反田很遺憾，但以若無其事的態度把巧克力拋給對方也別有一番風情，感覺里志也比較希望是這種方式。

這時，千反田像突然想起什麼，轉頭看向我。一臉嚴肅的她和我面面相覷。

「啊，對了，折木同學，今天是情人節……」

「……」

千反田說著輕輕低下臉，再抬起頭時，臉上的神情恢復了開朗。

「我家的習慣是，真正親近的親友之間，反而在年末或中元節都不互贈禮物，所以我沒有準備情人節巧克力給你，還請多多包涵。」

……是，知道了。

雖然我打從出生至今從沒想過情人節可以和中元或新年相提並論。

路過的二年級同學不知是否聽到我們的對話，忍著笑意，快步超過我們倆，我不禁想踹那個人的屁股一腳。

放學後，我把課本和其他雜物塞進側背包裡，里志來找我，他手上那不離身的束口袋裡不知塞著什麼，撐成了飽滿的長方體。里志邊晃著束口袋邊問我：

「奉太郎，你等一下要幹麼？」

我本來想回他說，太蠢了，我決定不去地科教室，早早回家去。但我無意間瞥向窗外，發現方才開始下的雨雪（註）有愈來愈大的趨勢，雖然我的鞋子和大衣都防水，也帶了傘在身上……

「我想等雨雪停了，還是晚點下成雪了再回家。」

「在這裡等？」

我思考一下。暖氣停了，教室非常冷，而且情人節放學後要是有個等雨雪停的男生獨占空教室，也會造成其他「使用者」的困擾，我還沒那麼不知趣，然而要是去社辦等，請

註：日文為「みぞれ」，介於雨和雪之間的雪花，非常潮溼。

恕我再次強調，那太蠢了。

「不了，我可能去圖書室吧。」

接著里志一副等我這麼說的神情點點頭，從束口袋拿出一本書遞給我，那是四六判（註）大小的精裝本，書名是紅極一時的小說，如果我沒記錯，故事描述過著平凡生活的男女因為些許的不合，發展成無可挽回的慘案，死亡的陰影甚至席捲了整個城鎮！之類，我實在不敢看恐怖故事。

「你怎麼看這麼偏的書……就算你推薦，我也不會想看。」

「我沒有要你看啦。不好意思，可以幫我拿去還嗎？快到期了。」

我沒應聲，直接把那本書和活頁本一併收進包包裡，然後停下手問里志：

「你呢？要去社辦嗎？」

「嗯，是啊。」里志回是回了，但回答得心不在焉。我有些在意他為什麼這麼不起勁，一邊說：

「聽說伊原不會過去哦。」

里志顯得很訝異，似乎沒料到我知道這個消息。嘀咕著：

「噢？你消息很靈通嘛。是千反田同學告訴你的？」

「聽說漫研那邊有事抽不開身。」

「我也是這麼聽說的。」

「千反田一直很遺憾哦，伊原——」

里志像堵住我的話似，很快說道：

「他們漫研現在啊，內部起了點紛爭。原本只是水面下的對立，文化祭之後問題浮上檯面，印象派和理性派兩組人馬在爭主導權，要是再惡化下去，歷史悠久的漫畫研究社恐怕避免不了分裂了。以人數來看印象派比理性派是三比一，個人是覺得有點寂寥啦，摩耶花正是理性派的領頭人物。所以我想她說今天走不開，八成是跟這件事有關吧。」

我知道里志硬把話題帶開，但我決定不追究這部分，問起他剛說的奇怪語詞。

「你說印象派跟什麼來著？」

「理性派。嗯，你要叫做注重角色派和注重故事派也可以啦，他們現在雙方好像吵得很凶，可能的話我也想參一腳啊。」

里志講得口沫橫飛，一副就是想說，比起二月十四日的計畫，這種社團內部醜聞要有趣得多了。不過這都不重要。

「那兩派的名字，是你取的吧？」

里志一聽，有些傲慢地聳聳肩說：

「本人對於引領潮流者的憧憬依然健在呀。」

說著他又晃起手上完全癟掉的束口袋，我結束和里志的閒扯，背起側背包，軍裝大衣掛上前臂，踏出了教室。里志也隨後走出來。由於通往專科大樓的連接通道和圖書室位於

註：日本書籍常見尺寸，約為127mm×188mm。

反方向，我們倆在教室前道別。

「那就改天見啦，折木君。」里志刻意以演戲的口氣說。

我帶點玩笑的語氣回他一句：

「加油嘍。」

「加什麼油啊？呿。」

還用問嗎？當然是加油迎戰前來雪恥的那一位呀。

圖書室意外空蕩，明明放學後天候不佳，很多人都會跑來這裡殺時間。

我先把里志的書放進還書箱，就近找了座位放下側背包，到書架前找適合殺時間、快速翻閱解決的書，結果挑了一本中南美知名景點與遺址的攝影集。架上也有介紹歐洲或中亞的書，我之所以選了中南美，或許出於想向巧克力發源地致敬的心情。

一翻開書就看到知名馬雅金字塔，以及綠林遍布的蓋亞那高地上，由數處深不可測的凹坑所構成的奇觀。繼續翻頁，映入眼簾的是足足有人臉大的果實，這是直接長在樹幹上的奇妙植物，圖說寫著：「*Theobroma cacao*：『Theobroma』的意思是『神祇們的食物』。」卻沒標示原文是什麼國的語言。

我望著照片，出乎意料地意識到今天的特別之處。儘管在意情人節卻對聖誕節沒感覺有點說不過去，但上上個月的二十四日沒有什麼特別感動的事。於是我思索起為什麼會這樣，可能是伊原的雪恥戰引起了我的興趣，但更大原因是一起床就收到了巧克力禮盒，多虧那樣東西，提醒我今天是十四日。

但有一點可以確認，即使我在意這個日子，也不代表比去年還要期待這個節日。這麼說好了。如果此刻有人紅著臉來到看著馬丘比丘下水道照片的我身邊——當然，這個人的設定是女學生，然後遞出一個心形巧克力說：「請收下這個！」這時我會想什麼？

嗯，當然是開心吧。

然而，這份開心和自己意外地被認可為一個人類所感到的開心是同樣程度，好比隨意畫下的畫碰巧在市立美術館的繪畫比賽中得獎，這兩種狀況的本質差不多，講得更白話一點：「我完全不懂這畫好在哪裡啦，不過要頒獎給我，我也欣然接受，謝了。」

結論是這個插曲是否能夠讓我內心萌生戀愛的喜悅，這件事有待商榷。我的信條是：「沒必要的事不做，必要的事盡快做。」這個信條帶給我的主要是怠惰，同時也稍微讓我以不同角度看待人際關係。

古籍研究社讓我感受到宛如俱樂部般的輕鬆心情，是因為里志、千反田和伊原，我們彼此都不會糾纏對方，就算千反田的好奇心三天兩頭攪亂了我的安寧生活，要是我真的打死不想碰，那傢伙倒也不曾死纏爛打地拉我進去攪和。事實上去年的「冰菓」事件也好、「女帝」事件也罷，千反田都沒有強硬地叫我幫忙，她確實很強勢，卻不會強求。如果她的說法是「這是你應盡的義務」或「你理所當然應該這麼做」，或淚流滿面地哀求：「求求你幫幫忙！求求你幫幫忙！」我可能當場退出古籍研究社。

可是這種生活態度有辦法面對男女感情嗎？我能夠對心儀的對方做出期待或強求嗎？有此一說，生物的存在是為了留下自身遺傳因子，也就是為了繁衍子孫，所謂戀愛則是昇華的繁殖慾望。就這觀點來看我仍是不完全的生物。不過好歹也長成人類的模樣，沒必要鑽生物學欲求論的牛角尖，是不完全的生物也無所謂。

如果說非得欲求什麼，巧克力就夠了。儘管我喜歡苦的東西，但來點甜的也很不賴。我一邊看著棲息叢林的毒蛙皮膚鮮豔的橘色，一邊思考這些事。

「終於找到你了，折木同學。」

出其不意地有人喊我，我一回頭，千反田的臉龐近在我眼前，我的視線不偏不倚地和那雙大眼睛對個正著，我不由得別開眼。

冬季空氣乾燥，惹得喉嚨痛起來。我乾咳一下。

「……終於找到？是要找我幹麼嗎？」

「不是的。」

「……」

學生稀稀落落的圖書室裡，千反田環視一圈之後，低聲說道：

「我是想福部同學會不會剛好跟你在一起。」

原來是要找里志。

「我和那小子又不是成天黏在一起。」

「這我曉得……你知不知道福部同學人在哪裡？」

我正想回說不知道才發現不對。里志說要去地科教室，如果他真的去了，千反田不可能還跑來找人。

「他沒去地科教室嗎？」

千反田微微點頭，「等得有點久，我想還是看一下狀況。因為是摩耶花同學約好的，我想福部同學應該不會忘了，不知道是不是臨時有什麼事。」

嗯。看了一眼手表，雖然不記得確切時間，里志剛才說要去社辦之後和我道別到現在還不到三十分鐘，現在接近五點，夕陽逐漸下山，難怪千反田會擔心。

不過這就是福部里志，他絕對不會惡劣到老讓人等他，但三十分鐘左右繞去東瞧西玩，很像他會做的事。

我把手邊的攝影集翻過一頁，望著墨西哥城的全景，然後回：

「那小子的時間觀念比較鬆散啊。不過他說過要去社辦的，再等等看吧。」

「的確是沒有約好幾點幾分要到，也不能說他遲到。好，我知道了，我再等等看。」

千反田說到後來的語氣仍帶有幾分不安，但還是一甩黑髮離開了。里志這小子，就是不肯把事情處理得圓滿一點。好啦，我也差不多該回家了。但往窗外一看，雨雪依舊沒有停止的跡象，沒辦法，我又深深地坐回椅子，翻開攝影集的下一頁。

4

在我完成一路從墨西哥城到里約熱內湖的模擬體驗之後，雨雪終於停歇。攝影集放回書架，正要穿上白色軍裝大衣，顧客上門了。

圖書室的滑門喀啦喀啦地拉開來。

「折木同學！」

禁止喧鬧的圖書室裡，千反田完全無視規矩，氣勢洶洶地衝來找我。我連忙張望四下，正想叫她安靜點，但圖書室只剩下我、圖書委員，還有圖書室的司書（註）糸魚川老師。

千反田的神情和剛才找我時完全不一樣，雙脣緊抿，原本就很大的眼睛張得更大，看來發生了不妙的事。拎著束口袋的里志出現在千反田身後，一臉疲憊，少了幾分平日的開朗。

「奉太郎，你還在啊。」

「我不是說我要等到雨雪停才回家嗎？」我交互看了眼前的兩人，再望著千反田說：

「看樣子妳這回來是要找我？不過我要回去了。」

千反田先是輕輕頷首，接著重重地點了頭說：

「嗯，是，我曉得，已經很晚了。可是，我真的很希望你能幫忙。」

「抱歉，今天沒辦法。不管我能不能幫忙，都明天再說吧。」說著我就要朝門口走去。

然而千反田卻擋在我面前，我不禁板起臉。千反田垂下眼說：

「對不起，請你先聽我說……是我的錯，我一時大意，讓社辦沒人留守，我真的很對不起摩耶花同學……」

看來這次事情不像平常一樣源自於她爆發的好奇心。我仔細一看，她雙拳緊握，白皙臉龐更面無血色，是匆忙衝來的關係，還是另有原因？她的雙腳也在微微顫抖。

我簡短地問里志：「發生什麼事了？」

「不是什麼嚴重的事啦。」

這時千反田像要蓋過里志的話似地開口了，但聲音非常微弱：

「巧克力……」

「巧克力？」

「摩耶花同學的手作巧克力被偷了！她費了那麼多心力才完成的巧克力！」

我看向里志，他只是一臉無奈地聳起肩，點點頭。

原來是伊原的巧克力被偷了。

嗯，是喔。

註：學校管理圖書室的教職員。

那還真是遺憾。

打從我進到神山高中，加入古籍研究社的這十個月來，遇上了一堆麻煩事，次數恐怕相當於我整個中學三年遭遇過的事件。而這些事件全都是經由千反田找上我的。

解決那些事件沒有撼動我的節能信條，但不可否認的是當我去做那些「必要的事」時，腳步的確輕快。

所謂一臉苦澀，大概就是我此時臉上的表情吧。我帶著這副神情，把軍裝大衣穿上，開口了：

「走吧。去找出來。」

唉，我好不容易等到雨雪停了啊。不過這也是處世的人情義理之一，畢竟我和伊原儘管緣分淺薄卻很長久，她要是得知辛苦做的巧克力被偷了，不知會是什麼表情，我可一點也不想看到！

因為，我實在不敢看恐怖故事。

走過連接通道，來到專科大樓。

地科教室位在四樓，我正要走上樓梯，里志叫住我。

「等等！」他伸掌朝我一擋。

我明白他在幹麼，眼前的樓梯被黃黑相間的塑膠帶圍起。這幾天，校內分區進行打蠟，塑膠帶上垂掛了一塊牌子寫著：「樓梯剛上蠟，禁止通行」。

專科大樓共有兩道樓梯，於是我們繞去另一道，走上三、四樓之間的平臺時，一名一年級的鬈髮男同學出聲問我們：

「不好意思，可以幫我看一下嗎？這樣有沒有水平？」

他正在把一張海報貼上公布欄，海報內容是「工藝社畢業展 展場：1—C教室」。我本來打算隨口敷衍說很好啊，然後速速上樓去，然而身後的里志卻出聲了：

「你放太低嘍。」

我朝海報一看，確實右側偏低。接著千反田也開口：

「這張海報，是故意裁成梯形的嗎？」

這位諜報員（註）……不，工藝社社員聽言，退開公布欄一步再望向海報，盯了好一會，輕聲嘀咕了一句：「哎喲，我在幹麼呀。」

接著只見他掏出美工刀和尺，拆下海報，坐到階梯上，俐落地著手修正。

我在心中默默地祝福他製作順利，一邊朝地科教室走去。

打開門鎖，進到室內停下腳步，撲面的寒冷令我全身一顫。可能因為我一直待在室溫的圖書室，但這裡未免也太冷了。

千反田走到擺在教室正中央的課桌旁，手放上桌面說：

「東西本來放在這裡。」

註：日文的諜報員寫做「工作員」，工藝社社員則是寫做「工作部員」。

原來如此。確實此刻桌上不見巧克力的蹤影。

然後我還沒開口，千反田主動詳細地描述起來。

「那個巧克力用紅色包裝紙包著，沒有綁緞帶，至於大小……因為是心形的，最寬的部分……」她伸出雙手比畫出一小段距離，逐漸拉大，等到和她自己的體寬差不多時，偏了一下頭，又把距離稍稍縮小一點，接著看向我說：「大概這麼寬。」

千反田似乎不止五感、記憶力和觀察力超群，空間認知能力也相當優秀。話說回來，那塊巧克力還真大。

「伊原知道這件事了嗎？」

「我還沒跟她說。這麼做有點卑鄙，可能的話，我想先試著找過之後再告訴她。」千反田頻頻撫著桌面，好像這麼做巧克力就會回來似的，「巧克力本來一直放在這兒的，然後我去找福部同學，那時我的手表顯示大概是四點四十五分，回到社辦的時候應該是剛過五點沒多久。都怪我，想說只離開十五分鐘應該沒關係，懶得把社辦門鎖上……」

她說到後來已經細如蚊聲。以她重情重義的個性，會如此自責並不奇怪，但看來她心理也受到了不小的打擊。

里志開口了：

「哎喲，不過千反田同學，妳又不是摩耶花的巧克力管理員呀，不必那麼在意啦。」

「可是，我也很對不起福部同學你……」

「我就說責任不在妳身上嘛。如果要說千反田同學有錯，遲到的我才是最惡劣的。」

我很訝異，沒想到里志這個某種意義來說不懂得體恤他人的冷血漢也有這一面；另一方面，有著火熱的心的我雖然不是冷血漢，我決定還是別輕易說出可能不甚恰當的安慰話語。

我環視社辦。地科教室裡只有很一般的配備：講臺、黑板、課桌椅、掃除用具櫃，如此而已，放眼望去一覽無遺。

但課桌共有四十多張，我以拳頭輕敲身旁的桌面，問道：

「確定東西不在這間教室裡？桌子抽屜都檢查過了嗎？」

「嗯，這裡沒有哦。我和千反田同學一起找過了，很確定。」

我想也是。

不，等等。

「不是只有千反田一個人找過這裡？」

回答的是千反田。「是的，我回社辦的途中遇到福部同學，我們是一起回來這間教室的。」

「我在剛才那道樓梯遇到千反田同學，就是三、四樓之間的平臺那裡。」

原來如此，在那道樓梯遇到的。

我腦中閃過了什麼。我把軍裝大衣的衣襬一甩，轉身就要走出教室。雖然很懶得走動，但目的地不遠就走一趟也無妨。千反田見狀問我：

「你要去哪裡？」

「那個諜報員在那裡待了多久？」我邊說邊走出社辦，兩人也跟了上來。

「諜報員？誰啊？」

「就那個鬈髮男，在貼海報的。」

「……你是說工藝社的同學是吧？」千反田接著想了好一會兒才說：「我去找福部同學的時候，看到那位工藝社的同學正把海報攤開。」

「太好了。」

里志似乎立刻聽懂了我的言下之意，不過考慮到偶爾會不可思議地遲鈍的千反田，我還是補充說明道：

「諜報員要是這段時間一直待在那兒，說不定會記得哪些人經過樓梯。畢竟另一道樓梯上了蠟無法通行，上下樓的所有人都得經過這道樓梯。」

「噢，對耶！你說的一點也沒錯！」

原先消沉的千反田發現了一線希望，聲音開朗了起來，但相對地里志卻顯得嚴肅。

「有沒有可能是那個諜報員偷的？」

「不可能。」

「咦？」

「哪個人偷了東西之後，還有辦法逗留在現場附近檢查海報有沒有貼正？」

我們彎過轉角的女生廁所，走下樓梯，來到公布欄前，諜報員仍忙著以美工刀修正海報，一見到我們三人，便把海報攤開來問道：

「這樣如何？」
千反田只看了一眼，便毫不留情地說道：
「變成四角都不是直角的平行四邊形了哦。」
「……」
「海報的事先擺一邊，我們有事想請教你。請問你還記得你在這裡貼海報的這段時間裡，有哪些人經過嗎？」
面對千反田無比認真的眼神，諜報員有些不知所措，轉而問站在千反田身後的我和里志：「發生什麼事了嗎？」
我猶豫著怎麼說明，里志簡潔俐落地回答了：
「出了點狀況。我們懷疑是走過這道樓梯的某人幹的。」
「是哦……」諜報員好像還是不甚明白，但大概也覺得無所謂吧，只見他爽快回道：「我記得哦。」
「總、總共有幾個人經過？」
面對激動的千反田，諜報員笑著回答：
「三人。」
三人啊。所以也就是說，是那麼回事了。
「請問是哪三個人呢？」
呃，妳果然很遲鈍吶，千反田。我從身後戳了戳她的肩膀，這位名門大小姐回過頭來，於是我依序指向自己和她。

「這兩人，加上里志共三人。」說完我望向諜報員尋求確認，他點了點頭。

「你確定嗎？」千反田追問諜報員。

諜報員保證：「別看我這樣，我對見過的面孔可是過目不忘的，而且我貼海報也沒貼到那麼忘我，連有人經過都沒感覺。」

千反田轉頭看我，一臉納悶地問：

「這……到底是怎麼一回事呢？」

我偷瞥了里志一眼，回答千反田：

「沒有怎麼回事啊，簡單講就是偷了巧克力的傢伙人在四樓，而且現在還在……里志。」

「嗯？啥事？」

「專科大樓四樓有哪些社團？」

里志一聽，得意地挺起胸膛說：

「這不是把我當成資料庫在用了嘛，真開心。嗯，我想想哦。古籍研究社、流行音樂社、人聲音樂社、天文社，還有……對了對了，思想研究社也在四樓，雖然沒有社員。」

里志說到這補了一句：「不過真難得耶，奉太郎這麼有幹勁。」

我本來想吼他：「還不都是為了你！」算了，想了就累，何況千反田也在場，那種話說不出口。

「那說不定拿得回來了哦？不過，那個人為什麼要這麼做呢？」

有希望尋回巧克力了，千反田的心思轉移到這點上頭。沒錯，這點是最不可解之處。不過，總之。

「總之先有效率地解決事件，動機之後再查。我們去那幾個社團問問還留在學校的人吧，說不定很快就能搞定。」

「能夠馬上解決就太好了。」

千反田點點頭，接著向諜報員客氣地道謝，和我們一起走上樓梯。

逐一問過還留在校內活動的社團，出乎意料地不費力氣。

流行音樂社聽說借了哪裡的音樂廳辦小型演出，正在廳裡為演唱會準備；人聲音樂社的慣例是聚集在中庭練唱，但天氣這麼冷，唱起歌來應該也沒辦法清楚咬字，他們早早就結束社團活動；至於零社員的思想研究社本來就不必考慮，於是專科大樓的四樓此時還在活動的社團就只剩古籍研究社和天文社了。千反田蹙起眉頭說：

「是天文社的人做的嗎？」

「總之先去探探狀況再說。」

說著我們朝天文社的社辦——第五公用教室走去，邊走里志邊低喃：

「天文社啊，搞不好那個人也在哦。」

「福部同學認識的人在那裡嗎？」千反田問。

里志直率地點了頭，「那個人，千反田同學妳和奉太郎也都曉得哦。澤木口學姊，她就是天文社的。」

「那位學姊啊，那我們還真是幸運——可以這麼說嗎？」

很難講。澤木口美崎，我記得她的全名。去年暑假快結束時，發生的「女帝」事件當中，和她小有交手，後來文化祭她跑來挑戰我們古籍研究社，結果卻自取滅亡，沒記錯，她參賽的料理是把香蕉扔進高湯裡煮。

第五公用教室位於地科教室隔壁的隔壁，天文社的社員真的打算偷巧克力，前後應該花不到二十秒就能得手。

來到教室門前，室內傳來開朗的咯咯笑聲，我們三人面面相覷。千反田點了頭，敲了門。

「咦？來嘍！」

應門的聲音相當熟悉。

千反田拉開橫向滑門。

一陣熱氣迎面撲來。學校禁止學生擅自調高提供給各教室的暖爐溫度，但這裡的溫度實在暖到豪氣的地步，突然造訪的人如果戴著眼鏡，視野一定瞬間雪白一片。

教室內圍成一圈坐著的學生共有一、二……五人，數張課桌併在一起，桌面散放文件，不知為何，上頭擺了將近十顆骰子。五人分別是三男二女，在這間炎熱的教室裡，男生全都穿著立領制服，女生則有一名穿著水手服。

沒有穿水手服的女生就是剛才應門的人，也就是里志提到的澤木口，她不知道是不是特別中意這款髮形，每次看到她都是在側頭部紮起髮團，髮團還以綴有黑色蕾絲的黃褐色雅致布條纏起，身穿的卻是邋遢的學校運動服。

千反田和澤木口一對上眼，立刻以十五度角低頭行一禮，微笑說：

「妳好，澤木口學姊，請把巧克力還來。」

我真該衝上去摀住她的嘴，不然就是瞄準後腦杓賞她一掌，幸好澤木口似乎沒聽到這突如其來的驚人發言。

「巧克力？巧克力怎麼了？呃，記得妳叫千反田吧？」

「是，我是千反田愛瑠。」

「有何貴幹？」

里志為了避免千反田又說出勁爆之語，很快地接口回道：

「由於事出緊急，吾等厚顏登門拜訪，期望前輩能助我們一臂之力。」

聽到這胡來的講法，澤木口登時露出孩子般的開朗笑容。怪人跟怪人果然好溝通。

「這樣啊，要很久嗎？」

「三分鐘就夠了。」

雙方交涉之際，我再次掃視第五公用教室內部。並排的課桌旁隨意擺著天文社的社員書包或防寒衣物。種類殊異，包含五個書包，五件防寒衣物，還有一只頭陀袋，對照過去的經驗，應該是澤木口的包包。天文社社員全都一臉狐疑地望著我們，看樣子是聊得暢快時卻被我們打斷，有個男的甚至露骨地擺出臭臉。

澤木口輕輕點了兩、三下頭，轉身高聲對社員說：

「我先暫停一下。突襲前要是入手難度高到三，加五成買下來也無所謂哦。」

其他社員對暫停遊戲的澤木口報以噓聲。

「五成耶！有沒有搞錯！」

「難度三怎麼買得下手嘛……」

澤木口揮揮手回道：「被逼到絕境還能取得補給就該感恩了吧？偽裝的話，扣點可是加倍哦。」說完便來到走廊上。

千反田再度客氣地低頭行禮。

「不好意思，妳在忙我們還來打擾。請問那是在做什麼呢？」

「喔，ＳＦ。」澤木口的回答非常簡短。

「科幻小說（Science Fiction）？」我不經意出聲確認。

「太空幻想列車（Space Fantasy）？」里志幾乎同時開口。

「太空戰機（Star Fighter）吧。重點是，」澤木口直勾勾地上下打量著我，所謂「從頭看到腳」就是這種感覺，接著她盤起胳膊，「這件軍裝大衣，很不賴嘛。」

里志也順著她無厘頭的發言開口了：

「很讚吧？學姊果然好眼光！奉太郎的冬衣就這一件寶貝，裡頭要藏湯普森衝鋒槍都不成問題，很厲害的。」

如果能夠藏槍，我也很想藏藏看，吐你槽時說不定派得上用場。

澤木口依然盯著我的大衣猛瞧，千反田繼續緊咬不放。

「呃，學姊。」

「喔，對對對。所以咧？發生什麼事了？」

「是……」千反田倏地回頭看我。

她居然有辦法在這個節骨眼踩煞車，看來這十個月以來她多少有點成長。千反田不擅長委婉表達，直言不諱的個性至今也立下不少功勞，但現在我們可是將天文社的社員視為竊盜嫌疑犯，講話太直接只怕誤事。我明白她的意思，於是踏上前半步，說道：

「呃，澤木口學姊。」

「你是……我想起來了，偵探折木君。」

聽到莫名其妙被冠上的稱號，我有點不開心，但忍了下來，指著地科教室說：

「是這樣的，原本擺在那裡的情人節巧克力被偷了。」我感覺澤木口的眼神瞬間一沉，但接下來才是迂迴問話的精華所在，「所以，我們現在正在尋找目擊者。請問大約四點四十五分到五點之間，你們有沒有看到誰經過走廊呢？」

「抓嫌犯」說成「尋找目擊者」，我也不確定這種迂迴方式能不能奏效，澤木口一副很可笑的模樣，嘀咕道：「偷情人節巧克力？呵，又不是偷心賊，哪會有人幹這種附庸風雅的事。」

哪裡附庸風雅了？真想讓她瞧瞧剛才千反田緊咬著脣的懊悔模樣。

澤木口一偏頭，「四十五分到五點之間啊？抱歉哦，我們玩得正開心，沒人注意到時間。不過要說中途曾經暫停遊戲離開教室的人嘛，中山，還有吉原、小田都曾經暫停離席，雖然是我叫他們退出遊戲。」

五人當中有三人有嫌疑啊。我瞥到千反田沉下了臉。

不過還有一個辦法可以縮減嫌犯人數。

「請問有沒有人離席之後在收拾書包的？」

「沒有啊。為什麼問這個？」

「喔，請問小田是那位女生嗎？」

「女的叫中山。」

面對連續發問攻勢，澤木口也不禁板起臉，渾身散發的莫名其妙氣質倒沒變，她扠起腰瞪向我：

「我話說在前頭，我們當中可沒有誰拿了巧克力回社辦來哦，你要覺得我說謊就算了，不過偵探君，被這樣懷疑實在不太爽耶。」

澤木口大剌剌地說完，猛地回頭拉開教室門，朝著室內大聲嚷嚷：

「你們幾個，這段時間有沒有誰看到任何類似巧克力的東西呀？」

天文社的男社員當場笑出聲來。

「學姊，可不可以請妳不要提起這麼悲傷的事啊。」

「真想回說我有看到啊——」

澤木口看著我，指了指男社員，一副想說：「這就是證據嘍。」的神情。

「好啦，你們想問的就是這個？可以了嗎？」

果然無法和平收場，即使換上迂迴的說法，說到底一樣是在懷疑對方，不過也沒辦法。雖然奉行的個人信條養成我不喜紛爭的個性，唉，真傷腦筋。

至少要向對方陪個笑臉，於是我向澤木口低頭行了一禮。

「學姊，謝謝妳的幫忙。很抱歉說了不禮貌的話。」

「嗯，是無所謂啦。」

澤木口說完便頭也不回地走進第五公用教室，不知是不是我多心，門關得特別大聲，沒多久室內就傳出「重來一輪！重來一輪！」，特別開朗的吆喝。

千反田看了看面前緊閉的門，又看了看我，神情有些悲傷。

「折木同學，澤木口學姊生氣了哦？」

「當然會生氣啊。」

「可是，摩耶花同學的巧克力非拿回來不可呀！」

我回頭看向里志，他也沉著臉，平日掛在臉上的笑容完全消失，神情甚至帶有一絲自嘲。

「奉太郎……」他似乎有話想說。

我當作沒察覺，提議回地科教室再說。外頭天色已暗，差不多該做個了結。

5

位於邊間的地科教室，三面牆都開了窗戶，外頭寒氣也容易鑽進來，面對逼人的寒冷，我不禁縮起脖子。

「還真冷。」

我兀自嘟囔，卻得到溫暖的回應。

「覺得冷哦？我倒還好。」

「只有你一個人全身裹著大衣耶，還喊冷。」

不，真的很冷。

窗外點點粉白一閃而逝。雨雪剛停，這會卻下起雪。大家會說「白色聖誕」，但不知有沒有「白色華倫泰」的說法，聽起來有點像白酒的品牌名稱。

我坐上一旁的課桌，站在我面前的千反田開口了，聲音滿是疲憊。

「怎麼辦，折木同學，我……不想懷疑是天文社的同學拿的。」

不知怎麼回她，我只好以問題回答問題。

「除了那邊的樓梯，還有其他方法上到四樓來嗎？」

里志和我一樣坐上課桌，束口袋擺在大腿上，他搖搖頭說：

「真要上來也不是沒有辦法，戶外逃生梯加上逃生用滑梯就成了，不過兩個方式並用工程相當浩大。另外，剛上蠟的樓梯也沒長腿跑掉，要走也不是不行。」

「但那道樓梯沒有留下任何痕跡，畢竟剛上過蠟，有人走過一定會留下腳印。通往屋頂的樓梯則固定上鎖，沒有教職員同行，學生不可能上去到屋頂。」

所以那道樓梯是唯一的上樓途徑。當然，小偷如果嘗試綁吊索從直升機垂降也不失為一種方法，但我不覺得伊原的巧克力藏匿什麼驚人秘密，讓對方不惜動用諜報片風格的手段也要取得。

不，等等。如果沒記錯，伊原用的是比利時巧克力，一說到比利時，眾所周知那裡是歐盟總部所在，莫非巧克力之中藏有足以撼動歐洲和平的微晶片？這樣別說吊索或是直升機，小偷動用什麼都不奇怪。

「折木同學？」

「嗯，沒事。」

這段時間都沒聽到直升機的聲響。

巧克力在哪裡？望著落下的雪，我想到另一個可能。

「我說，你們找巧克力的時候，下面也檢查過了嗎？」

「下面？」

我的手指在空中畫出一道半拋物線。「小偷會不會把巧克力扔出窗外，丟到樓下去了？」

千反田搖頭。「那應該不可能，我四處都找遍了。」

還真無懈可擊。那這招如何？

「女生廁所也檢查過了嗎？」

兩人都大感訝異。

「咦？」

「你說什麼？」

「我說女生廁所。事情發生的十五分鐘之內，這棟專科大樓四樓能夠待的地點只有這裡、第五公用教室和女生廁所呀。既然這間教室裡裡外外都遍尋不著巧克力，也可能某人把巧克力藏到女生廁所去了，不是嗎？」

我話聲剛落，千反田裙襬一飄轉身要衝出去，但剛踏出一步就意識到我不打算起身，便催促我：

「我沒想到這一點，一起去看看吧！」

最好可以一起去。

「抱歉，妳一個人去吧。」

「折木同學，多一點人手幫忙總是比較……」

「千反田，要是這層樓的廁所是男廁，妳衝得進去嗎？」

她似乎著急到腦子一片混亂，這時才「啊」了一聲，臉紅了起來，接著點了兩下頭致歉，迅速小跑步離開了教室。附帶一提，專科大樓的男廁設在一、三樓，二、四樓則是女廁。

里志笑咪咪地目送千反田，晃動著雙腿問我：

「你真的覺得在廁所嗎？」

我一副懶得回答的語氣：

「不覺得。萬分之一的機率都不可能。」

「萬分之一，就是百分之〇．〇一了，機率那麼低呀？」

「里志。」我嘆口氣，「我大概知道東西在哪了。你可不可以安靜一下。」

「這樣啊。」

里志沒再吭聲了，平日掛在臉上的笑容也消失無蹤。直到千反田回來，大約三分鐘的時間，地科教室一片死寂。

回來的千反田相當失望。

「沒有……」

我點點頭，說道：

「那麼，可能性就只有一個了。」

「什麼？」

微低著頭的千反田抬起臉，就在這時，我們一直沒有思考如何處理的棘手時刻終於到來。

地科教室的門拉開，那傢伙走了進來。水手服外頭加了件米色夾克，頭戴著毛線帽，她是伊原摩耶花。為了掩飾試吃太多巧克力而長出的青春痘，她的左臉頰貼著一塊ＯＫ

綳。伊原看到我們，一臉疑惑。

「怎麼了？為什麼大家都在？」

「摩耶花同學……」

千反田的聲音有些顫抖，但伊原絲毫沒察覺千反田的異狀，邊脫帽子邊以輕快的語氣說：

「哎呀——好啦，如何？我的巧克力？」

劈頭就進入主題啊。也難怪，這是伊原最關心的一點。

我看向里志，但他面無表情，淡然地看向伊原，似乎沒打算開口。

至少我也該做點解釋。但開口前，千反田發現了我想幹麼，立刻舉起一手制止，堅決地說：「我自己來告訴她。」我只得沉默。

千反田筆直看著摩耶花：

「摩耶花同學，我對不起妳。」

她的聲音不再顫抖，是有覺悟了嗎？另一方面，伊原一臉訝異。

「什麼東西對不起我？小千妳做了什麼得向我道歉的事嗎？」

「是。是這樣的，」千反田稍微遲疑一下才繼續，「我沒把社辦門鎖上就出去一趟，但這段時間裡，摩耶花同學妳的巧克力被偷走了。真的很對不起。」

勇敢的語氣，堅毅的態度。但千反田，妳的眼眶是紅的哦。

聽到消息的伊原，反應則完全出乎我的意料。

她只是低喃著：

「哦，是喔。」頓了一下，臉上浮出不知如何是好的苦笑，「被偷了啊。」

那樣的表情，那樣的話語。

我難以置信伊原的反應是這樣，我認識的她會當場發飆，毫不掩飾自己的情緒，她也有資格這麼做。再怎麼不識男女感情，我也認同伊原這麼做。

然而伊原一派平靜，相對地，情緒潰堤的是千反田。

「摩耶花同學，我……」

伊原回身看向千反田，搖搖頭說：

「別那副表情嘛，小千。妳是在意沒鎖門的事嗎？沒事啦，誰猜得到會有人偷情人節巧克力呢？」

「可是！」

「千錯萬錯，絕對不會是小千妳的錯，再說我可不記得託妳幫我顧巧克力哦。想想我也有點對不起妳，拉著妳幫我那麼多忙，最後卻一場空。」

伊原說著，把脫下的毛線帽戴了回去，視線從千反田身上移開，幽幽低喃：

「嗯，不過還是有點難受啊。先回家了。小千，妳真的不要放在心上哦。」

然後伊原轉身，踏著平靜的腳步離開地科教室。凝視著她的背影，沒人能夠出聲慰留。

我、千反田、里志，三人望著伊原的背影，心中各有所思。

伊原離開一段時間，差不多到了離開專科大樓的時候，千反田毅然決然地踏出腳步。察覺她的意圖，我跳下課桌衝去擋住千反田的去路，她卻往前走，近到快貼到我鼻子的距離才停下腳步。

「……請讓開。」

「妳想做什麼？」

實在貼得太近，我邊說邊往後退一步，但千反田也旋即往前一步。

「即使要使出有點粗暴的方式，我也要找出摩耶花同學的巧克力。否則今後我根本沒臉面對摩耶花同學。」

「大家不都說了，不是妳的錯呀。去問法律方面的專家，一定也會得到這個回答，這根本是超過危險預測範圍的事。」

「我不管什麼法律，是我自己無法原諒我自己。摩耶花同學今天應該得到開心的回憶，最後卻變成這樣。我沒辦法什麼補救都不做！」

她說著就要繞開我朝前走去。

我反射性地出手了。我的右手抓住千反田的右手手腕。

很溫暖的手。

握著她的手腕，透過緊繃的肌肉，我感覺得到千反田握緊的拳頭正試圖使力。該放手嗎？還是不該放？我猶豫著，卻先開口了。

「我不敢說我明白妳的心情，畢竟我不像妳那麼多愁善感，但接下來交給我處理吧，我一定會在今天之內把伊原的巧克力交到里志手上。」

奉行節能主義的折木奉太郎，竟然有說出「交給我處理吧」的一天。

千反田的大眼睛睜得更大，但拳頭緊握的力道卻絲毫不減。

「……你這麼說，我很高興，但既然要找，也讓我出一份力。」

我搖了頭。

「不行，該怎麼處理我大概有數了，妳在計畫就沒辦法進行。」

一段沉默，千反田輕聲問道：

「你知道是誰偷的？」

我放開了千反田的手。剛剛不知不覺間也使上力，千反田輕撫著被抓著的手腕。

事態發展至此，不得不幹了。我緩緩點頭回應。

「是誰？」

「能夠把巧克力藏在身邊的只有一個人，小偷就是她。」我嘆了口氣，「天文社的中山。」

傳來一陣課桌移動的喀噔聲響，里志站了起來。我決定先不理會。

「根據諜報員的證言，這段期間經過那道樓梯的只有我們三人；根據澤木口的證言，有機會偷走巧克力的天文社社員共三人。」

「是，是小田同學、中山同學和吉原同學。」

「如果這三人當中的誰跑來偷巧克力，妳會怎麼做？伊原的巧克力尺寸相當大哦。」

千反田點點頭，張開雙手拉開比自己體寬略小的距離：「大概這麼大。」

「這麼大的尺寸很難藏起來，既然廁所沒有，也沒被扔到外頭，只可能是被帶進第五公用教室。然而澤木口卻堅稱沒有人把巧克力帶回社辦，社員也異口同聲說沒看到，天文社的人聯手串供又另當別論，但沒有串供，事情就很不合理。」

我說到這，指了指自己和里志。

「男生的立領制服不可能藏那麼大的巧克力；有包包還塞得進去，我這件軍裝大衣的口袋可能也ＯＫ，但暫時離開社辦的天文社社員，沒有人在回社辦之後收拾自己的書包，所有人的包包和防寒衣物都扔在一旁；遑論學生制褲的口袋那麼小；再說巧克力是硬的東西，藏進衣服內側，行動起來會很不自然，一定一眼就被我們看破。」

接著我指向千反田。

「但水手服就辦得到。用膠帶把巧克力固定在大腿，裙子就能夠充當最好的掩護。我不知道叫中山的天文社社員偷伊原巧克力的原因，說不定她和伊原有我們不知道的過節，但不管動機為何，能夠帶走巧克力的人只有她，我只能肯定是她做的。」

說到這，我停了一下，再次強調：

「我一定會在今天把伊原的巧克力交到里志手上。我有絕對的把握，但妳在場只會幫倒忙，所以妳放心交給我吧，先回家。」

千反田看著我的眼睛。

我不由得倏地別開眼。唉，我還是太嫩了。

但千反田卻稍微抬回了笑容。

「折木同學很難得把話說到這分上呢。」

「會嗎？」

我自己也覺得，太拚了。

「我知道了。雖然我不清楚折木同學打算怎麼處理，你覺得交給你處理比較好，我就恭敬不如從命。」

我緊繃的全身放鬆下來，神情可能也柔和許多。

「ＯＫ，搞定之後我再打電話通知妳。」

「萬事拜託了。」千反田朝我行了一禮。

她離開後，社辦剩下我和里志。

我望向完全被夜色籠罩的外頭，雪還在下，我不禁蹙起眉頭，背起側背包。

「好啦，該回家了。」

里志聽言，也躍下了課桌。

「也是，走吧。」

這回我們沒忘記牢牢地鎖上社辦門。

6

在夜裡回家路上，我的眼前是車頭燈、車尾燈，還有大雪。我拉緊大衣衣襟。風太冷，我縮起脖子以軍裝大衣的衣領禦寒。並肩走在路上的里志只穿一件羽絨背心防寒，他拎著束口袋，背著後背包。

「情人節巧克力綁在大腿上偷走，呵。」我呢喃著剛剛的話，帶著自嘲地一笑置之，「想也知道不可能。」

「推論倒是一切合理哦。」里志晃著手中的束口袋。我同樣一笑置之他這句話。

「不，有不合理的地方。」

「是哦？」

「伊原決定在社辦放巧克力等你自己去拿，天文社那個叫什麼的女學生不可能事前得知呀。就算知道好了，也無法預料到千反田會顧著巧克力，也料不到千反田會等不及直接去找你。」

「說不定就是事前都料到啦？」

「就算都料到好了，我說里志，巧克力貼上人體是會融的，融化的巧克力還有一股獨特的香氣，要藏也藏不住。最關鍵的是，」我們走到斑馬線中段，綠燈卻閃爍起來，我小跑步過了馬路，回頭看向里志，「腦袋正常的人不會想到去偷情人節巧克力的。」

里志露出苦笑，「沒有證據顯示中山同學腦袋是正常的哦。」

「腦袋不正常的傢伙打從一開始就涉入這起事件了，該懷疑的是那位吧。」

人行道上積了薄薄的一層雪，踩上去便發出啾啾聲響。一陣強風吹來，我盤起胳膊忍耐著等風停歇，然後開口：

「先把答應好的事處理完。」

里志只是沉默。

「……那個束口袋，借我一下。」

里志悶哼似地笑了，老實遞給我束口袋。一拿到手上，我使勁地縱向一甩。袋內發出喀沙喀沙聲響，是碎片碰撞摩擦造成的。

我板著臉，謹慎地還給里志束口袋。

「這下我達成任務了，在今天之內把伊原的巧克力交到你手上。」

「佩服佩服，奉太郎。」

里志笑著說，但在我眼裡只是習慣掛上的笑容，或者只是虛張聲勢。

偷走巧克力的，是里志。

一聽到千反田說巧克力被偷，我就在想只有里志會做這種事。不考慮直覺，以消去法來推論，嫌犯還是只剩里志一人。如果偷巧克力的不是天文社的人，小偷只可能是在那段時間從三樓走上那道樓梯的人；根據諜報員的證言，走過那道樓梯的只有三人——千反田和我，以及里志。能夠先消去我的嫌疑，千反田算是「被害者」，所以也消去嫌疑，這樣只剩里志。當時千反田是問諜報員幾人經過樓梯，諜報員沒道理灌水人數。

看樣子里志一開始和我道別，前去社辦的時候，就前往專科大樓三樓的男廁等著。廁所設在樓梯旁，而三樓的是男廁，里志只要在裡頭等著就好，他早就猜到千反田遲早會離開社辦找人。

然後，等千反田走下樓梯，里志走上樓梯前往四樓，諜報員就是在這時記住了里志的長相，說不定諜報員還順便請里志幫他看海報有沒有貼正。我沒記錯的話，後來里志和我、千反田三人經過樓梯前往社辦，諜報員請我們幫忙看海報有沒有貼水平，當時里志的回答是：「你放太低嘍。」要不是他曾經向對方提醒：「右邊再放低一點。」是不會如此回答。

里志來到空無一人的社辦，打算偷走伊原的巧克力，巧克力卻出乎意料地大。里志原本可能想藏進束口袋，他那時一定很傷腦筋，因為他的束口袋尺寸頂多裝得下四六判的書，千反田身形再纖細，體寬還是比四六判的書要寬。

但大剌剌地拿在手上逃離現場，萬一在樓梯與千反田不期而遇，巧克力遊戲就玩完了。考慮到這一點，里志最後採取的行動是？

街燈已然亮起，我們來到了橋頭。這是一道只容許行人通行的窄橋，兩個人並肩走便占滿橋幅。吹過的風沒了障礙物，風聲更響亮。

「你把東西敲碎的時候，難道就沒有一點猶豫嗎？」

我說得小聲，可能被風聲掩過，里志沒聽到似地一逕沉默著。

里志採取的行動是敲碎巧克力，或許是隔著包裝紙直接以手肘用力敲下。如果他心裡有一絲絲意識到裡頭裝的是伊原親手做的心形巧克力，說不定會改用溫柔一點的手法摺斷巧克力，嗯，雖然以結果來說一樣。心形巧克力最後碎成了能夠收進束口袋的一塊塊碎片。

里志接著離開社辦，在樓梯平臺遇上千反田，當時他可能編了藉口：「哎呀呀，抱歉抱歉千反田同學，我剛發現一個很有趣的東西，繞去看了一下。」這時里志再與千反田一同走回社辦，此時桌上不見巧克力的蹤影。

看到身邊驚訝得面無血色的千反田，里志作何感想呢？

走到橋中央一帶，我不再前進，里志也隨我停下腳步。

我決定別讓這次講的話被風聲蓋過，於是稍稍拉高嗓門說：

「這樣就算還掉上次欠你的人情了。」

「欠我的人情？」里志的口吻帶著低笑，「什麼時候借你啦？哦，你說正月的那件事

嗎？我這個人對借貸方面很沒概念。」

「去年四月的事。那時我為了逃離千反田，編了一場戲。」

里志好一會才想起來，嘀咕著：「哦，對，是有過那麼一回事。」

「那時候你不是幫我圓謊嗎？」

「有嗎？真虧你還記得那麼久以前的事。」

「當然記得。」我輕輕咬住臼齒，「我做了不該做的事。做了蠢事。」

「嗯，你後來的確是後悔了。」

這個教訓，我到今天才恍然；我痛切地體會到，以狡詐伎倆欺騙他人意味著什麼。不知是偶然還是必然，上次和這次受騙的人，都是千反田。

然而里志一副不甚感興趣的態度說：「不過，你那時候幹的事其實很體貼，一方面貫徹了奉太郎的節能主義，也沒傷害到任何人，除了你自己。」

這一瞬間，風突然卷起，空中飄落的雪形成漩渦。我再度拉緊軍裝大衣的衣襟，低著頭問里志：

「你至少給我個解釋吧。」

「解釋啊……」

里志為什麼會幹出這種事，我不明白，但他一定有理由，我相信他有理由。所以才設法說服千反田離開，試著讓事件畫下句點。何況先前還被他調侃：「真難得耶，奉太郎這麼有幹勁。」我應該有權利發脾氣，要他給我交代。雖然里志從頭到尾都沒有託我出手相助，我也一直保持緘默，但最後我還是為了說服千反田好讓她安心，不得不陷那位毫不相干、忘了姓什麼的天文社女學生於不義。或許有更好的方式，但我想不出來。今後那位女學生也將一直被千反田誤解，莫名其妙地在這樣的狀況中度過校園生活。

我之所以會做這些事，也是堅信里志有他的理由。所以，如果。

「如果你跟我說，你只是想開個玩笑的話……」

「的話？」

「我只能揍你一頓了。連同千反田和伊原的份一起，用拳頭扎扎實實地揍。」

里志到這節骨眼還是不改嬉笑本性，故意誇張地縮起肩膀說：

「我不太想被揍啊。」

「附帶一提，如果你打算死都不說，我會去向千反田道歉，順便告訴她事情是你幹的。」

「那是我更不希望見到的下場。我一開始壓根沒想過要把千反田同學捲進來。」里志仰頭看天，吁了長長一口氣。

一段沉默，他平靜地開口了：

「真不想坦白啊。不是能夠拿出來說的事。不過看樣子我不能不說了，是吧？」

「我不可能知道你在想什麼，不過你不僅是想了，還實際做了哦。」

「就是啊，奉太郎你說的一點也沒錯。我其實不後悔，雖然不後悔……」里志的視線從空中移往地面，下定了決心。他娓娓道來，說話聲不大，但在風中仍聽得一清二楚。

「奉太郎，你覺得我是執著派嗎？」

我想了一下，回道：「算是吧，我覺得你是趣味至上的人。」

「那還真是徹頭徹尾地誤解了。」里志倚著橋欄杆，欄杆上積著薄雪。「所謂趣味至上或有所執著的人，是會深入鑽研某個領域，進而成為該領域的佼佼者，換句話說每天都處在鑽研與新發現的狀態中哦。」

「你不是嗎？」

「不是耶。你忘了『女帝』事件嗎?那時我不是說,我沒辦法成為任何領域的權威,我知道得廣而膚淺。不過奉太郎,說得精準一點,其實是我主動放棄當任何權威。前陣子,我們不是對打了一場模擬遊戲嗎?」

他說的是上次在電玩遊樂場的對戰。最後比賽以2—1結束,取得勝利的是我。

「嗯。打了。」

「那時奉太郎你好像也覺得我怪怪的,對吧?因為我不再執著於勝利。兩年前我和你常玩那個遊戲。對現在的我來講,當時的我只有難堪二字可以形容。為求勝利不擇手段,一旦輸了就抱怨是對手的錯、挑規則的毛病。不止電玩,如果曉得有誰熟知武田信玄(註1),我就會想贏過他,四處找相關書籍來閱讀;我還曾經試圖拚贏鐵道迷哦。我什麼都想求勝。我執著於各式各樣的事,包括哪些方面呢,我印象都有點模糊了。不過——有了,比方說服裝的配色,漢字的正確筆順;吃回轉壽司的時候,我也會執著於把各種餡料吃進肚裡的正確先後順序(註2),眼睜睜看著美味從眼前經過哦。」

覺得這樣的自己很莫名其妙,里志自嘲地笑了。

「很無聊吧?老實說,因為那麼求勝心切,贏了也毫無意義,最後自己反而不知道怎麼收拾。那時我不曉得問題出在哪裡,想了好多,真是笨蛋一個。如果不是開開心心地贏得勝利,怎麼可能開心呢?後來呢,有一天,我終於膩了,決定不再執著於任何事。不,不是,應該說我決定只執著於『不執著於任何事物』。至於契機是什麼,我忘了。這麼做之後呢,奉太郎,真的每天每天都很開心哦。今天玩腳踏車,明天玩手工藝,安保、簡易壽險、古典音樂，什麼都碰；我把還不到執著程度的執著當成增加樂趣的調味料，各種領域都去玩一玩。記得是你說的吧？忘了什麼時候，你說我是豔桃紅色的，形容得真好。」

此時的里志不是在對我說話了，我無法補捉住他的視線。他絮絮叨叨地繼續回顧。

「可是，如此輕鬆愉快的每一天裡，唯獨存在一個問題。我決定了只執著於『不執著於任何事物』，才得以每天過得輕鬆愉快。奉太郎有個無可撼動的信條，無時無刻不成為你的支柱，我則無從學得人生信條。不過，我的不執著可是相當關鍵的原則哦。要是沒了這個原則，我說不定又會退回成執著派的人了。然而，有個摩耶花在。」

里志握緊了拳頭。

「摩耶花是個好女孩。奉太郎你可能無法理解她的好，可是她真的很好，那麼好的女孩打著燈籠也找不到。這樣的摩耶花說想和我在一起，簡直像在做夢一樣。可是，可是啊，我可以執著於摩耶花嗎？明明已經決定不執著於任何事物，唯獨摩耶花例外嗎？

我一直在思考，這絕對不是輕易能夠做出結論的事。我隨心所欲地依照自己的原則過日子，才能得到現在的輕鬆愉快。我毫無疑問想和摩耶花在一起，我甚至想過，不如順著心意走就好了。

註1：武田信玄（一五二一～一五七三），日本戰國時期名將，智勇雙全、用兵如神，有「戰國第一兵法家」之美譽，因任甲斐守護，人稱甲斐之虎。

註2：對於吃壽司特別講究的日本人自有一套食用順序規則，通常先吃生食再吃熟食，味道由淡至濃。

可是啊，奉太郎，我不能那麼做。絕對不能。我決定不執著於任何事物而放下執著，我想和摩耶花在一起而執著於摩耶花，這麼一來，摩耶花算什麼呢？玩弄她的心意就太惡劣了，不能這麼做，非修正原則不可，但我又該從何、如何修正起？還是說，打算找出答案這件事本身就是錯誤？抱著這種類似禪問答的糾葛，我還能夠不傷害到摩耶花嗎？

在我對這問題還無解時，迎向了去年的情人節。奉太郎，你不覺得情人節巧克力本身就是一種象徵嗎？我的想法是，如果我接下了摩耶花的巧克力，等於答應執著於摩耶花了。明明我內心還沒得出答案啊。」

「所以你才沒收下？」

「是啊，然後到了今年。你可以大罵我駑鈍沒關係。一整年過去了，我竟然還是沒有找到答案！在這種狀況下，要不收下無法收下的巧克力，除了讓巧克力消失以外還有什麼好法子呢？有的話……嗯，可能讓她狠狠揍我一頓也是不錯的方法。」

沉默降臨。

可是，這些應該都和千反田無關。

「可是，你卻傷害了千反田。」

里志一聽，悲傷地笑了。

「……我沒辦法像你一樣處理得面面俱到啊，我沒打算傷害她的。」

「你本來的打算是什麼？」

「我和摩耶花有個默契在。她把巧克力擺在社辦，如果我決定接受她，就把東西取走，否則就把東西留在原處。這是我們的約定，原本只是如此單純。不是摩耶花的錯，是她沒料到幫忙製作巧克力的千反田同學，竟然成了守護巧克力順利送到我手中的使者……」

這麼說，送巧克力的儀式根本是伊原和里志這小子的計畫？

「剛才這些話，你都跟伊原說過了？」

「說過了，當然說了啊！一定要說才行吧？不然我不就成了隨自己高興玩弄摩耶花心意的爛傢伙了！

……不過，事實上，說不定我正是個爛傢伙。去年推掉摩耶花的巧克力之後，我們深談過，談了好幾個小時，談得比剛才我跟你說的還要詳細很多。嗯，好懷念啊——那之後竟然過了一年，摩耶花還說了很重的話哦，但她終究沒有認同我的考量點，只說她會等我，還說下一次的情人節就是聽我答案的日子了。

摩耶花聽說巧克力被偷，不是一派鎮定嗎？她明白被偷代表我想告訴她我還沒得出結論。」

我也猜到伊原曉得偷巧克力的是里志，可是我以為她會勃然大怒，畢竟連續兩年求愛被拒，我沒想到事情背後有過一場深談。

這麼說來，伊原說漫研那邊有事走不開，也是編出來的。

里志大大張開雙臂，立領制服的衣袖被風吹得翻飛。

「好啦，奉太郎，該交代的都交代完了。我這麼做不是出於開玩笑的心態，我也沒有死都不向你解釋，你打算怎麼做？」

雪愈下愈大。

我豎起大衣衣領，橋上實在冷到受不了。一踏出步子，腳下積雪便發出聲響。

里志跟了上來。

「剛才這些話，不可能去跟千反田說吧。」

「不可能。被揍一頓或許還比較好。」

我也這麼覺得。就算里志曾向伊原全盤坦白，此時的對話畢竟還是男生之間的談話。同樣道理，千反田和伊原之間說不定也有女生之間的談話，談話內容當然不可能讓我知道。何況今天里志說的也不是他的全部，當然，我也不可能把自己的全都攤開讓里志瞭解。

不，很難講。

我的信條是「沒必要的事不做，必要的事盡快做。」就這麼單純，沒有什麼攤不攤開的問題。我想起稍早在圖書室看攝影集思考的事。節能主義無法面對男女感情，這和里志毀掉手作巧克力的動機有一定程度的共通點，不過那是假象，有決定性的不同，那就是里志的猶豫是為了伊原。

走在寒風肆虐的河流上方，我煩惱著。整起事件錯在里志，我卻逼他坦白不想出口的事，我是不是應該為此補償他什麼？我是不是該對這小子說：「抱歉，我太不了解福部里志了。」

幸好此刻背朝著里志。我微微露出苦笑。

嗯，畢竟說不出口啊。

橋不長，快抵達對岸時，我問里志：

「然後呢？結論快出來了嗎？」

我回頭看向他，他帶著前所未見的嚴肅神情，輕輕點了頭。

「快了吧。我還需要一點時間，只差把結論整理成話語了。」

我砰地拍了一下他的肩膀。

「抱歉了，大冷天還拖住你講這麼久，請你喝罐裝咖啡。」

里志恢復了平日的微笑，拎起手中的束口袋一轉，巧克力碎片發出喀沙聲響。

「好啊，不過難得奉太郎要請客，我就來杯紅茶吧。」

回到家，為了暖和冰冷的身子，我先泡了熱茶，喝掉大約半杯，我撥了電話給千反田。

我跟她說事情解決了，巧克力交到里志手上，沒有起衝突、沒有結下梁子，事件和平落幕。千反田狂喜若狂，不斷不斷地向我道謝，逼得我使出稍微強硬的態度才結束無止境的道謝，放下了話筒。

我說了謊，雖然有點像強詞奪理，但我想誰都無法責備我。

回到自己房間，躺到床上，望著天花板。

何況……難保千反田沒說謊。畢竟「看待事物的角度不止一個」在今日成了常識。連交往多年的老朋友里志都還有那麼多不了解的部分。即使沒有一個人說謊，但擅自誤解對方的意思、或被對方誤解，這些狀況都很常見。

再說千反田為了確保巧克力順利送出，打算成為巧克力守護者的這件事情，伊原一定也隱約地察覺了，說不定連里志也曉得事情會變成這樣。那麼，刻意將千反田捲進事件，就是伊原為了讓里志收下巧克力的策略。或者這也是我的曲解？

我不知道。什麼都不想去推敲了。其實是天文社的中山動了物理性小手腳偷走巧克力——真希望這是事實，我就不會像這樣望著天花板想這些事。

房間地上滾落一片巧克力片，那是我今年唯一收到的巧克力。

我撿起巧克力片，這似乎是外國生產。我撕開包裝和鋁箔紙，朝著黑色巧克力片一口咬下。

巧克力的味道在口中擴散，好甜，而且苦，然後理所當然地，強烈的味道逐漸淡去，終至消失無蹤。

七

繞遠路的雛偶

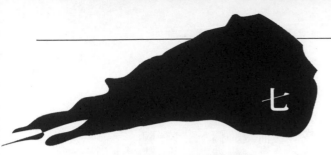

1

穿過神山市的市街，順著路朝東北方繼續前進，不久便來到一道長長的緩坡。我踩著腳踏車踏板的雙腿有些吃力，雖然不到要直起身子以體重壓踏板的程度，我曉得自己的身體正逐漸暖和起來。

夾道出現了稀疏的樹林，附著些許殘雪，到了這一帶一下子沒了人煙，彷彿進入另一個地域。事實上，神山市東北部的丘陵地帶，在歷史上原是另有名稱的獨立村落，這是我聽福部里志說的；到了現代，這一區有個地名叫做陣出。接下來的好一段路程坡度變陡，而春天的氣息愈來愈濃，不過早晨氣溫相當低，我急促的呼吸化成了白霧。

我發現坡道頂端有一座小廟。這條路我經過了好幾次，一開始是里志帶路，後來文化祭的慶功宴時和古籍研究社其他三人一道來，我卻始終沒發現有座小廟，可能每次都是嬉嬉鬧鬧地經過這個路段。

但今天獨自一人。沒想到向來奉行節能主義的折木奉太郎竟然一早騎著腳踏車衝向遙遠的鄰村，這根本是一年前的我絕不可能做的事，我不禁苦笑。這間小廟供奉的是地藏菩薩，跳下腳踏車稍作休息，不忘以單手恭敬地向地藏菩薩打了招呼。

過了小廟就是下坡。

田地仍可見零星殘雪，早晨陽光灑下，空氣冰冷。

由於這道斜坡並非位於高地，視野不算遼闊，但在廣闊的平原深處，看得見一幢以白牆圍起的大宅第，與一般老舊的房舍風格不太一樣，還看得見庭院氣派地種著松樹。那是千反田的家，從這兒看去也曉得那是個大宅，但還是得實際登門拜訪才知道宅第裡大得嚇人的大和室，以及屋內欄間（註）上頭精細無比的雕刻裝飾。

但今天趕著前往的不是千反田家。我張望一下遠方。

與千反田家隔著一條小河的對岸，有一座小神社彷彿嵌在微微染上新綠的山丘，這個距離看不見大殿，但那一帶豎著神社的旗子，應該錯不了。

那裡就是我的目的地，記得是叫做水梨神社來著？

事情的開端在前天。

我百無聊賴地躺在房間床上，翻閱著一本怎麼讀也讀不完的厚文庫本，這時電話響起。

「抱歉在休息時打擾你。」

是千反田。她本來就謙恭有禮、語氣穩重，不過一旦面對面，從那雙大眼睛與過去的經驗，我深刻體認到她不單純是一個清純可人的人。但通電話看不見表情，有一瞬間我不由得懷疑是哪一戶好人家的大小姐打來找我。

註：日式建築鴨居上方的高窗，具有採光、通風、裝飾等功能。

「我沒在休息啊。」

「咦？折木同學，你得去學校補課嗎？」

「沒有啦……」

我的成績在神山高中算不上極度優秀，但也不至於差到收到學校的補課通知單。電話的另一頭，千反田平靜地說：

「那現在就是在放春假嘍。」

是的，的確是以悠哉的休假心情過著春假。

「很抱歉這麼突然找你……」

千反田的口吻聽起來真的很抱歉，我豎起耳想聽聽她為了什麼事找我。

「請問你後天有沒有計畫呢？」

下意識地看向月曆，無論後天還是大後天，整個春假都沒有任何計畫。姊姊在家搞不好會冒出一些突發狀況逼我出門去，幸好她現在人在紀伊國南部旅行。

「嗯，沒計畫。」

「真的嗎？那真是太好了。」

透過電話，清楚感覺出她鬆了一口氣。接著說：

「折木同學，我知道這麼突然，一定會造成你的困擾，不過能不能請你幫忙撐傘？」

我握著話筒，偏起頭。

這若發生在去年四月，我肯定會認真地絞盡腦汁思考：「有『幫忙撐傘』這個俚語嗎？」不過，和千反田打過一年交道的我從經驗中知道，她有求於人時會習慣性跳過解釋。

「……妳從頭講吧。」

「從頭嗎？嗯，好的，事情的開端是戰後沒多久的時候——」

「呃，不是，從中段開始就好。請講得淺顯易懂一點，麻煩了。」

千反田察覺到自己的壞習慣又冒出來，語氣帶些歉意。

「不好意思，我解釋得不夠清楚……」接著沉吟了一會，看來正在整理說明順序，

「簡單講就是，我家附近的神社要慶祝雛偶祭（註），包括天皇、皇后、右大臣、左大臣，以及三名宮女，聽說從前還有五童子樂隊，但近年少子化，就省去這一階的雛偶了。」

「是哦……」

為什麼因為少子化而省去五童子樂隊？完全沒聽懂，但比起這一點，還有一個根本上的矛盾——現在是四月，雛偶祭在三月。

註：即女兒節（雛祭り），原本是在舊曆三月初三，明治維新後改在西曆三月三日。家中有女兒的家庭為祈求女兒幸福健康成長，會提早在家中擺放雛偶，一過三月三日便得將雛偶收起，以免將來女兒不易嫁出門。精巧的雛偶有一定的擺放規矩，一般需要十五個人形娃娃與七階的陳列臺，包括最上層的天皇與皇后，以及下階的十三名侍者，依序由上至下擺放。陳列臺也有階數較少的，如五階、三階或一階。雛偶可代代相傳。

「晚了一個月？」

「喔，是的，沒錯，因為是依循舊曆過節。」

我差點沒回她：「是哦，那又怎樣？」遲了一個月的雛偶祭很常見嗎？但千反田絲毫不在意我腦中的問號，繼續說：

「然後呢，依照習俗必須有人幫天皇與皇后撐傘，但這幾年來負責撐傘的男孩不巧突然受傷，手臂脫臼了，沒辦法請他繼續擔任這個角色，這樣就少了一個人手。候補人選我們都問遍了，還是找不到人幫忙。

由於服裝是固定尺寸，不是誰都穿得下，譬如福部同學的體形就太嬌小。我個人判斷折木同學的身高最合適。」她停了一下，探我的反應，「整個儀式大概一個小時內就可以結束，你能幫這個忙嗎？」

我板起了臉。

也就是說，只要站在雛偶陳列臺旁邊撐傘就可以了，是吧？但平心而論，這很麻煩，雖然千反田主動開口請託，但參與毫不相干的地方雛偶祭，還是有點讓人退卻。

「不太想動啊……」

「這樣啊……」

尷尬的沉默。

不過仔細想想，只是負責撐個傘，沒什麼好顧慮或擔心面子的問題，而且千反田曉得我是節能主義者，明知道還來拜託我，顯然很需要幫忙。

「嗯，不過……好啊，我去。」

「咦？真的嗎？」聽到我突然態度一變，千反田相當驚訝，做了深呼吸之後，彬彬有禮地說：「非常感謝你，真的幫了大忙。」

「後天是吧？只要站在雛偶旁邊就可以了？」

「是的，要請你跟著隊伍一起前進。我們會奉上謝禮，雖然金額不多。」

這樣啊，還有禮金，那就只是去打個工嘍。

那事情就談定了，此時我察覺狀況不對。哪有這種事。

「一起前進？跟雛偶嗎？」

「……是的。」

「雛偶會走路？」

「是啊。」

「為什麼雛偶會走路？」

一副想當然耳態度回我的千反田，說話聲音變小了。

千反田忍得很難受地一口氣說了：

「雖然的確是雛偶，但請你不要一直雛偶、雛偶地掛在嘴上，我也很不好意思啊……」

有點怪。哪裡怪呢？我試著整理目前狀況。

照理說只要幫雛偶撐傘就好了，千反田則說雛偶會走路，而且聽到雛偶兩字會有點害羞。

那結論只有一個了。

「難不成，那些雛偶……」

「……啊。莫非折木同學你從沒聽說嗎？」

果然是這麼回事。

我重新拿好手裡的話筒，千反田清晰客氣的聲音傳來。

「水梨神社每年舊曆的雛偶祭，都由女孩子打扮成真人雛偶進行祭典，真人雛偶領頭的遊行隊伍將遶境整個村落。因為水梨神社的真人雛偶遊行有一定的名氣，我一直以為折木同學你也曉得……嗯，上中學之後，皇后的角色一直由我擔任。福部同學也說會來看遊行哦。」

可是里志昨天起去學校補課，只來得及看到後段遊行。昨天他帶著很不甘心的語氣打電話給我：

「聽好了，奉太郎，你可是要幫千反田同學扮演的皇后撐傘哦，你千萬、絕對、說什麼都不准給我們出糗！知道嗎？」

比起這個，我比較擔心站在皇后後方撐傘的角色得穿上什麼裝扮。

離約好的時間還早，但不熟悉路線而遲到就糟了。我拉緊軍裝大衣的前襟，跨上腳踏車，一口氣衝下坡道。

2

騎著腳踏車重新眺望四周，這是青山環繞的村落，建築物稀稀落落，或許還不到播種季節，田地裡只見未融的殘雪與零星萌芽的新綠。聽里志說過，稻子收割後的田地會利用空檔種蓮花，當時千反田微笑回道，的確有些農家會這麼做。此刻田地當中一塊塊的點點新芽莫非是蓮花？我無從得知。

沿著小河踩著踏板，河岸種有樹木，去年秋天樹葉落盡到現在，花苞還沒冒出。即使對風花雪月沒興趣，但一見到樹木的外觀，我也曉得那是什麼樹——櫻花樹。市區梅花已競相爭放，不久也會綻放櫻花吧。

不過植物非工業產品，偶爾會出現開花期錯亂的狀況。這時，沿著小河朝上游前進的我眼前，矗立著唯一一株粉色花瓣繽紛綻放的櫻花樹，還不到滿開，但相較其他櫻花樹仍蟄伏於冬季的沉默，唯獨這株樹的櫻花已然半開，或許是日照差異造成？單獨一株開著花的美麗櫻花樹，深深吸引著我。

於是我停下腳踏車，雖然驚豔於提早綻放的這株櫻花樹，但此行不是賞花。我從口袋拿出一張便條紙，上頭寫的是千反田告訴我前往水梨神社的路線。

「先到平常會走的那條坡道，沿著小河往上游方向前進，會看到唯一一株提前綻放的櫻花樹，然後越過前方的長久橋，接著只要順著路走即可。」

過了這株櫻花樹，越過第一座橋即可。我跨上腳踏車趕路。

四周嗅得到祭典氣氛。路旁垂掛著家紋布簾的玄關、嬉笑奔跑的孩子、前方不遠處飄揚的神社白色旗幟，以及最不同於平日、即使不是上學日的早晨九點也依然騎著腳踏車飛奔穿過街道的我。

不久拐過一處彎道，出現在眼前的小橋就是長久橋吧。橋如其名，是一座有長久歷史的舊橋，橋寬很窄，汽車也無法通過。

咦？可是……

踩著踏板的雙腳慢了下來。

「……呃？」

橋頭立著一個常見告示牌，這下麻煩了，告示牌寫著「禁止通行」。

這座橋在進行工程。我看向告示牌的說明，橋體老舊而必須改建。也是，這座陳舊的橋身看上去很不可靠，橋面也沒鋪柏油，外露木板一看就知道使用了很久的年代。

現在立了禁止通行的告示牌，但橋還沒動工，硬過也過得去。可是對岸橋頭停著一輛小卡車，兩名頭戴黃色安全帽、身穿黃灰色連身工作服的男性從車上搬下鷹架之類的器具，看來是工程公司的工人。不想擅自過橋之後被罵，幸運的是橋僅長數公尺，我看著對岸橋頭的工人喊道：

「不好意思，請問一下！」

工人看向我。寒冷的冬季中，他們晒成淺黑的膚色讓人聯想到夏季，是工作的關係？

還是冬天滑雪晒出來的？幸好他們都不是嚴肅難以溝通的人。

「什麼事啊？」

「請問這橋還能過嗎？」

「可以啊，當然可以，趁現在快過來吧。快過快過！」

他們朝我招招手。恭敬不如從命，我牽著腳踏車走上長久橋，腳下木板明顯隨之略微下沉，還是趕快改建比較安全。

過了橋，兩名工人扠起腰衝著我笑：

「等一下還有一輛貨車過來就要開工了，到時候就不能過橋嘍。」

「喔，知道了，多謝告知。」

也就是說，等等回家必須走再下游的另一道橋才能渡河。都好，總不會迷路吧。

離開長久橋，我不經意想到一個疑點。住在陣出地區的千反田應該曉得長久橋在施工，怎麼還會要我走這道橋去神社？也不可能故意整我呀？算了，順利過橋也沒什麼好抱怨。接下來順著路前進即可，於是我朝上游騎去。

話說回來，今年正月看到了千反田的和服打扮，當時是新年參拜，今天是祭典。我不是信仰虔誠的人，但這真是奇妙的緣分。

水梨神社一如在遠方看到的印象，傍山而建，規模比不上新年參拜的荒楠神社，鳥居很小，石階梯也很窄，大殿與其說歷史悠久，不如說是單純地老舊。雖然不該拿觀光勝地的荒楠神社比較，但水梨神社為了祭典也盛大地準備一番，入口前方貼出了祭典時程表，還架了一個看板大大地寫著「真人雛偶遶境將於十一點半開始」。

我長這麼大不曾踏進所謂的神社社務所，但今年就拜訪了兩次，今天是第二次的體驗，不知怎地有了厚臉皮的自信。荒楠神社和水梨神社的社務所毫無關聯，不過該怎麼說呢？就好像在大阪去過了牛丼店，到了名古屋也敢大剌剌地鑽過牛丼店門口的布簾，這就叫做「江戶的仇在長崎報」嗎？（註）不是啊？總之確定的是自己進到社務所內，面對眾多披著短外褂、上了年紀的神社工作人員忙進忙出，依然能夠坦然自處。

相較上次去荒楠神社時被帶去暫歇的大和室，這裡小得多，但仍有將近十坪大小，我逮到機會問一名像負責接待的神社工作人員：

「請問我現在該做些什麼呢？」

遶境遊行十一點半才開始，集合時間卻在九點半，趕是趕上了，卻無事可做。這名鼻頭紅紅的男士一臉不信任地看我，語氣粗魯地問：

「……你是哪位？」

「我叫折木，被叫來負責撐傘。」

「沒聽說這名字啊。」

「嗯，我不住這一區。」

「唔……」男士上下打量我。

難道他們不曉得？天這麼冷，虧我還大老遠趕來，卻是此種待遇，我忍不住有些不高興。

「您沒聽千反田提起嗎？前幾年負責撐傘的人受了傷，請我來代替上場。」

男士一聽，取得了我的身分證明，態度馬上一百八十度大轉變。

「喔喔！你是來代羽澤上場的啊！我聽說了我聽說了。哎呀，你怎麼這麼早來？男生換裝很快，用不著這麼趕呀。」

要是提早知道不用這麼趕，我一定會竭盡全力慢慢來。男士接著把出師不利而沮喪不已的我帶到暖爐前。

「等一下直接在這裡換裝，上場之前你就先在這等一下，暖和暖和一下身子吧。」

「喔，好的。」

真是感謝。得到了允許，我脫下白色軍裝大衣披在身上，窩在暖爐前化為人肉雕像，這是我最拿手的行為之一。話說回來，剛才那位男士說男生換裝很快，也就是說九點半就開始著裝的是千反田？

除了我，社務所內的人都有各自要忙的事，而且全卯起勁來趕著處理，他們大聲吆喝來吆喝去，頻繁地進進出出，譬如：

「喂！誰負責叫酒啊？」

註：原文做「江戸の仇を長崎で討つ」，意指在意外之處得以報了從前的一箭之仇。

「酒是中竹先生負責的。對了，午餐的部分都準備好了嗎？」

「那部分交代給阿姨了，我再去確認一次。」

或者。

「花井先生！有電話！報社打來的！」

「報社？不是ＮＨＫ嗎？」

「對方說他們是報社。」

之類。我從他們的對話得知剛才的紅鼻子男士是花井。

在忙碌的大和室，我自顧自地進行補充體內熱能的作業，偶爾會有「那傢伙是誰啊？也不過來幫忙，窩在那兒幹什麼？」的目光飄來，別對上眼就沒什麼好怕。

說來我也不是有特別理由才選擇節能主義，不過，現在窩在暖爐前不動如山，理由可相當正當。

一是，這個村落我完全不熟，人際關係也好、祭典程序也好，我一概不知，沒人開口還厚著臉皮跳出去說要幫忙，很可能會添麻煩。

二是，暖爐前好溫暖。

靜靜蜷坐著的我，連存在感也逐漸消失，大多在場的人都無視我、各自忙碌著。要是我在真人雛偶的遊行隊伍中也毫無存在感該怎麼辦？正憂心著，那位花井來到面前，很快地問我：

「你是來幫千反田家的小姐撐傘的吧？」

「是，她是這麼說的。」

「這樣啊，那我還是先跟你說一下，因為園家在辦喪事，遶境路線有變哦。」

「啊，那還真是遺憾的消息。」

聽到我的回應，花井一派平靜地輕輕點頭：

「不過算是享盡天壽，很幸福了。對了，你聽說路線了嗎？」

「還沒有。」

「那你只要跟著前面的人走就對了，有幾段是走捷徑哦。」

花井自顧自交代完便快步離去。橫豎跟在千反田後頭走就好，何必通知我變更路線的事咧？他沒來告知，我也不必知道園家有喪事，不過應該是得享天壽，我默默祝園老先生或園老太太安息。

忙碌的準備工作依舊沒有止歇的跡象。

「鞋子數量不對哦！女用的草鞋呢？確認過了嗎？」

「數量不對？缺　雙還是兩雙？」

「缺一雙。」

「那請千反田家的小姐拿自家的過來。」

莫非我也要穿草鞋？也就是說需要換上足袋嘍？我現在腳上穿的是能夠阻擋寒氣的普通襪子耶，沒關係嗎？

不行，怎麼能感染他們忙亂的氣氛，但我也慌張起來。沒問題，之前跟千反田確認過了，她說人來就好，不用準備任何東西。

可是他們好像沒有聯絡得很周全，心裡還是有些不安。

時間分秒過去，衝進大和室的人愈來愈多是一臉慌張。一位白髮瘦削的老先生一進來便扯著難以置信的大嗓門吼：

「中竹！你酒怎麼訂的！」

一名一直待在角落的男子緩緩起身，他一副福態，看上去行動遲緩，但好像很有力氣。

「我已經訂好了啊，說中午會送到。」

「中午是中午幾點？」

「一點的時候。」

「你搞什麼啊！」

白髮老先生放聲大罵，待在屋子對角的我也不由得身子一顫。

「隊伍十二點半就回來了，東西一點才送到是來得及嗎？所以我不是說一切都要提早準備好嗎？快去改時間！」

負責訂酒的男子不太服氣，但還是簡短地回了聲：「馬上去。」離開大和室。白髮老先生瞪視屋內一圈，我不小心和他對上眼。老先生「噢」了一聲，帶著嚴肅的表情，踏著穩重的步伐走過來，他微微彎下健朗的身子，看著我開口：

「這位小哥，你是千反田家小姐請來幫忙的人手吧？」

為什麼擁有如此駕人的氣勢？我忍不住有股衝動回：「不是，您認錯人了。」但當然不可能這麼說。

「是的，就是我。」

我老實回答，而且原本單膝跪地的姿勢不知何時換成了規矩的正座。

老先生一聽，低頭向我行了一禮。

「很抱歉勞煩你遠道而來，沒想到人手實在不足，還要麻煩到外人。今天就麻煩你多幫忙了。」

我反射性地脫下軍裝大衣，站了起來。

「別這麼說，很抱歉我這個外人還跑來攪和，我會注意不造成各位的困擾。不過這是我初次參與遶境隊伍，要是有不周到之處，還請您不吝指導。」

老先生抬起臉，瞇細了眼：

「你還滿可靠的嘛。」

出生至今，第一次有人這麼稱讚我。

「那麼上場前再請你等一下了，別拘束呀。」老先生行了一禮便離開大和室。我有一種得到恩准、真的可以不必拘束的感覺。

然而，世事不盡如人意。

我聽到忙進忙出的男士談起一件事。

「長久橋那邊沒問題吧？」紅鼻子的花井問。

他問的一名男子，在體格壯碩的神社工作人員中顯得特別高䠷。

「跟村井議員說過，請他多關照了。」

「是去拜託村井先生啊……」花井的語氣有些苦澀。

高個男察覺到，問說：「不該找他嗎？」

「不是啦。嗯，找他也好。然後咧？工程確定延後了吧？」

「村井議員說包在他身上，就算進度有點落後，他還是會請工程人員過了雛偶祭這天再施工。」

我畢竟是外人，閉上嘴，默默在心裡祝福他們能夠順利過橋就好。

但為什麼沒有保持緘默，連我也不明白。我回過身讓暖爐烘著背，幽幽地插了嘴：「長久橋開始施工了哦。」

這一句話有驚人的影響力，不止花井、和花井說話的高個男，白髮老先生、訂酒出錯被老先生怒叱的男子，大和室所有人一起看向我。

這個消息茲事體大。花井瞪大了眼，問我一句：

「你說什麼？」接著，他看著高個男高聲喊：「阿繁！你真的確認過了嗎？」

被稱為阿繁的高個男吞吞吐吐地回：「我跟村井議員確認過了啊，可是他都說包在他身上了，我也不好又去跟工程公司確認……」

「你！」這下花井把矛頭轉到我身上，「你確定動工了嗎？」

我忽然被逼問，也不知怎麼回答。「來這裡的路上，我看到長久橋的橋頭立著禁止通行的告示牌，剛好工人在場，經過他們同意才過橋。」

「擺出告示牌而已嘛。」

「是的，可是工人還說再等一輛卡車到場就要動工了。」

鬧得沸沸揚揚的大和室瞬間一片死寂，不曉得是不是來自廚房，我隱約聽見了女性的高喊。

白髮老先生開口了：「園老弟，抱歉，麻煩你開小卡車去確認一下好嗎？谷本你打電話給村井，不，打去中川工務店問清楚狀況。」

看來高個男名叫谷本阿繁，至於是單名一個「繁」字，還是叫繁次郎就不確定。阿繁老實接下任務，對此花井點點頭說：「那麻煩你了。」

接下來，不知為何花井瞪向我。萬一他們問回來，發現長久橋可照常通行，我不知會遭到什麼私刑對待。

不過我多慮了。

十多分鐘後，姓園的先生氣喘吁吁地衝進來，他胖到短外褂幾乎要被撐破。一進屋內，他大聲報告：「是真的！開始施工了！」

我終於知道為什麼這件事如此嚴重，簡單來講，真人雛偶祭的遶境隊伍需要經過長久橋。

花井不顧形象地大吼：「阿繁！你到底怎麼辦事啦！」

谷本阿繁也有話要說，儘管被花井的氣勢震懾，話卻說得很清楚：「不是的，這中間出了狀況。中川工務店真的收到了村井議員的聯絡，本來今天不會施工的。」

「那……」

「可是前天他們又接到通知，請他們依照原訂計畫動工。」

園先生也幫谷本說話：「阿繁說的是真的。中川工務店的人現在正趕來了解狀況，我也聽他們說接到了叫他們照常施工的通知。」

有人低聲咕噥：「怎麼會發生這種事呢……」

屋內一片凝重氣氛，我也不由得難受起來。我是不是也該皺起眉頭比較好？可惜很遺憾，沒感到困擾時，我也擺不出困擾表情。什麼都別想好了，我默默靜候事情發展。

這時，又是白髮老先生提出建設性的發言。

「工務店的部分暫放一邊，看來是聯絡上出了問題，現在重要的是遶境路線怎麼調整。」

掛在鴨居上方殺風景的圓形時鐘，顯示時間接近十點半。

原先預定路線非常單純。

從神社前方的道路出發，順著小河往下游走去，越過長久橋，轉向朝上流方向前進，快到神社時還有一座橋叫做茅橋，越過這座橋便回到神社。僅此而已。

可是，長久橋不能走了。

由於事態緊急，各處忙著準備工作的男性工作人員全被叫回來，休息用的寬廣大和室登時成了擁擠的會議室，我也沒辦法再待在暖爐前發呆，於是再度脫下軍裝大衣，默默地正座在屋內最不起眼的角落。接下來的會議內容徹底與我這個外人無關，其實很想離開現場，但找不到適當時機。

首先，有人開口了：「真的沒辦法請他們暫停施工嗎？隊伍只要五分鐘就能過到橋的另一頭了。」

辦得到就不用這麼傷腦筋了。花井搖頭回道：「就算隊伍過得去，別忘了還有採訪媒體，要是有人在原本施工改建的橋上受了傷，責任是工務店要負的。一旦動工下去就沒辦法喊停，當初就是怕這樣才派人去關說呀……」他眼神一瞟，視線彼端當然是谷本。接著，花井摩挲著下巴：「沒辦法了，讓隊伍走到長久橋再沿原路折返吧。」

話才剛說完，反對聲四起。

「怎麼能這麼做！」

「你說要沿原路折回來？」

「河西岸的人或許無所謂，可是河東岸的人怎麼辦？難道今年要他們看不到真人雛偶嗎！」

我大致聽出他們的爭執點了。雛偶祭是小河兩岸的住民共同協力舉辦，遶境隊伍只經過一岸，另一岸的人當然會不高興。

花井提出第二個方案：「那麼先走到長久橋橋頭折返，回來越過茅橋後，再順著東岸走到長久橋的另一端橋頭再折返。」

也就是去了又回兩次？這的確也是個方法啦……

這次只有一個人出來反對，是直到剛才都在外頭準備的人。「這樣一來，遶境就需要雙倍的時間了，步行距離也會變兩倍耶。」

「這也沒辦法呀。」

「怎麼能一句沒辦法就帶過？之後預定行程全都會亂掉呀！電視臺的人也來了，不能做這種不負責任的臨時更動。」

另一名男士也插嘴：「真人扮雛偶遊行是很費體力的，要走雙倍路途，她們肯定吃不消。」

真是精闢的見解。雖然不曉得傘多重，我也不想走上雙倍的距離。

被群起攻擊的花井這下不僅鼻頭紅，連雙頰也紅起來。「話是這麼說，但遶境還是得進行啊。沒有其他法子了嗎？」

「可以走遠一點點，到遠路橋再回頭哦。」

開口的是一名年輕男子。

「走過遠路橋到對岸再折返回茅橋，就不至於走上雙倍的距離了。」

從他的話聽來，施工中的長久橋再往下游方向走，還有另一座橋。可是我今天沿著小河騎來，怎麼不記得有看到其他的橋？算了，應該有吧，可能我沒特別留意以致沒有印象。

然而此提議一出，花井神情登時一變，沉默下來；不止花井如此，大和室裡不知怎地瀰漫尷尬的氣氛。

邊境即將開始，拜託誰來幫幫忙打破這僵局吧！

先不論僵局，沉默倒很快被打破。紙拉門突然拉開，一名微胖的中年婦人半信半疑地開口了。

「呃……不好意思打擾你們的會議。請問這裡有沒有一位折木先生？」

「啊，我是。」我站起身，「我是折木。」

婦人望向我，一臉難以置信，對方似乎擅自對我有失禮的想像。

「請問有什麼事嗎？」

「千反田家的小姐有事找你，想請你過去一趟。」

千反田？

在場的人大概想等闖入者離開再揣測吧？所有人緊閉嘴，屋內空氣更顯沉重，我迅速走出大和室。不知道千反田有什麼事，嗯，總之感謝幫我逃離那個場合。

3

不過依照規定，我不能和千反田面對面說話。

這是一間寬廣和室，和擠滿男性工作人員的休息室差不多大小，擺了許多暖爐，因此比大和室還溫暖。屋內以類似厚窗簾的布拉起了隔簾，白色隔簾的另一側有誰在？有幾人在？完全看不見，就算我想看，她們也不會答應。除了燃燒燈油的氣味，還瀰漫著化妝品的香氣。

沒多久，隔簾的另一側，傳出平靜沉穩的聲音：

「是折木同學吧？」

那應該是千反田的聲音，不可能是別人。

然而，我有一瞬間不太確定。千反田常以沉穩的聲音說話，也聽過她以這種語氣講話，只不過透過隔簾傳來的聲音，比之前聽過的還要端正且冷淡，甚至相當見外。

「非常抱歉，還在著裝，只能以這種方式與你談話。」

我思考了一下隔簾代表的意義，看來沒想錯——這是提供給女性更衣的房間。模糊地嗯嗯喔喔應了聲。這個房間不好待，剛才氣氛嚴肅的會議室反而如一間午睡專用房，只是小兒科。我把披在肩上帶來的軍裝大衣疊好放在一旁。

「請你過來一趟，原因無他。聽說出了點麻煩是吧？」

「……是。」

「事情很嚴重嗎？」

「好像是。」

「這樣啊。」

話聲一度中斷。隔簾另一側只有千反田在嗎？應該不可能，真人雛偶的隊伍不止千反田扮裝，雖然不清楚皇后必須穿上什麼服裝，不過大部分傳統服飾都不是單獨一人有辦法穿上身。可是談話主導權不在我，我沉默下來。過不久，千反田開口：

「那請告訴我發生什麼事吧，時間所剩不多了。」

沒錯，隊伍十一點半出發，我也差不多該換裝了。如今事態緊急，我也多少曉得千反田希望掌握現況，與其找其他男士來問，同世代的我反而比較沒有顧慮。

然而。

談話時看不到對方的臉也沒什麼大不了，和平常講電話沒兩樣，但總覺得講起話來舌頭打結，可能因為倏地從寒冷的地方進到暖和之處吧。

沒問題，不至於講不出話。我潤了潤脣，開口了。

「那座長久橋——」

開始施工了。

聽說本來跟工務店講好，請他們延期。

可是工務店後來又接到通知，叫他們按原定計畫施工。

結果長久橋無法通行，於是大家嚴肅地討論路線如何變更。

我把事情歸納成上述幾點，不疾不徐地告訴千反田。

隔簾另一側連一聲輕咳都沒有，好歹聽人家講話時有點反應應個聲吧？不，說不定千反田應了聲，只是被厚厚的隔簾遮住，我聽不到。那聽我說話的神情呢？我也無從得知，可能她正座著邊讓人梳頭邊聽我講，也可能她倒立著聽我說話。說到頭，她到底有沒有在聽？

我不由得不安起來，說明到一半便開口問了。

「後來有人提議由遠路橋過河——妳在聽嗎？」

一問一答似地，她回應了。

「我在聽。」

語氣也不是冷漠，是幾乎無感的低溫。我腦中浮現了一幅景象，千反田不知何時以扇子輕掩嘴角，一手倚著脥息（註），忍著呵欠聽我講話。輕嘆了口氣，交代完男性工作人員的休息室瀰漫著一股凝重氣氛，結束了報告。

我一閉上嘴，屋內就剩暖爐燈油燃燒時發出的低沉聲響。

……不對。

側耳傾聽，還有音量壓得非常低的細聲交談，有人在對話。是千反田嗎？還是千反田身邊始終不發一語的某人？

首先，千反田公布了我的表現得分。

「你的說明歸納得非常好。」

多謝褒獎。

但接下來卻和先前不太一樣。她似乎吸了口氣才開口，語調也略微提高。

「村井先生是神山市的市議員。為了雛偶祭，所以延後改建工程也無妨，這應該只是場面話。事實上只要村井先生出面交涉，中川工務店也很難拒絕。換句話說，工務店說有人撥了電話、通知他們依照原訂計畫施工，這肯定確有其事，對吧？」

我從她這段話聽出再熟悉不過的東西。說到千反田，第一個想到的就是無時無刻都存於她清澈大眼深處的熱度，那是去年四月初次見面以來，每每把我和里志以及伊原捲進事件的東西──好奇心。

也就是說，千反田沒拿著我想像中的扇子。她很想知道究竟是誰、為了什麼幹下這種事，她當然也不可能打呵欠，說不定正盡可能貼近隔簾。那雙大眼睛肯定有難以形容的力量。那就是千反田。

「為什麼，要做出那種事……」

隔簾的另一側，千反田，很好奇。

然而，僅止於此。

那股熱度一閃即逝，宛如最初就不存在似地被冷落一旁。

面對正座在榻榻米的我，千反田出口的不是「我很好奇」。她開口了：

「不過請放心，看樣子這不是太嚴重的問題。」

我有兩句話想說，但一時居然無法應聲。一句話是：「就這樣？」不過這話當然不能

註：和式家具的一種，與無腳座椅搭配，席地而坐時，可用以靠手歇息好支撐上半身。

出口。我乾咳了一聲，問：

「是嗎？可是大和室那邊大家心情都很沉重哦。」

「或許吧，但不是找不出對策。我簡單解釋給你聽。我們在猶豫的是上游的祭典遊行，是否能夠跨進比長久橋更下游的地域。」

這是曉以大義的語氣。明明沒有太大興趣，我卻想叫她解釋得詳盡一點。

她似乎在思考，沉默一會之後。

「折木同學，我想請你幫我帶話給大和室的大家。」

「嗯，好的。」

「……那麼，」她口吻中的堅毅又多了幾分，「另一邊的宮司（註1）由我去打招呼；神社志工代表的部分，我會請父親代為聯絡。請幫我告訴大家。」

有一瞬間，我以為千反田的壞習慣又冒出來，她話講得沒頭沒尾。每次有事相求，她總習慣跳過解釋，不過當場被指出這一點，她也會詳盡地補充說明。

可是此刻，即使我再度確認：「這樣說就行了嗎？」厚厚隔簾的另一側只傳來冷淡乾澀的回應：

「這麼說，他們就曉得了。」

實際上，這麼說他們就明白了。

我回到大和室，暗自嘀咕這還真冷，一邊帶到話。煩惱著會議遲遲得不出結論的花井，頓時鬆了一大口氣。

「喔喔，那就好那就好。好，大伙聽好了，遶境路線決定延長到遠路橋再折返！」

我還一頭霧水，新路線已經敲定。

接下來就進入無暇思考的疾風怒濤之中，距離遊行開始沒剩多少時間了。

4

我的換裝作業以驚人的速度進行。

宛如早春的陽光射進屋內。我脫下運動T恤，軍裝大衣也不可能穿著。一身內衣的我先穿上黑色羽織（註2），套上類似袴（註3）的褲子，上衣袖子的尺寸剛好，但褲子卻太短，小腿有將近三分之一都露在外頭。

「這個……尺寸不合啊。」我看著幫我著裝的工作人員詢問。

當初千反田說服裝尺寸合我的身材，才找我來幫忙，不要現在才說尺寸不對吧。然而這位看上去剛滿二十歲的年輕男子笑著回道：

註1：日本神社負責統管祭祀及整體社務的神職人員。

註2：日本男性傳統正式服裝的外套。

註3：日本男性傳統正式服裝的外套。

「這種服裝的樣式本來就這樣哦。」

「本來就是這樣嗎？」

這樣腳會很冷啊。我想起今年正月的事，恐怕今後提到「千反田」加上「和服」，就自動導出「冷」的結論。

「這個長度最剛好哦，要是下襬再長一點，我就會被抓去負責撐傘。」男子說。

他的身高比我高許多，頭髮染成淺褐色，是一位有型的小哥。但既然還有其他年輕男子，幹麼硬抓我來幫忙。我一想到上場在即，出乎意料地緊張起來，不由自主地開口抱怨：「不過是下襬尺寸不合，你上場應該也行啊。」

男子一邊把黑色足袋遞給我，聳聳肩說：

「我是為了看千載難逢的遶境遊行，才特地回老家來的，自己也在隊伍裡就沒辦法欣賞了。」

說的也是，等一下整段遊行我只能一直看著千反田的背影。

雖然不甚滿意服裝，但更讓人退卻的是必須穿上前人穿過的足袋，事到如今也不容說不，於是抱著自暴自棄的心情穿上足袋。

這下我一身黑衣黑褲黑足袋的打扮，可是小腿裸露在外很難堪。

「好，再來穿上這個。」

男子遞來的是一件類似白色連身外褂的上衣。

「用這件把全身裹起來，再綁上腰帶。」

我依言穿上，把腰帶綁成蝴蝶結。

褲子下襬內側縫有鬆緊帶，緊緊密合我的小腿；衣袖又寬又大，黑衣襯在裡頭若隱若現；腰部到膝蓋的側身一帶開著口，看得見褲子綴褶；外褂的前身一片雪白，毫無衣褶、裝飾，也沒有開衣襟，唯有頸項一帶露出黑領，成了一身黑白交錯的多層次裝束。

原來如此，果然人要衣裝、佛要金裝，這下終於像一個祭典相關人員。

「最後，戴上這個吧。」

男子遞了一頂黑帽給我，形狀彷彿從側面被壓扁的圓筒，似乎是烏帽子（註）的一種。

不知為何，我有　股不好的預感。衣服就算了，可是，要我戴上這個……

我戴上一看。

站到全身鏡前方。盯著看了許久，男子嘀咕：

「一點也不搭啊。」

同感。

不過，無論折木奉太郎適不適合傳統裝束，祭典依然揭開序幕。

橋的問題解決了，但開場比預定要遲一些，我接到通知說遶境出發時間延後十五分鐘。

註：日本平安時代至近代和服的一種黑色禮帽。本是上層公卿的服飾，後來普及到民間。鎌倉時代開始，烏帽子愈高表示身分等級愈高。

按照計畫，我要先從後門出去。真人雛偶必須走出社務所玄關並在大殿前整隊，這時候我還不必上場，等到隊伍整好隊，再不著痕跡地加入行列，移動到千反田身後即可。

好，順序都清楚記下了。

我一邊感受穿不慣的足袋所帶來的奇妙感，穿過社務所的走廊來到後門，換上他們準備好的草鞋。依照行程得穿著草鞋走上約一個小時，加上路線有變，恐怕得再走久一些。我在玄關處穿著草鞋走走，稱不上舒適，但也沒哪裡磨腳，嗯，應該走得完全程。

一走出社務所，肥胖到幾乎撐破短外褂、記得姓園的男士，拿著遊行用的傘等我。打開一看，這是一把紅紫色的和式紙傘，尺寸很大、張開角度也比一般傘更大，幾乎呈現T字形，看起來傘整整大了一圈。發現我有些退卻，園先生鼓勵我：

「哎呀，只是真人雛偶祭，不用那麼嚴肅，放輕鬆逸境吧。」

「您是說還有其他的祭典嗎？」

「有啊，春祭之類的，有其他舉辦時間。」

這樣啊，還真辛苦。我邊暗忖邊接下傘。看上去很大的傘拿起來卻不太重，只比一般的傘重一點點。我是雙手持傘，撐一個小時應該不成問題。

我吁了一口氣。園先生問我：「很緊張嗎？」

……有一點。

真人雛偶全員在大殿集合。

首先亮相的是天皇。天皇戴的烏帽子和我不同，拖了一條長長尾巴在後腦做裝飾，一身黑色裝束，唯有腳邊露出些許白色。雖然是傳統貴族裝扮，但為了重現雛偶天皇的服飾，黑色布料並非一片墨黑，反而繡有色調深淺有別的黑色花紋。離得遠的我認不出花紋，但似乎是條紋花樣。扮演天皇的人神色凜然，是非常美形的年輕男子。

但我驚覺誤會大了，不禁懷疑起自己雙眼——那不是男的，真人雛偶必須由女性扮演，而那位天皇的面孔我很熟悉。犀利的眼神、纖細的下巴、只是頭髮梳高，這些都無法掩飾女性的氣質，那是神山高中二年級的入須冬實！

入須在文化祭和我交過手，我幫了她忙，也受到她的照顧，但不清楚她的背景。但能夠確定入須家不在這 區，她和我一樣是被找來幫忙嗎？入須筆直地望著前方，不卑不亢，視線一動也不動，她應該沒看到我。

接下來是皇后。

大殿前的廣場不知從何聚來許多民眾，從這盛況看來也包括神山市以外的觀光客。真人雛偶遊行似乎是本地吸引觀光客的重要資源，難怪千反田會說水梨神社的雛偶祭有一定名氣。

淹沒神社院內的人潮喧鬧擾攘，也架上許多臺相機，要不是早春陽光遍灑，此時鎂光燈肯定閃不停。

雛偶當中的天皇穿一身貴族黑衣，所以入須穿上這套服飾，那皇后的雛偶穿什麼呢？

一身十二單衣（註）的千反田現身了。

最外層的衣裳是橙色，往內逐層是桃色、淺蔥色、高雅穩重的黃色，以及白色，布面花紋則是車輪圖樣。千反田溫柔交疊的手上持著收起的扇子，扇子上頭有五色線纏繞。上了妝的她低垂眼眸輕移蓮步走進廣場，我看她走了幾步就曉得，她學過在這種場合怎麼走路才符合傳統美。

啊。我不由得心想。

早知道就不來。這套十二單衣太不妙了。糟了。問題出在我真的不該來這。

嗯，也就是說，這代表……

換句話說……

折木奉太郎向來頗自負自己的日語程度。

我的腦袋就算稱不上邏輯性強，至少能夠有條有理地整理思緒。

但在上午十一點四十五分左右，在神山市水梨神社的廣場上，春意盎然的日子裡，看到身穿十二單衣緩步的千反田這一刻。

為什麼心裡響起的是「糟了」兩字？連話都無法好好說。

我拚命思考各種可能，卻依然無法解釋。沒必要的事不做，必要的事盡快做。我的節能主義受到了致命威脅，但儘管察覺此事，卻無法化成言語好好分析。

我一個勁地在心裡呢喃：這下糟了。這真的不妙。

一身十二單衣的千反田身後垂著長肩巾，兩名和服侍女牽著布尾以免著地。她長長的頭髮以金色和紙束成一束垂在身後，不知情的人看了會以為這名身穿十二單衣的小姑娘頭髮還真長，但我曉得千反田的頭髮沒那麼長，那是接上去的假髮。

按常理判斷，後方應該還有右大臣、左大臣及三名宮女，但很遺憾我看不見。回神時，我已伸出紅紫色的傘遮住千反田上方，悄悄地併入遊行隊伍，隊伍依序是入須、千反田、兩名替千反田牽肩巾的侍女，還有我。

小步小步前進著。我心想，那條肩巾真礙事，害我看不清楚千反田。

不止觀光客，一路還有許多採訪媒體，架著三腳架，大大鏡頭朝向我的方向，走了一會，電視攝影機都出現了。我想過：「要是哪一天因為某些緣故上了電視，一定會很緊張吧。」然而實際籠罩在鏡頭中，我毫無感覺，幾乎沒意識到攝影機。

當然，也因為我只是隨從，不是主角。

遊行隊伍比想像中長，穿著一式服裝的男性吹著橫笛前進，不知何處隱約傳來「咚——咚——」的聲響，隊伍中也包括打太鼓的人。

註：十二單衣，又稱五衣唐衣裳，日本女性傳統服飾中最正式的一種。平安時代的十世紀後成為貴族女性的朝服，現代在一些場合是正式禮服。十二單一般由五至十二件衣服組合而成，依照不同季節以及穿著人的身分場合，衣服顏色與花紋都有特定的複雜搭配。

隊伍順著我早上的來時路，沿著河邊道路往下游前行。早上穿著軍裝大衣都嫌冷，現在沐浴在和煦日光下卻非常舒服。風拂過狹窄的小河河面，四月風帶著冬意，但不會予人不快。

兩側夾道是成排觀光客。出生起我就不曾暴露在這麼多人的視線之下，雖然在皇后身後撐傘的一介男從誰都沒看進眼。我一味望著前方。

隊伍早已過了之前的大問題長久橋，不止如此，不知何時遊行隊伍越過遠路橋，朝上游方向折返時，我發現了那個。

一片粉紅進入視野，我抬起了頭。

千反田經過一株花期錯亂、提早綻放的櫻花樹。還不到滿開，但鮮明地妝點了全樹的櫻花樹旁，遊行隊伍緩緩走過。在準備盡情綻放的櫻花下，身穿十二單衣的千反田靜靜前進。溫暖柔和的陽光、一旁有著瓦片屋頂的舊民家、田地的殘雪、水聲潺潺、帶著雪水的清澈小河。此時此地，宛如不存在任何醜陋事物。

可是，我只看得見垂著髮、身後牽著長肩巾的千反田背影。

平日千反田不時湧起的好奇心，我始終不太能夠感同身受。但說不定千反田就是抱著此刻的心境。很想看看她是什麼表情。就在現在、就在此處，如果能夠從正面看到嫣脣、低垂眼眸的千反田，會是多麼……

「奉太郎——」有人喊了我。

我猛地回神。

順著聲音一看，里志站在路旁的人群中，身旁跟著伊原。我擺出毫未察覺他們的神情，悄悄地將視線移回正前方。

5

後來酒還是沒有提早送達，但邊境路線更動，回到神社的時間也比預定晚，以結果來看剛好趕上。在社務所迎接遊行隊伍回來的是熱騰騰的食物與酒。雖然經歷大小狀況，總算順利落幕，接下來是類似後夜祭（註）的宴席了。白天舉辦的午宴，氣氛尤其和樂融融，席間笑聲不絕於耳。

千反田等一干真人雛偶卻是一回神社便直奔大殿，連飯也沒吃，據說必須盡快除穢才行。

原本雛偶就是代替人們承接噩運與穢氣之用，因此勢必得處理掉累積在雛偶身上不好的能量。雖然不清楚水梨神社的真人雛偶祭有多久的歷史，但雛偶的任務是由真人接下，以祭祀的角度來看，其實相當微妙；往咒術的方向思考，甚至有點恐怖，所以讓這些真人雛偶盡快前往大殿除穢也有一定的道理。

告訴我這些事的，正是雜學王福部里志……旁邊的伊原。換回便服、穿著軍裝大衣的

註：日本人在祭典或活動結束後舉辦的慶功宴稱之。

我，和伊原、里志三人坐在神社的角落吃著御手洗丸子（註）。話說回來，我不曉得原來伊原對咒術還頗有研究。

里志告訴我的，是另一件事。

「奉太郎，這真的是奇蹟啊。」他說。

「你是說你趕上了祭典？」

「哦，對耶，那也是奇蹟，沒想到祭典的行程居然會整個延後。」

里志似乎是等學校補課結束後，跳上腳踏車全速衝過來的，直到遊行過了遠路橋的後半段才趕上。里志伸手進麻布束口袋裡，拿出一臺立可拍。

「雖然是這種粗糙東西，哎呀，有相機總比沒相機可拍要好，只要想想說不定好狗運能夠拍到，就不枉費我準備這東西了。要是錯過沒看到，一定會後悔不已，但要是沒拍到，可是會遺憾得跺腳啊。」

「然後呢？拍到了嗎？」

「櫻花也入鏡了哦，大功告成！」

我沒接話，里志又笑嘻嘻地衝著我說：

「以奉太郎的喜好來看，你一定說不出口叫我加洗一張給你當紀念吧？不過放心吧，你不用開口我也會洗給你的。」

「雖然你跟隊伍一點也不搭。」

伊原補了一句沒必要特地挑明講的發言。

結果我在水梨神社直到最後都沒能再和千反田打到照面，祭神儀式不知何時結束了，觀光客很快散去，里志和伊原也覺得留下來沒事可幹，要我代為問候千反田之後便離開了。

至於我，由於不曉得自己該以祭典相關人士的身分待到何時，用過午餐後，認真地幫忙收拾，另有要事處理的男性工作人員都早早撤走，只剩下大約十人左右仍在桌邊吃著奈良漬或酒粕漬等下酒菜。

直到日薄西山，我才見到了千反田，地點則是受邀前往的千反田家緣廊。

原本我乖乖待在接待室等著，突然想上廁所，解決之後回接待室路上，與千反田不期而遇。

「啊，折木同學，我正想去和你打個招呼呢。」

眼前面帶微笑的千反田已經卸了妝，恢復了平日的千反田。雖然沒有直盯著她瞧，我心裡有種恍然的感覺，這個的確才是我見慣了的千反田。她應該早在神社裡便換下了十二單衣，不過此時穿的卻不是居家服，而是開襟襯衫搭裙裝，可能等一下還得去參加宴席吧。

就在我望著她時，千反田突然鼓起雙頰。

註：刷上甜醬油烤過的糯米丸子串。

「幹、幹麼？」

千反田接著長吁一口氣，激動地說道：

「折木同學！」

「……」

「今天真是太折騰了！我一直、一直在忍耐。唯獨今天，連我都想稱讚自己，真虧我忍了那麼久！」

「喔，妳是說扮演皇后的事啊。」

但我猜錯了。千反田搖了搖頭，朝我逼近一步，擦得晶亮的緣廊木板發出「嘰」的聲響。

「那不是忍耐。我在忍耐的當然是——」千反田雙手交握胸前，彷彿一股腦倒出心裡話似地說：「到底是誰、又是為了什麼打電話給中川工務店？我一直很好奇！」

……是那件事啊。

「在那間換衣間裡，我一直在想，折木同學一定知道些什麼，可是我又不能開口問，我甚至在想隔簾的另一側，折木同學是不是正在偷偷恥笑我什麼都不知道。」

「我沒有笑妳哦。」

我沒想到她這麼想。

「我想了很多很多。有人讓長久橋無法通行，就表示對這個人而言這麼做有好處，可是我今天有職責在身，不能一直鑽這件事，又不能跟任何人商量……」

她說著話的神情沒什麼變化，我卻清楚感受到她的不甘。緣廊上沒有隔簾，千反田象徵好奇心的雙瞳就近在眼前。

「折木同學，你一直待在社務所裡，有沒有發現什麼異狀？」

我很想回她說沒有。

其實，有的。若是平日的我壓根不會在意橋能不能通過，但今天考慮到狀況特殊，我也在想千反田會不會很好奇這件事，不知不覺間豎起耳朵聽著大和室裡眾人的談話。

先前在換衣間裡因為沒聽到千反田說出「我很好奇」，本來以為事情告一段落，沒想到卻在傍晚時分，在千反田家裡被這句話追著要答案。

我退後半步，回道：

「嗯，今天遇到了很多人，說真的，我連他們的名字都不知道。」

「我想我應該全部都認得的。」

「妳覺得誰可疑嗎？」

我試著反問，千反田那閃爍著強烈好奇心的眼睛驚訝地睜得大大的，指著自己說：

「咦？我嗎？」

仔細想想，她好像到最近才開始出現這種小動作。接著她偏起頭想了想。

「……嗯，雖然毫無根據，其實我在想，可能是某個人幹的。」

「我心裡也有個人選，而且應該只有那一個人是從一開始就曉得長久橋不能通行的。」

千反田像知道什麼祕密似地笑了。

「那怎麼辦呢？我們各自寫下來，再同時亮出答案，如何？」

妳在講什麼？這裡既沒紙也沒筆的。

但千反田是不打狂語的，只見她伸手進裙子口袋拿出一支簽字筆。

「這兒有筆。」

「為什麼有這種東西在身上？」

「剛才我在寫收件人的名字，不過那不重要。」

「那要寫在什麼上頭？」

千反田稍稍蹙起眉頭想了想，很快便得出結論。

「寫在手上吧。」

……我是無所謂，可是妳等一會兒不是還要去參加宴席嗎？

千反田取下簽字筆筆蓋，毫不猶豫地朝白皙的手心寫下字，寫完後把筆一轉遞給我。

「換你了，折木同學。」

沒辦法，我也寫下我的推測。左手心很癢，我拚命忍著不要笑出聲，但因為太用力忍笑，說不定表情反而變得很怪。

兩人各自握著左拳。由於緣廊的雨窗開著，宅第外頭說不定看得到我們。不，應該沒問題，千反田家的庭院很大，圍牆也很高。

「我數一二三哦……好，一、二、三！」

千反田的左手心寫著：「小成家的兒子」。

我的左手心寫著：「淺褐色頭髮」。

千反田用力地看向兩個手心仔細比對，不久，輕點著頭，一臉滿足地說：

「小成家的兒子，頭髮是淺褐色的。」

「原本我覺得那位姓園的男士很可疑，聽說他家裡在辦喪事，怎麼還有心情來幫忙準備祭典。」

「哦，園家啊……我記得那位過世的婆婆將近百歲哦。」

「嗯，不過我一方面又覺得不能如此武斷，如果這個村落裡有兩戶姓園的人家，事情就說得過去了。」

千反田點了頭。

「確實村裡有兩戶園家哦，雖然有親戚關係。我們村子裡還滿多同姓的人家。」

「我想也是。那麼，園先生就排除嫌疑了。再來，我覺得可能的嫌疑是負責叫酒的中竹，他因為叫酒商在一點把酒送到，被白髮爺爺痛罵了一頓，後來遊行路線因為繞了遠路，送來的酒剛好趕上隊伍回來的時間。

但是工務店接到那通奇怪的電話是在前天，從這一點來看，中竹應該只是單純的作業疏失訂酒訂錯時間了。」

「中竹先生他人不壞哦。」

辦事卻很兩光，麻煩妳識人的眼光再多磨練一下。

「接下來，我懷疑中川工務店、村井市議員、以及去拜託村井幫忙的谷本，這三方當中有人說謊。譬如工務店當然以工期為最優先考量，還有我在想，會不會是村井一方面答應谷本，一方面又對中川工務店說：『你們跟神社那邊只要表面上這麼這麼說就好了，實際上還是按計畫走吧。』可是他有什麼必要這麼做呢？

只不過，實際上我今天早上照常通過了長久橋，當時還沒動工，這表示，改建工程才剛進入工期，而通常他們都會把工期訂得長一點以防中間遇到雨天無法動工，難道工程真的趕到連晚這麼一天也不行嗎？另外那位市議員是不是會做出這種兩面討好的事，也有待商榷。」

千反田輕吁了一口氣，我才在想她是覺得哪兒奇怪，她便開口：

「的確，村井先生那個人是有點滑頭。」

是哦？雖然我一個市議員都不認識。

「就在我百思不得其解的時候，發現當中唯獨一個人的行動是以長久橋無法通行為前提的。」

「那個人就是小成家的兒子？」

「我不知道他的名字。」

兩人老站著說話也很怪，於是我坐到緣廊邊上。夕陽燦爛，這時要是再來三毛貓

（註）和日本茶，下場就不可收拾了。

「那個男生說，他是為了『看千載難逢的遶境遊行』而『特地回老家來』，妳不覺得很怪嗎？妳從中學時代就每年擔任真人雛偶，是吧？也就是說，水梨神社的雛偶祭每年都會舉辦，雖然一年舉辦確實不算頻繁，但每年都看得到一次的祭典說是『千載難逢』也很奇怪。」

「的確，有點奇怪。」千反田謹慎地點點頭。

我瞄了一眼她的側臉，夕照映得她的臉龐分外紅潤。我把視線拉回空中，繼續說：

「然而唯獨今年，是可以看見『千載難逢的遶境遊行』的。」

「咦？」千反田一驚。

我想起里志說的「這真的是奇蹟啊」。

「河邊的路旁有唯一一株因花期錯亂而提早綻放的櫻花樹，而長久橋由於改建工程而無法通行。我不曉得小成離開家鄉後去了哪裡，但只要老家在這，一定有辦法問到這些消息的。

所以只要在今年此時，讓遶境路線走遠一點到遠路橋，過河後再折返，就能夠看見『真人雛偶遶境隊伍走過櫻花樹下』這宛如奇蹟的景象，這正是『千載難逢的遶境遊行』，值得他『特地回老家來』欣賞了。」

註：即三色貓，身上毛色同時包括黑色、橘色與白色。正式名稱為「玳瑁白色貓」（*tortoiseshell-and-white cat*）。

「竟……」千反田的手掩上嘴，「竟然只是為了這個理由！」

她是這麼說，但我也覺得：「正是為了這個理由。」

我的腦子裡出現石川五右衛門跳著舞的景象。絕景啊！絕景啊！說什麼早春一景值千金，沒眼光！沒眼光！（註）

櫻花與皇后千反田相互輝映的絕美畫面，連從她身後望著的我都不由得感動到屏息，當然值得細細欣賞，或者值得動小手腳讓這夢幻景象成真。

但當然沒辦法對千反田說。

我別開臉，換我問她了。

「妳呢？為什麼覺得是他幹的？」

千反田一聽，低下頭說：

「呃，我一開始也說過，我其實毫無根據，對吧？」

「說來聽聽啊，我又不會笑妳。」

但千反田還是躊躇再躊躇，最後才終於下定決心似地說道：

「讓村井先生丟了面子，還能夠一臉無動於衷、悠哉悠哉的人，我只想得到小成家的兒子。」

原來如此。

但這麼說來，福部里志也是嫌疑重大的人選哦。

不用說，我們本來就沒打算以這種遊走灰色地帶的推論去告發那位小成某某，若要探究事實真相，可能還得在這待上一陣子進行調查才行。

但那又有什麼意義呢？說不定徒增對方困擾。再說祭典順利結束，我和千反田互看手心確認彼此推測一致就很開心了，幸運的是千反田似乎也相當滿足。

夕陽西下，氣溫愈來愈低，但在我要開口說「變冷了，進屋去吧」時，千反田說話了：

「折木同學，在換衣間裡，我不是說由我去和另一邊的宮司打招呼嗎？」

我點了點頭。千反出說由她負責聯絡宮司，而她父親會去通知神社志工代表。我只是代為傳達這簡短的內容，長久橋無法通行所引起的風波就宛如魔法般迅速平息了下來。

「雖然可能對你而言是無趣的內容，請你聽我說好嗎？」

這如果是里志說出口的話，一點也不稀奇，但我從沒聽過千反田如此鄭重其事地講開場白，當然也就說不出我覺得很冷想進屋裡去。

註：石川五右衛門，活躍於安土桃山時代劫富濟貧的大盜。生年不詳，卒於文祿三年（西元一五九四年）。因為企圖刺殺豐臣秀吉失手被捕，豐臣秀吉下令將他連同親族同伙數人押往京都三条河原，處以油鍋烹死之刑。義賊傳奇性十足的一生受到後世的謳歌，江戶時代開始出現大量歌頌他事蹟的淨琉璃與歌舞伎作品　此段為知名歌舞伎戲碼《樓門五三桐》當中的經典橋段〈南禪寺山門之場〉，五右衛門一手拿著菸袋，悠然眺望夕照中滿開的櫻花邊感慨：「絕景呀！絕景呀！說什麼春宵一刻值千金，沒眼光！沒眼光！在我五右衛門的眼裡，這可是值萬金呀！萬萬金！」

千反田看向遠方的視線好像越過了庭院及院外的高牆，投向籠罩在夕陽裡頭，懷抱著村落的層層山嶺。

「我家這一帶，現在你所看到的樣貌是經過土壤改良之後的成果，從前原本是被一片溼地隔開成南北兩個村落，而那處沼澤就大概位於現在長久橋的位置，以北是我們的村子，以南則是另一個村落，現在已經整合叫做神山市陣出了。」

我不明白她想說什麼，只是靜靜地聽下去。

「然後呢，我們村子裡有水梨神社，南邊的村子則有另一間叫做酒押神社。當然現代已經沒有南北兩村爭土地、爭水源之類的事了，但即使如此，如果因為祭典活動而越過長久橋進入對方村落，總會覺得像是踏入了別人家地盤，雙方心裡都會不太舒服。

這次因為是臨時狀況，我相信酒押神社的人也會願意通融一下的，花井先生和神社的男性工作人員也都明白這一點，只不過如果沒先打過招呼就直接踏過分界線，難保不會引起日後的衝突。花井先生和大家都很想先和對方講一聲，但有門路的人卻不多。

我那時說這不是太嚴重的問題，對吧？那是因為我知道大家只要聽到我說，我會出面去和酒押神社打聲招呼，就能夠放心地踏入長久橋以南的土地了。」

「原來如此。」我直率地感到佩服，「不愧是里志口中的名門。」

然而千反田卻有些激動地說：

「是這樣嗎？」

「……」

「你不覺得這是個很小的世界嗎？位於神山市北方叫陣出的一個小町，我只是出面疏通一下町上的北陣出村和南陣出村的關係罷了。折木同學，我不覺得這是不足掛齒的小事，可是，也不覺得是多麼嚴重的大事。」

太陽開始隱入山後，夕陽餘暉映照的四下正逐漸掩上夜色。

「聽說小成家的兒子立志成為攝影家，所以現在在大阪上專門學校。折木同學你推論說，他的動機是出於無論如何都想親眼看到難得一見的景象，我想是合理的，而且他應該不僅透過雙眼看，還以相機拍了下來吧。另一方面，至於我，高中畢業之後，應該毫無疑問會選擇繼續升大學。

但是，小成家的兒子可能和我不同，我呢，終歸是要回來這片土地。無論選擇什麼樣的路，我的歸屬點是這裡。終究是這裡哦。」

接著千反田衝著我微微一笑。

「折木同學，文理選組，你怎麼決定？」

突然冒出「文理選組」四個字，我一時沒意會過來她在說什麼，等察覺她是說升高二前必須決定念文組還是理組的事，我才終於回道：

「哦，我選文組。」

「為什麼呢？」

「理科的四個科目當中我最喜歡的是化學，文科的四個科目當中我最喜歡的是日本史，然後呢，比起化學，我又多喜歡日本史一點。」

千反田輕輕握拳貼上嘴角，笑著說：

「相當合理呢。」

「這種小事就交給我吧。」

「……我呢，選了理組。」

千反田的成績似乎是全學年的前五名之內，雖然她不曾親口講過這方面的事，學校也不曾貼出全學年的成績排行，但多少推估得出來。總之這傢伙要思考未來出路，選擇其實非常廣。

可是，千反田在思考的卻不是這個。

「我對於自己終究得回到這裡，既不覺得不情願，也不覺得悲哀。我在想的是，身為北陣出握有一定主導地位的千反田家女兒，我也希望能對家鄉有所貢獻。於是我開始思考，現在只是高中生的我，能為家鄉做些什麼呢？

我想到一個方法是，開發出高經濟價值的作物，讓大家得以過豐饒的生活。

另一個方法是，透過精準宏觀的經營策略，提高生產效率，讓大家脫離貧窮日子。

最後我選擇了前者，所以決定走理組。」

我不知該如何回應而一逕沉默，千反田又再問我：

「你知道我最後決定選前者的理由是什麼嗎？」

「不……」但我只知道一件事，「只不過，總覺得妳不太適合後者。」

千反田輕輕點了個頭。

「答對了。講白一點，就是之前在文化季還有社刊那件事引起的騷動讓我下決定。我也曉得給折木同學添了許多麻煩，所以我想，我應該不適合經營公司。」

嗯，我也這麼想。

坐在緣廊邊上的千反田突然張開雙臂朝向天空，天色幾近全暗，還看得見數顆星星閃爍。

「請看！折木同學，這裡就是我的歸屬之地。如何？這裡只有水源與土壤，人們也將逐漸衰弱老去；雖然周圍的山上持續有計畫地造林，就經濟價值來看，有沒有發展呢？我不覺得此處是最美好的，也不覺得這裡擁有無限的發展可能，但是……」千反田放下雙臂，垂著眼低喃：「我想讓折木同學你也看看這個地方。」

這一刻，我內心懷抱著的一個疑問，得到了解答。

我想這麼回她：「話說，妳放棄的宏觀經營策略部分，由我來接手如何？」

可是不知為何，我想說歸想說，實際上卻完全不覺得自己說得出口。

我第一次有這種感覺。這個初體驗，成為足以解答我心中始終無解疑問的極大關鍵。

我懂了。

福部里志為什麼會敲碎伊原的巧克力。

簡單講就是，這麼一回事。

或許這和我身處在夜色降臨的千反田家，說出了與所思所想不同的話是一樣的道理。

我強壓下內心激動，佯裝平靜地說：

「變冷了呢。」

但千反田有些訝異地睜大了眼睛，接著露出溫柔的微笑，緩緩搖了搖頭：

「不，已經春天了。」

（全文完）

後記

大家好，我是米澤穗信。

系列的第四部作品完成了，這次採取的是短篇集的形式。

回顧自己的學生時代，我曾經相信今日存在的事，明日依然會存在；第三學期（註1）結束後，迎向的會是第一學期，就這麼無限循環下去。但我完全不覺得學生生活有多美好而戀戀不捨，因此說不定，我只是出於對「有時間限制」這回事的恐懼，而別開眼不去看現實罷了。

在寫小說時，我很不擅長更動既定的時間線以改變構築好的人物關係，我其實很希望三藏法師一行能夠永永遠遠走在取經的路上被各種妖怪襲擊，也很希望彌次喜多傻乎乎的開心旅程能夠永遠繼續下去（註2），從前的我一直不希望他們有抵達天竺或伊勢的一

註1：日本的小學、中學、高中多實行三學期制，四月入學，由長假（暑假、寒假、春假）畫分學期，而大學、專門學校等高等教育則是二學期制。

註2：出自《東海道中膝栗毛》，江戶時代後期戲曲作家十返舍一九（一七六五～一八三一）的知名娛樂戲曲文學作品。內容描述住在江戶神田八丁堀的彌次郎兵衛和食客喜多八為了消災除噩，決定經由東海道前往伊勢神宮參拜，旅途經由京都、大阪，發生了許許多多滑稽笑談。作品出版後大受好評直至今日，兩名主角彌次郎兵衛和喜多八也被愛稱為「彌次喜多」，成為許多衍生作品的主角。

天。

然而本書的主角卻是處在時間軸之上。我將登場人物初次相會的磨合期另起一篇，接著依照第一學期、暑假、第二學期、寒假、第三學期、春假的時間順序，分別寫下了故事。但要詳細記述我的心境轉變，這篇就不會是後記，而成了作者解說。我想，極端一點的說法就是我和時間取得了和解吧，畢竟共同相處了一整年下來，登場人物彼此之間的距離不可能毫無改變，現在的我，希望自己能夠寫下他們的變化。

只不過，他們之間距離的變化並不激烈，而是一點一點地逐漸改變，因此我將此書的書名命名為《繞遠路的雛偶》。

此外，由於這次是採取短篇集的形式，得以設定各式各樣的故事背景，為此我也嘗試了多種推理小說的表現手法。如果是熟悉本系列與推理的讀者，可能會發現〈手作巧克力事件〉一篇或可被歸類至「倒敘推理」的範疇。

如果有幸，有人讀了本書而對推理小說產生興趣，想進一步閱讀推理作品的話，私心建議看完〈心裡有數的人〉之後，可繼續閱讀哈利．柯美曼（Harry Kemelman）的《九英里的步行》（*The Nine Mile Walk*）；看完〈開門快樂〉的人，不妨嘗試延伸閱讀傑克．福翠爾（Jacques Futrelle）的《逃出13號牢房》（*The Problem of Cell 13*）。

二〇一〇年六月
米澤穗信

解說

笨拙向前行——繞遠路的雛偶

elish

※本文涉及故事重要情節，未讀正文者勿看。

作為古籍研究社系列第四集，《繞遠路的雛偶》同時也是收錄七部短篇的小說集。延續一貫以來的特色，故事主軸都是解決無關人類死傷的謎團。不過比起前三本以單一事件為主題的設計，這回的謎團更加單純且生活化；同時因為篇幅短了，所以解起謎來也愈趨簡潔，並將形同米澤穗信起家的日常推理表現得淋漓盡致。

那些謎團往往不真的很重要，但有時對於眼前所見之物，腦中難免有個雜音：等等，這好像哪邊怪怪的，究竟怎麼回事？才剛這麼一想，少女千反田的招牌台詞——「我很好奇」，便理所當然地迸出來。雖然在變數驚人的現實中僅憑少數線索，就想推理出所謂的真相往往淪為緣木求魚；要像福爾摩斯那般僅僅握個手瞄上幾眼，便將對方身家調查完畢，更有如通靈的奇技。

可話說回來，想想又何妨？畢竟，這不是很有趣嗎？哪怕通常是些小事（儘管仍是麻煩沒錯）、破不破解沒多少差別、甚至解答正確與否也無所謂，整件事真正的重點始終在於當事人的好奇心是否獲得滿足。雖然乍看之下這說法似乎流於矛盾，但既然針對的是解對解錯皆無傷大雅的日常之謎，那麼比起正確答案、更在乎推導出的結論是否邏輯清晰並能自圓其說，好像也就不是那麼奇怪的事了。畢竟比起可能完全沒有條理可言的真相，靠自己有板有眼地推論並得出解答，不顯得更具魅力嗎？

於是說到頭來，這其實攸關為什麼想解開日常之謎。

因為好奇，所以忍不住想動腦（或至少用炯炯有神的大眼睛強迫別人動腦），同時也相當享受那種拆解、分析現有條件的感覺。即便想歪的機率異常驚人，卻仍令人相當愉快。這種忍不住想進行腦內體操的衝動，或許正是人類最初愛上推理小說的理由之一。連帶閱讀日常推理作品就某方面而言，正有如一股回歸原始初衷的純粹樂趣，特別是心知肚明故事中的一切終將得到條理解答。

《繞遠路的雛偶》在此之上的表現也毫不馬虎，短篇的特質讓作者能放手進行各式各樣的發揮、實驗與遊戲。〈該做的事盡快做〉、〈犯下原罪〉、〈看破真面目〉都是典型的日常之謎，透過生活上容易產生的認知盲點，解開令人疑惑的種種懸疑之事。雖然單純卻也有股平實的趣味，配合人性的書寫更帶來了不少餘韻。

〈心裡有數的人〉則是哈利．柯美曼經典短篇〈九英里的步行〉的致敬之作。該作描述一位檢察官與教授友人某回在用餐中拌嘴，為了證明「一個推論即便合乎邏輯卻仍可能是錯的」，便對隨口提出的句子展開一連串推理。故事最後的轉折極具意外性，也收得非常漂亮。米澤穗信在本篇中將〈九英里的步行〉的核心意念巧妙地融入劇情中，小說內容也安排得別出心裁，寫出一則致敬之餘仍不失本身趣味的作品。

下一篇〈開門快樂〉也有致敬對象，正是傑克・福翠爾筆下的思考機器、天才教授凡杜森系列短篇〈逃出13號牢房〉（附帶一提這位作家另一個有名之處是，他是鐵達尼號事件的受難者）。該作描述凡杜森教授為了證明只要靠邏輯思考，世上沒有解決不了的難題；便和友人打賭，哪怕被關入監獄的死囚牢房，他也能在一星期內逃脫成功。該作過程十分有趣、是相當知名的短篇傑作。不過和〈心裡有數的人〉不同，〈開門快樂〉雖然和致敬對象同樣都是以靠腦袋逃出生天為故事主軸，但實際劇情只放了彩蛋性質的相似元素，讓讀者閱畢後忍不住會心一笑。

〈手作巧克力事件〉則是米澤穗信對倒敘推理這個文類的嘗試。倒敘推理指的是先將作案相關的所有資訊在故事情節中（通常搭配大量煙霧彈）交代清楚；接著再由偵探親自上場搜尋線索等破案關鍵、並找出真兇的創作手法，稱得上是最具公平性的推理類型之一。本篇除了提供完整的解謎挑戰外，也再度玩起一案多破的遊戲，連故事情節在內兼具多種樂趣。

相較上述各篇，作為最後一則的〈繞遠路的雛偶〉，也是全書推理成分最低的一篇。無論是解謎還是確認答案的情節，和其他篇相比，味道都算十分淡薄。但對讀者而言這不是什麼問題，因為很明顯可以發現作為收尾的篇章，〈繞遠路的雛偶〉更著重的是角色心境及人物關係的變化。

比起有條有理的謎團設計與推理過程，人心往往是更加複雜難解的奧秘所在。米澤穗信在這方面的處理始終保持水準之上，劇情每每令人感觸良多。若將本書從第一篇串連至最後一篇，不難發現這等同於主角折木奉太郎高一生活的心境變化表。〈該做的事盡快做〉和〈犯下原罪〉的時點皆在系列第一集《冰菓》前期；〈看破真面目〉則位於《冰菓》與《愚者的片尾》之間；〈心裡有數的人〉則在《愚者的片尾》之後；至於〈開門快樂〉、〈手作巧克力事件〉和〈繞遠路的雛偶〉都在第三集《庫特莉亞芙卡的順序》結束以後。

這七篇小說橫亙了主要角色的高一生活，並記錄下他們的各種變化。其中最主要也最重要的，莫過於第一人稱視角奉太郎本身的改變。故事剛開始仍奉行節能主義的他，出乎意料頗能接受千反田這樣的好奇少女介入自己的日常。但此時的他還無法理解為何如此，只是反正也不討厭便默默接受現況。但隨著時間流逝，當進度來到〈繞遠路的雛偶〉時，奉太郎終於理解當初難以明白的複雜心情，並發現自己的節能原則受到嚴酷考驗。

雖然說起來這似乎也不是什麼嚴重的事，但青春時代誰沒有過微妙的執著？因為重視所以才陷入苦惱，縱使多年後回頭一望，連自己都無法理解當初到底在堅持什麼，但青春的烙印也因此顯得深刻並回味無窮。米澤穗信選擇將本書命名為《繞遠路的雛偶》，想必亦是取其生澀又努力的意象。

「古籍研究社」系列每集都有探討的主題，本書除了各單元內在的旋律，更鋪陳出在青少年男女間緩緩成形的情愫，以及隨之而來的變化。意識到彼此存在、距離逐漸拉近，微妙的心理變動，開始有所認知卻又因為種種因素裹足不前等，這其實是終身修業的課題，但第一次總是最特別的。

世上每個人都不同，各有各的思考模式與人生觀。相較於可以視喜好決定距離的友情，愛情則是種將兩人（一般都是兩人吧）拉得非常靠近的情感。連帶的，關係緊密的兩人所需面對的磨合往往也十分劇烈。對於已經擁有明確原則與目標的人如奉太郎和愛瑠，更容易為此不知所措。該放棄些什麼、牽就點什麼，又或者大膽點、管他三七二十一豁出去就對了呢？這問題沒有正確答案，身處其中的人只能盡力作出目前能找到的最佳選擇。

於是稚嫩的孩兒朝目標前進，縱因尚未成熟，所以不時笨拙地繞了遠路，但依舊努力向前進——所謂的成長或許正是如此吧。

本文作者介紹

elish，業餘作家，部落格ELISH的蘇哈地的主人。

國家圖書館出版品預行編目資料

繞遠路的雛偶 / 米澤穗信著 ; 阿夜譯. -- 初版.--.臺北市：獨步文化, 城邦文化出版：家庭傳媒城邦分公司發行, 民102.08
面 ； 公分. --（日本推理名家傑作選：43）

譯自：遠まわりする雛

ISBN 978-986-6043-56-7（平裝）

861.57 102011651

ISBN 978-986-6043-56-7
Printed in Taiwan

城邦讀書花園
www.cite.com.tw

日本推理名家傑作選 43 繞遠路的雛偶

原著書名／遠まわりする雛
原出版社／角川書店
作者／米澤穗信
翻譯／阿夜
責任編輯／詹凱婷
編輯總監／劉麗真
總經理／陳逸瑛
榮譽社長／詹宏志
發行人／凃玉雲
出版／獨步文化
城邦文化事業股份有限公司
台北市中山區 104 民生東路二段 141 號 5 樓
電話：(02) 2500-7696
傳真：(02) 2500-1967
發行／英屬蓋曼群島商家庭傳媒股份有限公司
城邦分公司
台北市中山區 104 民生東路二段 141 號 2 樓
讀者服務專線／(02)2500-7718; 2500-7719
24 小時傳真服務／(02)2500-1990; 2500-1991
服務時間／週一至週五：09:30～12:00
13:30～17:00
讀者服務信箱／service@readingclub.com.tw
劃撥帳號／19863813 戶名／書虫股份有限公司
香港發行所／城邦（香港）出版集團有限公司
香港灣仔駱克道 193 號東超商業中心 1 樓
電話／(852) 2508-6231 傳真／(852) 2578-9337
E-mail／hkcite@biznetvigator.com
馬新發行所／城邦（馬新）出版集團
Cite (M) Sdn Bhd
41, Jalan Radin Anum, Bandar Baru Sri Petaling,
57000 Kuala Lumpur, Malaysia.
Tel: (603) 90578822
Fax:(603) 90576622
email:cite@cite.com.my

美術設計／戴翊庭
印刷／中原造像股份有限公司
排版／浩瀚電腦排版股份有限公司
□2013 年 8 月初版
□2023 年11月17日初版20刷
定價／360 元

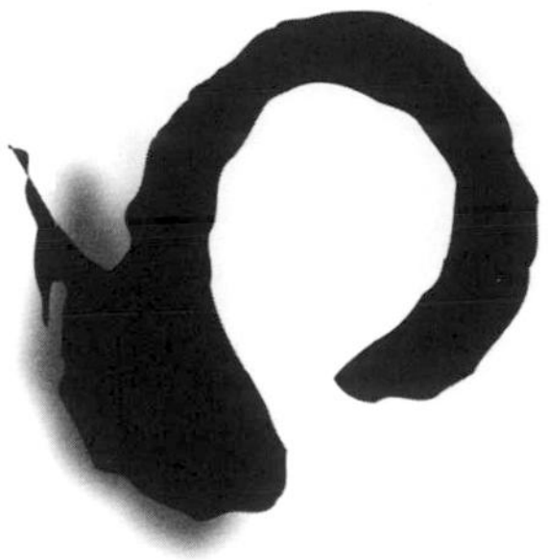

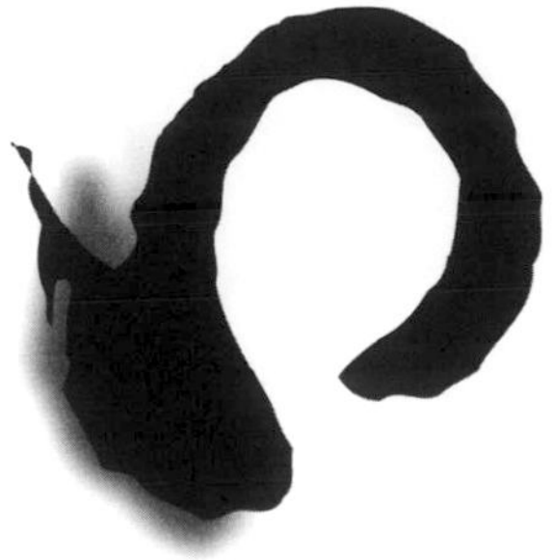